À l'Injune Hotel

Yanis Rambeau

À l'Injune Hotel

Thriller

En application de l'art. L.137-2.-I. du code de la propriété intellectuelle, toute reproduction et/ou divulgation de parties de l'oeuvre dépassant le volume prévu par la loi est expressément interdite.

© Yanis Rambeau, 2024

Relecture : Julie Michaud
Correction : Julie Michaud

Édition : BoD · Books on Demand GmbH, In de Tarpen 42, 22848 Norderstedt (Allemagne)
Impression : Libri Plureos GmbH, Friedensallee 273, 22763 Hamburg (Allemagne)

ISBN : 978-2-3225-5080-7
Dépôt légal : Décembre 2024

« Un voyage de mille lieues commence toujours par un premier pas. »

Lao-tseu, v. 550 av. J.-C.

1

L'envol

Pour la troisième fois de l'après-midi, je vérifie le contenu de mes sacs afin d'être sûr de ne rien oublier, car une fois dans l'avion en direction de l'autre côté du globe, il n'y aura plus de demi-tour possible.
- « Mathias, on doit y aller ! », crie mon père.

Nous sommes à environ quatre heures de route de l'aéroport Paris Charles de Gaulle sans compter les risques d'embouteillages sur la capitale. J'ai déjà eu l'occasion de dire au revoir à mes amis, mes grands-parents, mes cousins et même Clémence, ma copine, ce qui n'a pas été évident, mais celui avec mes parents risque d'être encore plus délicat. Je sens dans le regard de ma mère une froideur que je reconnais bien. La froideur de l'inquiétude d'une maman laissant son fils aîné partir pour un voyage d'un an à l'autre bout du monde, à plus de quinze mille kilomètres de la maison.

Même si je ressens beaucoup de peine et que le doute commence à s'installer, je suis, au plus profond de moi-même, intimement convaincu que cet inconnu me réserve quelque chose. Cette phase de doute est une phase obligatoire lorsque l'on prend des décisions qui impactent nos vies de façon aussi importante, j'essaie simplement de ne pas l'écouter et de me faire confiance. Pour relativiser, je pense à ce que je pars chercher en m'imaginant marcher en pleine nature, perdu, dans cet immensément grand qu'est l'Australie. Forcément, une pensée en amène une autre et me voilà en train de me demander si j'ai bien pensé à prendre mon hamac et mon couteau de survie avec moi. Je ne vais pas en avoir besoin directement, mais avec les randonnées que j'ai prévu de faire, c'est une bonne chose de les avoir à portée de main.

Sans trop de complications, nous arrivons à l'aéroport et je m'enregistre sur mes deux vols, celui de Paris en direction de Shanghai ainsi que celui partant de Shanghai pour Melbourne. Je devrai prendre une troisième fois l'avion pour enfin atterrir à Cairns, ma destination finale. Au moment de passer la sécurité, ma mère et moi sommes dans l'incapacité de cacher nos émotions. Mon père, quant à lui, m'enlace avec un grand sourire comme pour me dire « pars vivre ton rêve, mon fils » et ça me fait du bien. Il reste solide afin de nous soutenir émotionnellement ma mère et moi. En partant, ma mère m'offre un cadeau, un journal. Ma mère connaît ma grande sensibilité et comment l'écriture me fait du bien. Pour moi, c'est une façon efficace de contrer la solitude, ça permet de se parler à soi-même.

Maintenant, me voilà seul devant ma porte d'embarquement en train d'essuyer mes anciennes larmes pour laisser de la place aux suivantes. Toutes mes affaires sont dans mon sac de backpack qui fera le trajet dans les soutes des avions. J'ai uniquement gardé avec moi mes affaires de valeur ce qui correspond à mon drone et mon ordinateur portable ainsi que de quoi m'occuper comme mes livres, mes écouteurs et même des mots mêlés. J'ai l'impression d'avoir soixante-cinq ans pour aimer ça, mais sans savoir pourquoi, c'est quelque chose qui m'occupe de façon plutôt efficace. Entre chez moi et l'auberge de jeunesse, celle que j'ai réservée en Australie, il y a environ quarante heures de voyage. Alors avant de décoller pour ce qui va être le plus long voyage de ma vie, du moins pour le moment, je prends le temps de me remercier d'avoir osé me lancer sans m'être posé trop de questions comme j'ai l'habitude de faire.

Très rapidement, mes paupières se ferment m'empêchant de voir les heures passer ce qui rend le trajet plus agréable que prévu. En sortant de l'avion, je suis les panneaux m'indiquant le chemin pour prendre le train qui me permettra de rejoindre ma prochaine porte d'embarquement située dans un autre terminal. En attendant patiemment le prochain, je remarque un jeune garçon d'environ mon âge, lire et relire les panneaux d'affichage. Lorsque je l'entends parler anglais à quelqu'un, je comprends qu'il est français et qu'il se trouvait dans le même vol que moi. Serein, j'entame la conversation. Rapidement, nous nous rendons compte que nous nous dirigeons tous les deux à Melbourne. Au fur et à mesure que nous avançons, nous rencontrons d'autres groupes de Français en direction des grandes villes d'Australie, plus particulièrement à Sydney, cela montre à quel point c'est un voyage prisé en France. Aujourd'hui, tout le monde connaît quelqu'un qui y est ou qui y a été par le passé. Dans la bonne ambiance, nous prenons notre première bière de l'aventure avant de nous séparer chacun de notre côté pour monter dans nos avions respectifs. Les dix heures de vol paraissent plus longues que les précédentes, les films sont en mandarin pour la plupart, quelques-uns sont en anglais, mais mon niveau dans cette langue ne me permet pas de les apprécier.

Pour cette fois, il n'y a pas beaucoup de contrôles, ce qui me permet d'arriver à Cairns, au nord-est de la grande île, sans trop de problèmes. C'est une ville au climat tropical, donc il n'y a que deux types de saisons : la saison sèche et la saison humide. Étant dans l'hémisphère sud, c'est l'hiver actuellement, ce qui veut dire que c'est la saison sèche, mais je ne le remarque pas tout de suite, car en sortant de l'aéroport, bien que la nuit soit tombée, la vague de chaleur humide se fait ressentir dans tout mon corps. Le changement de climat est toujours un moment frappant dans un voyage, ça permet de se dépayser presque instantanément. Sans trop perdre de temps, je commande un Uber sur l'application, qui me permet d'arriver très rapidement à mon auberge de jeunesse, le Bounce Hostel.

L'auberge est plutôt agréable à première vue, avec de la place en terrasse et une piscine. Il faut dire que les piscines sont courantes ici, car la chaleur peut atteindre des sommets et se baigner dans l'océan est totalement interdit à cause des requins, des méduses et des crocodiles souvent proches des plages. En arrivant dans ma chambre, je rencontre Axel, un Français qui est en Australie depuis plus d'un an maintenant, mais il s'apprête à sortir en boîte de nuit avec ses amis, alors nous ne discutons pas davantage. Personnellement, je prends rapidement une bonne douche, en en profitant pour laver mes longs cheveux devenus gras à cause du voyage, avant de me glisser dans mon lit tout propre pour essayer de dormir un maximum. Je suis épuisé.

Réveillé de bonne heure à cause du décalage horaire, je décide impatiemment de partir explorer la ville. Il est six heures du matin, ce qui veut dire que j'ai dormi près de dix heures ! Ce n'est pas quelque chose de courant chez moi, cela montre à quel point j'avais besoin de sommeil. Le soleil, très intense, est déjà de la partie, éclairant un joli ciel bleu promettant une très belle première journée, la première de toute l'aventure. Depuis mes quinze ans, je rêve de venir en Australie, traverser ces paysages immenses et vides de toute civilisation au volant de mon van aménagé. M'y voilà, sept ans plus tard, mais incapable de réaliser pour le moment.

La première chose qui me choque, c'est la végétation, notamment les énormes feuilles de bananiers et les arbres avec des lianes en pleine ville ; cela me donne l'impression d'être dans le film *Avatar*. Peut-être que c'est dû à l'heure à laquelle j'ai décidé de sortir, mais plus j'avance, plus je me rends compte que la ville m'apaise, ce qui veut dire beaucoup pour un campagnard comme moi. Il n'y a pas d'immeubles imposants, les piétons ont de la place pour circuler librement et le trafic n'est pas important. Il n'y a pas de klaxons toutes les trente secondes ici, et c'est quelque chose que j'apprécie.

En m'assoyant sur un banc face à l'océan, je me dis que ça aurait vraiment été plaisant que Lucas, un de mes meilleurs amis, soit ici avec moi. Dans les plans, c'est ce qui était prévu, car il est en Australie depuis le mois de mars et il était à Cairns il y a encore deux semaines, mais financièrement c'était compliqué. Il n'a pas réussi à trouver d'emploi ici et donc, par la force des choses, il a dû déménager plus au sud pour aller travailler dans une ferme avec sa copine qu'il a rencontrée durant son voyage. Même si j'ai moins de nouvelles depuis qu'il est en couple, dans un coin de ma tête, j'espère qu'on arrivera à se trouver un moment pour se faire un road trip tous les deux.

Sur le remblai, je n'arrive même plus à compter le nombre de personnes en train de courir, c'est surement la période fraîche de la journée pour eux. Je ne sais pas si c'est partout pareil en Australie, mais cela m'impressionne, j'ai l'impression que peu de gens prennent soin d'eux de la sorte en France. Je rigole intérieurement en me disant que c'est peut-être une des raisons pour lesquelles les Australiens ont autant le sourire, ça et le soleil, bien sûr. Sur le chemin du retour, je traverse un petit parc très mignon où je croise un groupe de personnes âgées en train de faire du yoga avec un maître asiatique. Ils sont tous rayonnants, cela me renforce dans mon idée que la pratique du zen ou de tout ce qui s'en rapproche, après de bonnes années d'apprentissage, peut nous éloigner de façon importante de toute cette négativité autour de nous, notamment grâce à une conscience plus présente, plus vivante que celle que l'on développe en vieillissant. Les gens disent souvent qu'ils pensent trop or non, c'est leur cerveau qui pense trop par un manque de contrôle de leur part dû à une identification mal placée. Ils pensent qu'ils sont leurs pensées, or elle est un outil de communication interne. Voilà, j'ai recommencé, je me suis perdu dans ces pensées ! Preuve que même si j'aime la philosophie et que j'aime réfléchir, il y a un fossé entre la théorie et la pratique, entre la compréhension et la mise en application.

Dans le parc, il y a également un groupe d'ibis, ces drôles d'oiseaux blancs dotés de grandes pattes et d'un très long bec cornu. Malgré le fait que je sois en ville, au fur et à mesure que mes pas défilent, je découvre de plus en plus d'espèces différentes d'ovipares dont je ne pourrais dire le nom. Particulièrement des perroquets et des lézards avec des couleurs toujours plus loufoques les unes que les autres. Je profite de la journée pour aller chercher ma nouvelle carte SIM, créer un compte en banque australien, puis faire ma déclaration sur le site du gouvernement afin de recevoir mon numéro de taxe qui me permettra de travailler sur le territoire. Sachant que je vais rechercher du travail en tant que barman, je dois également passer un examen sur internet qui consiste en un test sur les bonnes pratiques liées à la vente d'alcool. Le but étant de responsabiliser les barmans et les gérants de bar afin d'éviter tout débordement. Toutes ces démarches administratives sont ennuyeuses, mais nécessaires, et plus tôt ce sera fait, mieux ce sera.

De retour à l'auberge de jeunesse, je rencontre d'autres backpackers de différentes nationalités, mais la quantité de Français continue de m'impressionner.

Rapidement, je me rends compte que nous ne sommes pas sur la même longueur d'onde, que nous ne voyageons pas pour les mêmes raisons, et ça se ressent beaucoup plus que l'on pourrait penser. Grossièrement, la plupart des gens sont ici pour vivre en Australie, puis pour découvrir le pays dans un second temps, tandis que pour moi c'est l'inverse. Donc forcément, les priorités et les centres d'intérêt sont opposés. Cela étant, je ne devais pas m'attendre à quelque chose de différent ; si je souhaite découvrir des gens dans le même état d'esprit que moi, je vais devoir quitter les villes et m'aventurer dans l'outback australien, le fin fond de la campagne. De toute manière, je ne suis pas parti avec beaucoup d'argent, donc toutes les dépenses inutiles sont à oublier, dont les sorties.

Ce soir, je me contente de me promener en ville pour sentir cette atmosphère qui est encore toute nouvelle pour moi. Je m'assois sur le même banc que ce matin face à l'océan, avec mon livre du moment, *Pensées pour moi-même* de Marc Aurèle, qui est un des plus grands influenceurs du mouvement stoïcisme antique. En tant qu'hypersensible, cette doctrine philosophique me permet d'accepter et de me détacher de mes émotions, et donc de mieux les gérer, même si bien sûr, c'est très loin d'être évident. En relevant la tête, j'aperçois à seulement trois mètres de moi un splendide requin nageant avec délicatesse et charisme le long du remblai. Éclairé grâce à la lumière des lampadaires, je le vois comme le symbole de la puissante dame Nature, qui calmement, vit autour et en chacun de nous, même si nous avons tendance à l'oublier. Calmement, je commence à réaliser où j'ai atterri.

Sachant que mes papiers vont prendre du temps à arriver par courrier à mon auberge de jeunesse, je décide de louer une voiture et de partir explorer une jungle appelée la Daintree Forest que Lucas m'a conseillée. Apparemment, c'est l'une des forêts les plus anciennes du monde ! Le premier problème auquel je ne m'étais pas préparé, c'est de devoir rouler sur la route de gauche avec le volant à droite. Heureusement, les vitesses sont dans le même sens, car c'est assez complexe à gérer, à chaque fois que je souhaite mettre mes clignotants, je déclenche mes essuie-glaces. Je ne sais pas vraiment comment, mais je finis par arriver sans encombre sur la route traversant la forêt. La flore et les bruits de la faune tropicale sont tellement dépaysants ! Si je suis chanceux, je vais pouvoir apercevoir des araignées plus grandes que ma main ou encore des serpents de toutes les couleurs, c'est quelque chose d'assez courant ici. Avec mon sac sur le dos, je m'aventure progressivement dans cette jungle tout en prenant soin de rester sur le sentier, car c'est un endroit assez impressionnant. Les perroquets font beaucoup de bruit, mais je ressens comme un immense silence intensifié par l'humidité de l'endroit. La végétation est tellement dense que je ne peux pas voir à plus de cinq mètres de chaque côté du chemin.

En arrivant sur la plage, les panneaux indiquent une présence importante de crocodiles d'eau salée et d'animaux venimeux dans l'eau, principalement des méduses. Je n'avais pas forcément prévu de me baigner, mais je remercie l'organisation en charge de cet endroit de m'en informer. J'en profite pour m'asseoir un peu et sortir le drone afin de filmer l'eau de l'océan, se déposer sur le sable blanc des grandes plages désertes autour de moi, rejointes par une rivière traversant cette immense forêt de plusieurs dizaines de kilomètres qui englobe de magnifiques montagnes sur son passage.

Partagé entre un sentiment d'extase face à la beauté de la nature et la frustration de ne pas avoir aperçu d'animaux exotiques, je décide de reprendre la marche en suivant le sentier pour regagner la voiture. Cela fait seulement cinq minutes que je suis en mouvement, mais mon corps s'arrête instantanément, comme s'il avait compris ce que ma tête ne voulait pas comprendre. Le regard au loin, j'aperçois ce qui me semble être une boule noire à mi-hauteur dans la végétation sur le bord du chemin. Ma tête refuse d'y croire, c'est impossible, cette créature est si rare que je serais extrêmement chanceux de la voir ici et maintenant. Après quelques secondes de silence, ce qui me semblait être une boule traverse le sentier et me fait réaliser par la même occasion que je ne suis pas en train de rêver : c'est un casoar ! Décrit par les spécialistes comme préhistorique, il est l'oiseau le plus dangereux au monde. Cela ressemble à une autruche de couleur bleue avec un casque sur la tête. Apparemment, ce dinosaure évolue uniquement dans les forêts tropicales du nord de l'Australie et celles de la Papouasie–Nouvelle-Guinée, ce qui rend ce moment d'autant plus unique et magique.

La créature traverse de nouveau le sentier pour s'enfoncer dans la forêt. Obnubilé, je me dirige à son ancien emplacement pour continuer de la suivre du regard tout en prenant soin de ne pas me faire repérer. Le calme est si puissant que j'ai l'impression que les perroquets ne chantent plus, j'entends même mon coeur battre. D'un coup, un bruit assourdissant retentit. Guidé par mon instinct de survie, me voilà en train de sprinter dans la jungle sans vraiment comprendre ce qu'il se passe. En me retournant, j'ai la chance d'entrevoir deux magnifiques casoars traversant le chemin à toute allure ; ces oiseaux peuvent atteindre les cinquante kilomètres par heure dans une forêt aussi dense que celle-ci. Je comprends que je me trouvais sur leur chemin et qu'ils n'avaient sûrement pas prévu de s'arrêter.

Rapidement, je monte dans la voiture avant de m'arrêter pour la nuit au pied d'une sublime plage bordée de palmiers. Je m'assois sur le sable, mon carnet à la main pour écrire quelques lignes. Je commence par décrire ma journée puis j'enchaîne en décrivant ce superbe coucher de soleil aux couleurs roses et orangées. Emporté par la fatigue, je réalise enfin que mon aventure en Australie est lancée !

2

Cap vers le sud

Je dois avouer que je commence sincèrement à m'ennuyer. Le visa australien est très facile à obtenir, mais pour pouvoir le renouveler, il faut travailler pendant quatre-vingt-huit jours dans un endroit spécifique. La plupart du temps, les postes qui fonctionnent pour la validation du visa sont des emplois physiques dans des endroits reculés tels que les fermes, la construction et les mines. Cependant, à Cairns, il est possible d'être serveur ou barman tout en validant son visa, ce qui en fait une ville très prisée par les backpackers, notamment en hiver grâce à son climat tropical. Cela provoque une pénurie de travail et de logements extrêmement importante, intensifiée par les réseaux sociaux ces dernières années qui vendent l'Australie comme la nouvelle ruée vers l'or. Personnellement, je n'ai aucune raison de rester ici, car renouveler mon visa m'importe peu. Je suis là pour adopter le style de vie dont j'ai toujours rêvé tout en traversant un des plus grands pays du monde, mais je suis bloqué ici en attendant mes papiers tout en vivant sur mes économies, ce qui est un second problème.

La musique dans les oreilles, je marche au bord de l'eau quand mon téléphone se met à vibrer. Surpris, je constate que c'est Julien qui vient de m'envoyer un message pour prendre de mes nouvelles. Cela doit faire au minimum trois ans que nous ne nous sommes pas vus, cela remonte peut-être même jusqu'au collège. Il est également en Australie dans un village du côté de Brisbane pour y valider son visa. Enfin, quand je dis du côté de Brisbane, je parle uniquement sur la carte, car en réalité, il y a environ huit heures de bus qui le séparent de la côte, mais c'est tout de même la grande ville la plus proche. Cela fait maintenant onze mois qu'il est ici et tout a l'air de bien se passer pour lui, j'en suis sincèrement ravi. Ce serait sympa que l'on réussisse à se voir ; c'est toujours un sentiment spécial de passer du temps avec quelqu'un de familier dans un nouvel environnement, qui plus est loin de la maison. C'est comme si deux vies se rencontraient, rendant plus réelle la deuxième, la moins naturelle pour l'esprit.

Comme tous les matins, je me rends à l'accueil de l'auberge de jeunesse pour demander s'ils n'auraient pas reçu quelque chose pour moi, mais cette fois-ci la réponse est positive : mes documents sont enfin arrivés ! Pour ne pas perdre davantage de temps, je finis de préparer mes affaires et je pars directement, mes sacs sur le dos. Aujourd'hui, mon plan est de me rendre à Airlie Beach en autostop, où j'aimerais prendre un avion pour y observer la grande barrière de corail ; c'est une activité que beaucoup m'ont conseillée ici. La distance qui sépare les deux villes est de six cent vingt kilomètres, ce qui représente un beau défi ! Sans surprise, le plus dur est de sortir de Cairns. Cela fait deux heures que je marche et des douleurs dans le dos, causées par le poids de mes sacs, commencent à se faire sentir.

Un homme de type indonésien, environ la quarantaine, au volant d'un véhicule assez imposant, me voit souffrir et décide de s'arrêter. Sans trop comprendre ce qu'il essaie de me dire, je monte dans sa voiture pour le plaisir de m'asseoir et de soulager mon dos. En observant l'heure, je me rends compte que je suis déjà très en retard sur mes prévisions et que ça risque d'être compliqué d'atteindre mon objectif. Les kilomètres défilent et nous tentons de discuter de différents sujets, mais la barrière de la langue, assez pesante, nous empêche de rendre ce moment naturel. Heureusement, la musique est un art universel ! Après avoir découvert que nous avions tous les deux réalisé quelques morceaux, nous nous enjaillons dessus en multipliant les différents mouvements de danse, parfois très étranges, ce qui nous fait beaucoup rire.

Pour tenter de commencer une nouvelle discussion, je lui confie que je n'ai jamais vu de crocodiles en totale liberté sans acheter un ticket pour un de ces bateaux très touristiques. Ceux qui les nourrissent afin d'être sûr d'avoir des choses à présenter pour les photos. Tout en souriant, il quitte la route principale et commence à slalomer entre les champs pendant une quinzaine de minutes. En arrivant, l'homme comprend qu'il vient de faire un heureux rien qu'en regardant les émotions qui s'échappent de mon visage. Là, devant moi, sur une petite plage de l'autre côté de la rivière, se trouve un magnifique crocodile mesurant plus de deux mètres de long ! Il est là, immobile comme une statue, la gueule grande ouverte, mais dégageant par la même occasion une prestance impressionnante. Apparemment, cet animal se trouve là depuis plusieurs années, donc pour les locaux qui se sont habitués à sa présence, il fait presque partie du paysage.

Nous reprenons la route pour nous arrêter à Innisfail, qui se trouve à environ une heure et trente minutes au sud de la ville de Cairns. C'est sa ville natale, où il vit encore aujourd'hui. Après une bonne poignée de main et beaucoup de remerciements de ma part, je continue mon chemin à la recherche de la bonne personne qui voudra bien m'avancer. Rapidement, une famille s'arrête et me propose de monter avec eux. Ils m'avancent de pas mal de kilomètres avant de me déposer au milieu de nulle part. Par chance, presque aussitôt, une équipe de trois gars qui travaillent dans une plantation de bananes pas très loin d'ici me récupère à leur tour, ce qui me permet d'arriver aux alentours de treize heures dans la ville de Tully.

J'avance à pied en continuant de faire des signes aux automobilistes, mais personne n'a l'air de vouloir s'arrêter. De longues minutes passent, mais toujours rien. J'ai vu au loin que de gros chiens se baladent sans laisses devant un entrepôt, alors pas du tout rassuré, je continue d'avancer pour me mettre à une intersection, afin de garder une certaine distance avec eux. Finalement, après plusieurs minutes supplémentaires, mon ange gardien apparaît devant moi. Un Italien du nom de Marko me prend avec lui à bord de son super van aménagé. Le feeling arrive d'une facilité déconcertante, car après ce qui devait être un petit coup d'œil à l'intérieur de son fourgon, me voilà scotché devant une magnifique planche de surf accrochée au plafond. Le premier sujet de discussion est trouvé.

Sur la route, nous prenons conscience que nous ne savons même pas où nous allons. Lorsque je lui indique que je cherche à me rendre à Airlie Beach, il me répond qu'il se rend à Bowen, une petite ville a seulement une heure de route au nord. C'est parfait ! Nous allons pouvoir faire plus de cinq heures de route ensemble, ce qui va sûrement me permettre d'atteindre mon objectif. La chaleur devenant de plus en plus importante, il me demande si je souhaite me baigner pour me rafraîchir. Quelle question ! Je lui réponds rapidement que oui, mais que nous sommes sur l'autoroute. Un petit rire non contrôlé s'échappe de sa bouche, me laissant comprendre que ma confusion l'amuse. Le voilà qui prend la prochaine sortie et continue d'avancer pendant une vingtaine de kilomètres.

Tranquillement, nous montons en altitude en empruntant de magnifiques routes entourées de beaucoup de végétation qui, d'ailleurs, n'a plus rien à voir avec celle de Cairns ; l'environnement a changé pour se rapprocher beaucoup plus de ce que j'ai l'habitude de voir en France. Après plusieurs minutes, nous voilà arrivés au bord d'une crique perdue au milieu de nulle part. Marko est sur le continent depuis plus de quatre ans maintenant, il a déjà eu l'occasion de passer plusieurs fois par ici, c'est pourquoi il connaît bien cet endroit. Nous enfilons rapidement nos maillots de bain et sautons directement dans l'eau. Elle est si fraîche que le contraste avec l'extérieur provoque un bien-être impressionnant. Je profite de l'occasion pour prendre une petite douche sous la cascade avant de reprendre la route.

Les heures de voyage passent et le soleil commence à descendre calmement. Je commence à prendre conscience qu'il fera sûrement noir quand nous arriverons à Bowen et que faire de l'autostop dans ces conditions n'est pas vraiment optimal, cela pourrait même être dangereux. Marko me propose gentiment de venir avec lui et ses amis dans le camping pour van au bord de la plage. Il me fait bien comprendre que c'est une place que je ne dois pas manquer, alors je lui réponds que refuser dans ces conditions ferait de moi quelqu'un d'impoli. Quand nous arrivons, l'ambiance chaleureuse et bohème que dégage le lieu ne me laisse pas indifférent. Les amis de Marko, bien qu'Italiens, se sont tous mis à parler anglais pour moi, je leur en suit très reconnaissant. Après avoir fini les visites de tous les vans sous ma demande, nous nous sommes installés tous ensemble pour prendre l'apéritif qu'ils avaient préparé au préalable pour la soirée.

À la suite des discussions que j'ai pu avoir avec les personnes que j'ai rencontrées à Cairns, j'avais prévu d'aller m'installer aux alentours de Byron Bay. Elles l'ont décrite comme une petite ville avec une atmosphère calme et bohème au milieu de grands parcs naturels. Sachant que c'est un spot de surf mondialement connu, je me dis que c'est clairement l'endroit rêvé pour s'installer. Cela a l'air de totalement correspondre au style de vie australien que je me suis imaginé.

Cependant, les amis de Marko, qui sont en Australie depuis beaucoup plus longtemps et qui vivent dans cette ville plusieurs mois par an, m'indiquent que ce n'est plus vraiment aussi paradisiaque, que l'esprit bohème se fait remplacer peu à peu par un style beaucoup plus superficiel. Selon eux, cela viendrait de la crise du Covid-19, les gens fortunés vivant dans les grandes métropoles ont décidé de migrer vers de plus petites villes afin d'y acquérir un meilleur cadre de vie.

Sachant que Byron Bay est mondialement connu, beaucoup de backpackers prévoient de s'y installer pour la saison d'été qui est de novembre à avril. La concurrence pour un travail sera sûrement rude et c'est un risque à prendre en compte à cause de ma faible capacité financière. Ils me conseillent alors de m'installer à Noosa, au nord de la Sunshine Coast. Apparemment, c'est une ville dans le même esprit que Byron Bay sans les défauts précédemment cités. Un autre point positif : la ville se trouve bien plus proche, je suis donc décidé à partir y emménager. Fortement épuisé socialement par cette journée très intense, je quitte les Italiens assez tôt, direction mon hamac que j'ai installé entre deux arbres au milieu des caravanes. À l'aide de ma lampe frontale, je prends le temps de résumer cette journée sur mon journal, c'était magique, exactement comme j'en rêvais trois ans plus tôt dans ma chambre d'adolescent.

Réveillé par le lever du soleil, je me rends directement sur la plage, appréciant le calme et le bruit des vagues avant de reprendre ma route en autostop en direction d'Airlie Beach. Après plus d'une heure de marche, une femme d'environ quarante ans s'arrête et accepte de me prendre avec elle, c'est une nomade elle aussi ! Elle me raconte qu'elle était joueuse professionnelle de golf dans le passé, et que maintenant sa vie se résume à voyager à bord de son van qu'elle a aménagé elle-même. Très inspirant ! Enfin, c'est ce que je pense avoir compris…

Je la remercie pour sa gentillesse et je me dirige directement au point de rendez-vous pour prendre l'avion censé m'emmener voir la grande barrière de corail, mais le problème c'est que j'ai quatre heures d'avance. Sachant que je n'ai pas passé la nuit la plus réparatrice que j'ai pu connaître, je m'allonge sur le premier banc que je vois pour somnoler. Les gens qui passent autour de moi m'observent énormément ; il faut dire que je me suis lavé uniquement dans une crique depuis hier et que je me comporte comme une personne sans domicile fixe. En y réfléchissant, je comprends que c'est ce que je suis finalement, je suis juste un peu plus jeune que ceux qu'ils ont l'habitude de voir.

Le taxi arrive et nous partons directement en direction de l'aérodrome. Étant seul, le pilote m'indique de m'asseoir à côté de lui tout en indiquant aux deux autres couples de s'asseoir sur les sièges de derrière. Je suis aux anges ! Nous décollons sans difficulté, mais je dois dire que je ne suis pas super à l'aise. J'ai pourtant l'habitude des petits avions, notamment grâce à ma licence de parachutiste que j'ai eu l'occasion de passer en France, mais je dois dire que celui-ci bouge beaucoup. Malgré deux, trois petites frayeurs, nous arrivons au-dessus de la grande barrière de corail qui n'a rien à envier aux autres merveilles naturelles du monde. Mes yeux ne savent plus quoi observer, les couleurs de la grande barrière de corail ressortent comme si un filtre se trouvait devant eux. C'est tellement beau ! Je pense à ma famille et ma copine, j'aurais aimé qu'ils voient ça, ils auraient adoré voir ça.

Une fois de retour sur le tarmac, je monte dans le taxi pour qu'il puisse me ramener dans le centre-ville d'Airlie Beach. J'en profite pour me renseigner sur la distance me reliant à Noosa, et d'après mes recherches, il y a plus de mille deux cents kilomètres et donc dix-sept heures de route qui séparent ces deux villes. Étant fatiguée de ma première journée d'autostop, qui ne représente que la moitié de ce trajet, ma tête comprend que ce défi est trop éprouvant pour moi. Sur internet, je décide d'acheter un ticket pour un bus de nuit le soir même. Ce sera encore une nuit approximative, très peu réparatrice, mais cela m'évitera de payer une nuit dans une auberge de jeunesse. Je profite de ce moment d'attente pour réserver mon logement à Noosa, m'imaginant prendre ma douche puis me coucher sur un bon matelas moelleux, tout propre pour une longue sieste.

Finalement, les longues heures de bus se déroulent bien, car je réussis à m'endormir très facilement. Arrivé à destination, je me dirige directement vers mon auberge, qui se trouve à environ un kilomètre. L'auberge est plutôt sympa, moderne et accueillante ! Vivre ici le temps de trouver une colocation ne sera pas trop difficile ; le seul souci de ce genre de logement en Australie, c'est leur taille parfois disproportionnée.

Contrairement à d'autres pays, les auberges ici peuvent accueillir plusieurs centaines de voyageurs, donc cela peut être un peu étouffant pour quelqu'un de solitaire comme moi qui aime bien vivre en petit comité. Une fois reposé, après la douche et la longue sieste, je marche en direction d'une des plages situées à côté du parc national de Noosa. L'ambiance est identique à ce qu'ils m'avaient dit : tous les véhicules, que ce soient les voitures, les vans ou les scooters, sont équipés d'une planche de surf ou disposent de quoi l'accrocher. Ce sera facile pour moi de m'y acclimater.

3
L'outback

Le dimanche, c'est souvent un jour de Grand Prix. En ce 24 septembre, c'est le Grand Prix du Japon. Depuis petit, j'ai pris l'habitude de regarder les courses de Formule 1 avec mon père quand je n'avais pas entrainement de foot ; on peut dire qu'il m'a transmis la passion des sports automobiles. Par chance, j'ai trouvé le seul pub qui diffuse l'événement à la télé, donc me voilà accompagné d'une bonne bière pour clôturer parfaitement cette journée. À la fin de la course, je me balade sur Instagram pour voir comment se passe la vie en France. Les stories des uns et des autres montrent des soirées, des restaurants, des anniversaires, mais après quelques minutes, l'une d'elles retient mon attention. Celle de Julien, en Australie, indique qu'il recherche quelqu'un pour travailler avec lui en précisant que le poste est logé, nourri, blanchi, et compte pour les quatre-vingt-huit jours permettant la validation du visa.

Prenant conscience de ma situation financière, je décide de me renseigner auprès de lui. Il m'explique que c'est un hôtel comprenant une boutique d'alcool, un bar, et un restaurant, et que le poste consiste à vendre et servir l'alcool dans les deux premiers ainsi qu'à prendre les commandes pour le dernier. En discutant davantage avec

Julien, il m'indique que le travail est plutôt tranquille et que le chef, sous le nom de Tony, ne se montre pas très communicant. C'est un point plutôt positif, car je dois avouer que j'aime bien prendre mon temps ; un peu fainéant sur les bords, je ne suis pas très fan d'être à cent pour cent pendant plusieurs heures, et encore moins quand les patrons demandent de faire semblant d'être occupés quand il n'y a rien à faire. Je suis plutôt du genre à préférer discuter avec les quelques clients réguliers sur ce qu'ils ont fait le week-end dernier en leur servant leurs bières habituelles, ou bien parler avec les touristes d'où ils viennent et ce qu'ils ont traversé. C'est principalement pour ça que j'aime le poste de barman.

En bonus, Julien m'indique qu'il y a possibilité de faire des heures assez importantes. Pour donner un ordre d'idée, il a économisé en trois mois plus de dix mille euros, mais le prix à payer pour cette opportunité plutôt séduisante est de vivre dans un village perdu au milieu de l'Australie pendant plusieurs mois. Je commence à faire mes calculs et je me rends compte très rapidement que cela m'aiderait beaucoup pour les différents projets que j'ai en tête. Je ne pourrais jamais économiser autant d'argent à Noosa, car le coût de la vie est assez élevé et les logements intéressants trop peu nombreux. C'est également une superbe opportunité pour mon anglais, que j'ai vraiment besoin de développer, car les auberges sur la côte sont remplies de francophones.

Sans réfléchir davantage, j'envoie ma demande de poste à Julien, qui me répond aussitôt qu'il a reçu plus de trente demandes, mais qu'il préfère donner cette opportunité à quelqu'un qu'il connaît. Après avoir parlé avec son patron, il m'indique que je dois venir dès jeudi prochain si je souhaite le poste. Je viens d'obtenir mon premier travail en Australie ! Sans perdre de temps, j'organise et je réserve tout ce dont j'ai besoin pour mon trajet en direction d'Injune où se trouve mon nouveau travail. Je dois commencer par me rendre à Brisbane en bus, où j'y passerai une nuit pour ensuite, le lendemain, prendre un autre bus dès sept heures du matin en direction de Roma, trajet qui durera environ huit heures. À destination, quelqu'un sera envoyé par mon patron pour m'emmener au village en question, qui se trouve à une heure de route. Un vrai parcours !

Sans le stress de devoir trouver un travail rapidement, la nuit a été bonne. Aujourd'hui, je peux me consacrer au présent, et profiter de l'endroit. Pour cela, l'auberge de jeunesse a eu la merveilleuse idée de mettre des planches de surf à disposition. Me voilà en direction de la plage après m'être emparé de l'une d'entre elles d'environ sept pieds de longueur. Au surf, plus ta planche est petite, meilleur tu es ; c'est une question d'équilibre et de position par rapport à la vague. Je tiens vraiment à tester mon niveau et l'occasion est parfaite !

Arrivé au bord de l'eau, je me rends compte qu'il y a une différence entre moi et les autres surfeurs : je n'ai ni de combinaison ni de t-shirt. Il est vrai que nous sommes juste sortis de l'hiver ici et l'eau n'est pas encore aussi chaude que pendant les mois de décembre et de janvier. Je décide quand même de me lancer et honnêtement, ça va, mais je comprends au bout d'une heure, en voyant mes coups de soleil, que les combinaisons ne sont pas conseillées uniquement à cause de la température de l'eau.

Une fois revenu de la plage, je me connecte au réseau Wi-Fi de mon auberge dans le but de vérifier mes messages, mais j'aperçois plusieurs appels manqués de Julien et des messages indiquant de le rappeler rapidement. Pris d'un petit coup de pression, je m'empresse de le rappeler. Il m'explique qu'il a confondu mardi avec jeudi. Il est vrai qu'en anglais, ce sont des mots extrêmement proches, mais cette erreur va peut-être me coûter mon travail et ainsi beaucoup d'argent. Son patron a besoin de moi demain, mais il est trop tard pour me rendre à Brisbane ce soir. Après avoir vérifié, je lui explique que je pourrais arriver au plus tôt mercredi. Il m'explique qu'il va négocier avec son patron, Tony, mais qu'une fille l'a appelé aujourd'hui et que ça risque d'être tendu. Nous raccrochons, et je dois avouer que je ne me sens pas très bien. Je venais de construire mon plan dans ma tête, et tout est sur le point de tomber à l'eau.

Une dizaine de minutes plus tard, Julien me rappelle pour me prévenir qu'il a réussi à négocier et que c'est bon, j'ai le poste ! Tony est d'accord pour que j'arrive mercredi, ce qui veut dire que je dois maintenant tout réserver en vitesse en espérant qu'il reste des places pour les deux trajets. Concernant l'auberge de jeunesse, j'irai directement sur place avec un jour d'avance et je leur demanderai s'il y a possibilité de juste modifier la réservation. Cette erreur ne m'aura coûté qu'une centaine d'euros si tout se passe bien, cela aurait pu être bien pire…

Je profite du temps qu'il me reste ici pour me balader en profitant de cette atmosphère australienne. Je commence par marcher en direction d'une autre plage que je n'avais pas encore eu la chance d'observer puis, sur le chemin, je trouve une petite boutique qui vend des cartes postales. Je revois ma copine me dire que ça lui ferait extrêmement plaisir d'en recevoir, alors je décide d'en acheter pour elle, mes parents ainsi que mes grands-parents. Je continue ma route en traversant cette plage jusqu'au parc national qui se trouve un peu plus loin. En observant un panneau, je prends conscience que je vais devoir traverser le seul bout de plage où les chiens sont autorisés.

Quand j'étais petit, mes parents ont eu la superbe idée d'agrandir la famille en accueillant un magnifique bouvier bernois du nom de Sullyvan. J'ai grandi avec lui en quelque sorte, même si son âge adulte est arrivé beaucoup plus rapidement que le mien. Lorsqu'il était assez grand, je montais sur lui comme s'il était un cheval et nous suivions tous les deux mon père qui tondait la pelouse, quand je ne prenais pas moi-même ma petite tondeuse en plastique pour l'imiter. J'avais un grand attachement pour ce chien, et je ne ressentais pas de peur comme aujourd'hui. Un spécialiste pense que mon inquiétude en présence des chiens est due à une peur que j'aurais éprouvée lors d'un événement extérieur que j'aurais reporté sur eux. En bref, je ne suis pas né comme cela, et c'est quelque chose qui me dérange réellement. Les peurs s'atténuent ou disparaissent uniquement en les affrontant, donc je vais profiter de cette opportunité, je vais traverser cette plage.

Plus j'avance, et plus les bêtes deviennent nettes et imposantes. Une famille avec quelques enfants marche à une dizaine de mètres devant moi, c'est parfait ! Les chiens s'occuperont d'eux et je passerai ainsi inaperçu. Après le bout de plage traversé, je me rends compte que je me suis inquiété pour rien et qu'ils étaient tous occupés à jouer avec leur maître. J'en rigole intérieurement, soulagé, mais lorsque je commence à rentrer à l'intérieur du parc, je remarque une couleur rouge vif sous un rocher. En me penchant pour observer d'un peu plus près, cela devient très facile de reconnaître que c'est un serpent. Il n'est pas très grand, mais il n'a pas l'air inoffensif ! Au même moment, j'entends les enfants de la famille que j'ai doublé il y a quelques minutes qui se rapprochent, alors pour éviter tout incident, je m'empresse de les prévenir.

Le chemin sur lequel je me trouve longe la côte avec vue sur l'océan et son horizon pendant une bonne partie de la marche, ce qui me permet d'observer les baleines qui s'amusent au loin. La saison devrait bientôt se terminer, mais il faut croire qu'elles sont encore dans les parages. Après de longues et agréables heures de promenade dans la forêt, je regagne mon auberge de jeunesse afin de préparer mes affaires pour le départ. J'en profite pour m'arrêter au Subway sur la route de la gare routière, car aujourd'hui, c'est le dernier jour où je peux me faire plaisir avant de partir pour plusieurs mois dans le désert australien.

Brisbane a des airs de grande ville à côté de Cairns, notamment à cause de certains de ses immeubles imposants. Devant mon nouvel hostel, le réceptionniste m'indique que, premièrement, l'auberge est pleine, et que deuxièmement, c'est trop tard pour me faire rembourser ma réservation pour la nuit de demain. Coup de chance, une autre auberge située à dix mètres à peine a un lit de disponible. Il y a des Français partout, et en discutant avec deux ou trois individus, je comprends que cette auberge est habitée à plus de quatre-vingts pour cent de Français. Autour de moi, les discussions tournent essentiellement autour du travail ; la plupart se plaignent qu'ils ne trouvent pas d'emploi depuis pratiquement un mois. Cela m'a permis de me réaliser la chance que j'ai, et à quel point je suis content d'aller loin de cette négativité francophone. Rapidement, je pose mes affaires et je pars à la découverte de la ville pour la fin de cette journée. En me baladant, je tombe sur un Irish pub avec de la musique en direct et de la restauration. Soirée incroyable ! L'idéal avant d'aller m'enfoncer je ne sais où…

Le téléphone sonne dans le dortoir, réveillant quelques camarades. Mardi vingt-sept septembre est affiché sur son écran, c'est le jour J ! Cela me provoque par la même occasion un petit coup de stress. Une fois dans le bus en direction de la ville de Roma, je commence à me poser quelques questions : est-ce que l'endroit va vraiment me plaire ? Est-ce que j'ai les compétences pour y travailler ? Est-ce que finalement ce n'était pas un mauvais choix ? Le poste que je souhaite acquérir est, selon les dires de Julien, un poste de barman nécessitant un bon niveau d'anglais et des connaissances de base en cuisine. Je commence à me dire que quelqu'un mérite sûrement mieux l'opportunité que je suis peut-être même en train de voler. Pour m'aider, je pense à tous ceux qui ont menti sur leur curriculum vitae à Cairns pour trouver un travail, et je me dis que je ne suis pas le pire, même si je sais que ce n'est pas forcément le meilleur état d'esprit.

Le temps passe, et je dois avouer que mon stress commence proportionnellement à augmenter. Julien m'indique que c'est un dénommé Coxy qui viendra sur place me récupérer, avec une photo de sa voiture en pièce jointe afin que je puisse facilement le reconnaître. C'est un pick-up de couleur bordeaux avec plusieurs années d'utilisations intensives, facilement devinables grâce à la carrosserie abîmée et rouillée à certains endroits.

Coxy est bien là, devant sa voiture. C'est un homme âgé d'au moins cinquante ans, vieilli prématurément par la consommation d'alcool et de cigarettes de façon importante. Il se tient debout avec une béquille à cause de son déséquilibre causé par sa jambe en bois. Au moment où je rentre dans sa voiture, je comprends que je ne me suis pas trompé ; l'odeur de tabac froid recouvre l'ensemble de l'habitacle. Coxy se montre très amical, et nous discutons pendant une bonne partie du trajet. L'évolution de l'environnement de Brisbane à Injune est très impressionnante : la terre devient de plus en plus rouge et sauvage, les habitations se font de plus en plus rares, mais les kangourous tués, renversés par des camions, se font proportionnellement plus nombreux. La grandeur de ce pays et sa faible population me permettent de ressentir un sentiment de liberté impressionnant ; plus nous avançons, et plus je comprends que ce n'est pas qu'un sentiment.

Lorsque nous arrivons à Injune, Coxy s'arrête chez lui pour prendre une bouteille de Jack Daniel's en m'expliquant qu'il ira voir ses amis directement après m'avoir déposé. Je ne me suis pas permis de lui demander comment il allait rentrer, simplement parce que je connais déjà la réponse. J'ai pris le temps d'observer les habitations qui m'entouraient et cela me rappelle un voyage précédent, l'Arizona. Cet environnement désertique et sec associé aux maisons préfabriquées, un peu posées là par hasard, me donne l'impression de jouer dans la nouvelle saison de *Breaking Bad*.

Il finit par me déposer devant le fameux Injune Hotel et s'en va aussitôt en me souhaitant bonne chance. Je me retrouve seul face à ce bâtiment, en me demandant une nouvelle fois « Qu'est-ce que je fous là ? ». Je décide de souffler un bon coup et d'avancer en essayant de ne pas trop réfléchir.

En rentrant, je trouve deux hommes en pleine discussion, chacun de leur côté du bar. L'un d'eux se tourne vers moi et m'observe longuement avant d'avancer à son tour et de se présenter.

- « Tony », me lance-t-il.
- « Mathias, ravi de vous rencontrer. »

Je prends soin de faire un grand sourire afin de gagner un maximum de points, car celui qui a dit que nous avions qu'une seule chance de faire une bonne impression avait parfaitement raison. Tony doit mesurer environ un mètre quatre-vingt, tout en étant d'une corpulence plutôt généreuse, avec des cheveux noirs qui donnent l'impression de ne pas avoir été lavés depuis quelques jours. Il m'indique que je peux aller voir Julien dans sa chambre, qui se trouve à l'étage, en me montrant rapidement le chemin. Je n'ai pas vraiment eu le temps d'analyser l'endroit que je commence à monter les marches en appelant Julien sur mon téléphone pour lui indiquer ma présence. Rapidement, celui-ci sort de sa chambre pour venir me saluer avec un débordement d'énergie positive qui me fait du bien.

Julien est plus grand que moi, il doit mesurer environ un mètre quatre-vingt-cinq, et ses cheveux bruns et mi-longs en mode surfeur illustrent parfaitement son année d'expérience ici sur la grande île. En l'observant, je me demande encore comment il fait pour être aussi maigre en étant sommelier. Surtout que je sais qu'il aime trop le vin pour toujours le recracher dans les dégustations. En tout cas, je suis vraiment content de le voir. C'est une impression assez étrange, car la dernière fois que nous nous sommes vus, c'était probablement au collège, sur la cour de récréation, en train de faire un match de foot l'un contre l'autre, et nous voilà perdus ensemble plusieurs années après, dans un village en plein désert en Australie, à l'autre bout de la planète. Nous en rigolons, car nous n'aurions jamais pu imaginer cette image à l'époque.

Aimablement, Julien commence par me montrer ma chambre pour que je puisse poser mes affaires avant la suite de la visite. Sans surprise, le mobilier est très vintage, le lit grince énormément et ressemble à un lit des années soixante-dix. L'odeur de vieux qui flotte dans l'air confirme cette impression. Il est fait pour une personne et demie, mais prend les trois quarts de la chambre. Dans le coin se trouve un lavabo avec une petite planche pour poser mes affaires de toilette. Je critique, mais je suis réellement content de retrouver une bulle où je peux me réfugier en cas de besoin, car c'est quelque chose de compliqué lorsque l'on vit uniquement d'auberge en auberge. Dans cette chambre, il y a également un accès à la terrasse du staff qui donne sur l'arrière de l'hôtel et le jardin de la maison de Tony. C'est ici que se trouvent les toilettes, alors heureusement qu'il ne fait pas trop froid la nuit. Je crois que c'est la première fois de ma vie que je dois aller dehors pour aller faire mes besoins, et ça me fait doucement sourire ; je revois mon père m'expliquer comment c'était à l'époque lorsqu'il dormait chez ses grands-parents.

Ensuite, Julien me montre l'ensemble de l'étage en repartant des marches pour que je puisse me repérer facilement. Le couloir à droite est pour le staff et celui de gauche pour les clients de l'hôtel. Dans notre partie, on y trouve une salle avec deux frigos pleins de saletés qui ne servent à rien, la chambre de Julien, ma chambre, la salle de bain qui fait un peu peur et nos pièces de vie. La cuisine et le salon sont exactement dans le même style que les autres pièces, mais il y a cependant un grand écran plat contrastant avec le reste, ainsi qu'un frigo qui est propre cette fois. Le salon donne sur la terrasse des clients, qui se trouve être assez grande et donne du côté de la rue, ce qui est un peu plus agréable.

Du côté des clients, je découvre qu'il y a une dizaine de chambres au maximum, toutes dans le même style que la mienne, avec une salle de bain et des toilettes au bout du couloir. Je n'avais jamais vu ni même réfléchi concernant la possibilité de réserver une chambre dans un hôtel et de me retrouver avec des toilettes communes.

En descendant au rez-de-chaussée, je remarque une porte cadenassée sur la droite. Julien m'indique que c'est la « hot room ». Autrement dit, c'est là où se trouve le stock d'alcool avant d'être entreposé dans les différents frigos. Il m'explique également qu'absolument tout est cadenassé ici ; Tony doit sûrement être quelqu'un d'inquiet concernant les cambriolages. En face des marches se trouve une porte en bois de couleur verte qui mène dehors sans passer par les différents commerces, c'est par ici que les clients passent pour monter. Nous longeons les marches avant d'arriver à la place centrale de l'établissement. Sur la droite se trouve le bar, c'est le chemin que j'ai utilisé pour monter tout à l'heure. Tout droit se trouve la salle du restaurant et à gauche un couloir qui mène à la cuisine et à l'arrière-cour. Derrière moi, en dessous des marches, se trouve une nouvelle porte cadenassée, mais un peu plus épaisse que les autres. Julien m'explique qu'il n'a jamais vu cette porte ouverte, que nous n'avons pas les clefs et que nous avons l'interdiction d'essayer d'y entrer. Cela aiguise ma curiosité, mais nous décidons d'avancer.

Comme l'ensemble, le restaurant est très atypique ! La pièce, de la terrasse aux marches, est recouverte d'une moquette bordeaux à motifs, et tous les murs sont recouverts d'informations, de tableaux, de photos ou encore de vieilles pancartes d'événements des années quatre-vingt. Sur ma gauche se trouvent deux fauteuils en cuir noir avec une petite table qui n'ont rien à voir avec le reste du mobilier. Julien me raconte que c'est la place que Tony utilise le soir pour manger face à la télé et ses perroquets, deux grands perroquets Ara bleu et jaune. Cet animal magnifique est réduit ici à deux petites cages en ferraille ; j'avoue ne pas vraiment me réjouir de ça, mais je ne suis pas du tout en position de montrer mon désaccord pour le moment. Au fond du restaurant se trouvent un billard, une sono, et un piano ; cet espace sert parfois aux jeunes d'Injune pour organiser des soirées. Il ajoute que la cuisine est ouverte de dix-huit heures à vingt heures, mais que le bar, lui, ferme en fonction des clients.

En prenant le chemin menant à la cuisine, nous arrivons dans un couloir rempli d'affaires nécessaires au bon fonctionnement du commerce, comme des sacs poubelle, des feuilles, etc. Dans ce couloir se trouve un grand frigo permettant de stocker une partie de l'alcool, notamment les bières. Nous traversons la porte de l'autre bout du couloir pour arriver dehors, à l'arrière du bâtiment. Aussitôt, sur notre gauche se trouve la cuisine, qui est actuellement cadenassée, mais je peux apercevoir par la fenêtre sa petite taille. À notre droite se trouvent d'autres marches permettant d'atteindre ce qui me semble être la terrasse du personnel et donc nos chambres.

Après une dizaine de mètres, nous nous retrouvons face à un jardin entièrement grillagé avec un portillon permettant d'y entrer. C'est la maison de Tony.

J'aperçois sur son terrain d'autres cages pour oiseaux et un nouveau petit cabanon dans lequel se trouvent les machines qui me permettront de laver et sécher mon linge. J'y vois actuellement l'intérieur de chez lui, car la porte à l'arrière de sa maison est grande ouverte. Je comprends qu'il n'est pas quelqu'un de très organisé, ou alors à sa manière…

Maintenant que nous avons fait le tour du bâtiment, Julien me propose de rapidement faire un tour du village. Il est composé uniquement de deux rues, mais est tout de même très bien équipé. On peut y trouver un bureau de poste, un petit hôpital, un petit supermarché, une petite boutique qui vend un peu toutes sortes de fournitures, un café, une école, une piscine gratuite ouverte uniquement en été, un mini skate parc à côté d'un petit terrain de basket, une pharmacie, un aérodrome, un motel en plus de l'hôtel, et même leur propre terrain de rodéo et de course de chevaux. En clair, les gens qui vivent ici travaillent ici, et ils ne vivent qu'entre eux. Julien me confie qu'ils ont énormément d'argent à Injune, les salaires sont très élevés tandis que les habitations ne coûtent quasiment rien, et ils ne cultivent pas du tout le matérialisme. Cela explique toutes ces infrastructures.

En revenant au pub, Julien m'accompagne pour aller parler avec Tony afin de lui demander davantage d'informations, comme mes horaires et mon poste de travail. Je lui fais comprendre que je suis extrêmement motivé pour travailler un maximum, car je suis ici pour l'argent après tout. Sans vraiment me donner davantage d'informations, Tony me dit de revenir au bar ce soir à dix-huit heures pétantes ! Cela me laisse juste le temps de me reposer un petit peu, car cela fait beaucoup d'informations en très peu de temps.

4

Comme un premier jour

Après une petite pause d'une heure, allongé sur mon lit à essayer de comprendre ce qu'il se passe, je descends en direction du bar pour commencer ma première journée de travail. En arrivant, je fais connaissance avec Kyra, ma collègue qui m'accompagnera au bar les débuts de semaine. Ses longs cheveux roses et ses tatouages de Pokémon sur l'avant-bras me font penser aux geeks fans de la culture japonaise par chez nous. Souriante, elle m'a vraiment l'air sympathique, mais je ne peux pas vraiment le savoir, car je ne comprends pas ce qu'elle me dit. À vrai dire, je ne comprends personne ici. Leur accent est très prononcé, ce qui complique pas mal de choses en commençant par l'apprentissage du poste. Ne pouvant pas vraiment utiliser mon ouïe, je ne me base que sur ma vue pour mémoriser ce que l'on m'apprend, mais la quantité d'informations à retenir est surhumaine.

Toutes les boissons proposées par le pub sont différentes de celles que je connais habituellement en Europe, ce qui fait que les clients m'indiquent directement dans quels frigos je peux trouver ce qu'ils me demandent. Ils s'impatientent de plus en plus, étant donné que même leurs explications, je ne les comprends pas. Certains ne me disent même pas bonjour et me crient dessus en me parlant comme à un enfant pour demander les menus du restaurant.

Honnêtement, je vis un calvaire et je compte les minutes en espérant finir très rapidement. Julien descend les marches pour passer sa commande au restaurant de l'hôtel. Il m'explique que le soir, je dois commander deux repas à la cuisine, un pour le dîner puis un pour le déjeuner du lendemain que je ferai réchauffer au micro-ondes. Je commence à regarder le menu et je me sens soulagé, car il y a du choix. S'il n'y avait eu que trois plats de disponibles, les trois mois auraient été plutôt longs culinairement parlant. Sur la carte, il y a plusieurs sortes de viandes, de petits snacks pour l'entrée, du poisson, de petites recettes australiennes, et tout cela accompagnés de frites, de purée, de légumes ou de salade. Ce soir, j'opte pour un steak et des frites accompagnés d'une petite sauce au poivre. J'amène ma commande en cuisine à Ashley, la cheffe cuistot. C'est une fille complètement folle ! Julien me racontait qu'elle fumait des bangs ou qu'elle arrivait alcoolisée au travail et malheureusement, elle le porte sur elle. Elle s'énerve légèrement, car nous n'arrivons pas à communiquer ; décidément, il va vraiment falloir que je développe mon anglais en parallèle. Ashley travaille avec une autre fille, légèrement ronde, qui porte de longs cheveux extrêmement noirs, mais elle m'ignore, donc je ne sais absolument rien sur elle, même pas son prénom.

En regardant autour de moi, je commence à vraiment observer le comportement non verbal des personnes sur place. Mon hypersensibilité me permet d'analyser les gens de façon plutôt naturelle, et ce soir, je comprends très rapidement avec leurs regards et leurs crispations que je ne suis pas vraiment le bienvenu. Ce moment est vraiment dur, car je prends ce genre de chose très personnellement. J'essaie de me dire que je suis loin de ma zone de confort et que ce moment est juste normal. Lorsque l'on commence quelque chose de nouveau, il y a toujours cette zone d'apprentissage où l'on prend une gifle mentalement en se rendant compte de ce que nous ne connaissons pas, à quel point nous sommes mauvais. Ensuite, on passe au-dessus de cette première difficulté puis des évolutions significatives arrivent. J'ai besoin de me le dire pour que cela ne joue pas sur ma confiance en moi. En plus, les gens qui me jugent ici ne feraient pas mieux que moi s'ils étaient en France en train de vivre la même expérience.

Tony m'indique gentiment que je peux finir de travailler et que demain je commence à neuf heures du matin avec lui. Exténué, je file dans ma chambre pour appeler ma copine. Ça me fait plaisir de la voir, et j'avais vraiment besoin de penser à autre chose. En la regardant, juste là sur mon écran, je réalise à quel point j'ai de la chance. Clémence me supporte toujours dans mes mille et un projets, même si celui-ci est de partir longtemps à l'autre bout du monde. Avec le sourire, toute contente d'avoir de mes nouvelles, elle passe très rapidement au récit de ses dernières journées, et honnêtement, ça me fait du bien. L'entendre se plaindre de sa collègue, ou encore qu'elle soit devenue meilleure amie avec sa nouvelle tutrice de stage et qu'elles vont faire une soirée raclette toutes les deux me fait tellement rire ; elle est tellement elle-même. Cet appel m'a définitivement fait du bien, je vais maintenant chercher à m'endormir, car une grosse journée m'attend demain, mais avant, je vais écrire un peu dans mon journal, je sens que j'en ai besoin.

Il me faut un petit peu de temps pour comprendre où je suis quand je me réveille, notamment à cause des perroquets sauvages qui hurlent depuis l'arbre dans l'arrière-cour. Mon réveil est programmé pour sonner dans trente minutes seulement. Plein de sueur à cause de la chaleur intense, je prends mon portable avec moi pour répondre à mes messages et voir un peu ce qu'il se passe du côté de l'Europe. J'aime bien faire ça le matin, ces quelques minutes me permettent de me réveiller tranquillement avant de me lever, puis d'aller prendre ma douche dans la salle de bain, qui s'avère toujours aussi spéciale. Apparemment, ce n'était pas un rêve : le peu d'éclairage, la douche pleine de traces, l'eau froide, la planche pour supporter le lavabo puis, au milieu de cette grande salle vide, une vieille chaise.

Je ne perds pas de temps pour choisir comment m'habiller, puis je descends directement retrouver mon nouveau patron pour commencer ma première vraie journée de travail, mais quand j'arrive face à la porte, celle en bas des escaliers permettant d'atteindre les autres pièces, j'aperçois qu'elle est fermée. Je décide donc de passer par la terrasse du staff par-derrière, mais la porte est également cadenassée. J'attends une quinzaine de minutes avant d'envoyer un message à Tony pour lui demander où il est et par où passer. Il me répond qu'il est dans la « living room », ce qui veut littéralement dire « salon », et qu'il faut que je passe par la porte en bas des marches. J'en déduis qu'il parle de son siège dans le restaurant, et je me dirige directement sur place, mais la porte est toujours fermée. Je le rappelle une deuxième fois, et il m'indique que c'est ouvert, mais qu'il faut forcer. Je force très fortement et, effectivement, elle s'ouvre. Je découvre qu'il était juste ici et qu'il aurait pu venir m'ouvrir depuis quinze minutes…

Il me montre rapidement comment faire l'ouverture du complexe. Cela consiste à nettoyer l'établissement : les toilettes, les tables ainsi que le sol du restaurant et du bar, puis je déverrouille les cadenas de tous les frigos et de toutes les portes dans le but d'ouvrir au public aux alentours de dix heures du matin. Le problème c'est que l'établissement est vraiment crade ; il y a d'énormes cafards, décédés et vivants, ainsi que plein d'autres petites bêtes un peu partout. En soit, cela ne me dérange pas énormément, mais vue comment il s'en fout, c'est probable qu'il y en a dans la cuisine et cela est un peu plus problématique, j'espère que la nourriture est saine et bien protégée…

Une fois ouvert, je prends le temps d'observer le bar, car je n'ai pas eu l'occasion de le faire la veille. Le lieu est très rustique avec des objets qui datent même des années soixante-dix. La pièce est séparée en deux parties. La première partie correspond à une boutique d'alcool. Ils n'en vendent pas au supermarché donc c'est ici qu'ils font leurs courses. Ensuite, la seconde partie correspond au bar et à ses équipements, comme les tireuses à bière, deux réfrigérateurs, la caisse, etc. Le bois du bar a vu beaucoup de coudes, on voit qu'il a du vécu. Au fond de cette partie se trouve le bureau de Tony. Je n'ai jamais vu une pièce plus en désordre que celle-ci, elle est même pire que la chambre de mon petit frère ! Je ne sais vraiment pas comment il fait pour travailler dans ces conditions. Je suis même persuadé que c'est impossible de faire les choses correctement de cette façon ; l'environnement dans lequel on évolue est à l'image de ce qui se trouve dans notre tête, et les deux s'influencent.

Après avoir analysé la pièce, je commence la deuxième partie de mon travail, qui consiste à refaire le stock de toute la boutique ainsi que ceux du bar pour la vente directe, avant d'enchaîner avec la troisième partie, qui est de servir les clients bien évidemment. Concrètement, ma deuxième journée se déroule mieux que la précédente, et Julien vient de descendre apporter mon repas pour que l'on puisse manger ensemble pendant que je travaille, car je n'ai pas de pause avant ce soir, la fin du service. J'en profite pour lui poser un maximum de questions et comprendre un peu mieux mon rôle ici. Gentiment, il prend le temps de me former au poste en m'expliquant toutes les petites choses utiles à savoir, car cet établissement ne fonctionne pas normalement. Par exemple, si j'ai un problème, ne jamais demander au patron, car il n'a aucune solution…

Les jours sont tous les mêmes et ils s'enchaînent sans que je les voie passer. Pour ma première semaine, j'ai déjà comptabilisé plus de soixante-dix heures de travail ! Maintenant, je me lève légèrement plus tôt afin d'apprendre l'anglais sur une application, car c'est devenu un réel besoin. Je me suis habitué au bruit des perroquets, ce qui me permet tout de même de dormir un peu plus longtemps le matin. Au travail, ça se passe beaucoup mieux, car je connais les produits et l'endroit commence à m'être familier. Leur accent est toujours aussi compliqué, mais ça viendra. Tony, en revanche, est super bizarre, je ne le comprends pas. Il ne me parle pas, sauf quand nos yeux se croisent pour me dire bonjour. J'ai l'impression qu'il ne ressent aucune émotion à mon égard, ni déçu ni content. Je suis juste un pion qui fait fonctionner son commerce pendant qu'il dort. Parce que oui, il dort tout le temps, et parfois à des endroits super étranges. La plupart du temps, il dort dans son fauteuil à côté de ses perroquets, mais parfois, il s'allonge les pieds sur la table pour être plus confortable, alors que les clients peuvent le voir. Quand nous nous sommes croisés hier, je lui ai posé une question, mais il s'est endormi avant de me donner la réponse ; j'ai dû attendre face à lui durant quelques secondes qu'il reprenne ses esprits. Je ne sais pas vraiment ce qu'il a comme problème, peut-être qu'il n'arrive pas du tout à dormir la nuit…

Vendredi est arrivé et, comme tous les jours, après ma routine matinale, je commence par le ménage de l'ensemble du commerce. Je débute par les toilettes, puis le bar, et pour finir, je passe l'aspirateur sur la moquette du restaurant ainsi que dans le couloir en bas des marches de l'hôtel. Au moment où j'arrive devant la porte cadenassée dite interdite, j'entends un bruit sourd qui me fait sursauter par son anormalité, car je suis censé être le seul réveillé. C'était comme si quelque chose tapait contre quelque chose d'autre. Après quelques secondes de silence, je décide de continuer mon ménage en me disant que c'était sûrement quelque chose qui était tombé pour je ne sais quelle raison. Si ça se trouve, Tony possède d'autres perroquets. En m'éloignant, un deuxième bruit résonne, ce qui me stoppe net. Mon pouls trahit mon anxiété, comme si mon corps essayait de me dire quelque chose. Je n'ai aucune idée de ce qu'il y a dedans et j'avoue être curieux, mais je n'ai aucun moyen d'y entrer et Tony devrait arriver d'une minute à l'autre pour me donner les clefs afin que je puisse ouvrir l'établissement. Au même moment, le voilà, avec sa démarche qui ressemble à celle d'un pingouin regagnant la rive.

- « Tony, qu'est-ce qu'il y a à l'intérieur ? »

Bien sûr, je n'ai pas totalement compris sa réponse, mais en déchiffrant un petit peu, je retiens qu'il a dit « personal » et « stuff ». J'imagine qu'il m'a répondu qu'il y avait de vieilles affaires personnelles ou un truc du genre. Sans perdre de temps, il me donne les clefs pour retourner chez lui par la porte de derrière, donc j'ouvre gentiment le bar sans vraiment m'attarder.

Les clients prennent du temps à venir ce matin, ce qui me laisse le temps de me perdre dans ma tête, de divaguer. Tout a été très vite depuis mon arrivée en Australie, et c'est la première fois que je ressens que j'ai le temps, que je peux souffler sans avoir besoin de me demander où je dormirai demain. En regardant autour de moi, une question rôde : qu'est-ce que je fais là ? Seul, perdu dans la campagne australienne, en train de servir des pintes de bière à des cowboys en pleine matinée, y a-t-il un sens à tout ça ? Quand je vois mes amis emménager avec leurs copines, s'éclater dans leur boulot ou passer leur examen de master, je dois reconnaître que je ressens une certaine anxiété, une certaine pression par rapport à l'avenir incertain du chemin que j'ai emprunté. Nous vieillissons tellement rapidement que parfois, je l'avoue, je rêve de reprendre le bus qui me menait au collège, en prenant ma démarche nonchalante, motivée par les musiques de dépressif au piano que j'affectionne tant. Retrouver les salles de classe et leur odeur provenant du vieux mobilier. Cet endroit où ma seule crainte était de parler à la fille qui me plaisait et où mon seul objectif était de cacher à mon professeur que je n'avais pas effectué le travail demandé. C'était si simple…

5

Au temps des cowboys

Honnêtement, j'ai tellement de chance que je me demande si je la provoque vraiment ou si je suis juste chanceux. Injune est un petit village de quatre cents habitants, donc les événements ne sont pas courants ici, mais aujourd'hui se déroule la grande compétition de rodéo localement réputée qui a lieu une seule fois par an. Autant dire que la probabilité que ça se passe quand je suis là est assez faible. En plus, c'est quelque chose que je n'aurais jamais pu trouver de mon plein gré, surtout que je n'aurais même pas eu l'idée de taper « Rodéo » sur Google. Ce sera la première fois que j'assisterai à une compétition comme celle-ci, et je dois dire que j'ai hâte d'en découvrir l'ambiance. Le premier candidat devrait passer aux alentours de seize heures trente.

Nous décidons d'y aller à pied avec Julien, qui est autant surpris que moi par cet événement. Une fois sur place, il me présente un de ses clients préférés que je n'ai pas encore eu la chance de rencontrer. Il se fait appeler Walabi Bob, drôle de surnom pour un Australien. Il est atteint de la maladie de Parkinson, ce qui lui provoque des tremblements assez importants. Sa longue barbe blanche accompagnée de ses longs cheveux blancs sous son chapeau de cowboy lui donne un style en totale adéquation avec le lieu, on sait tout de suite qu'il vit ici. En regardant autour de moi, je me rends rapidement compte que mon impression de vivre dans un village de cowboys n'était finalement pas une illusion, c'est vraiment un village de cowboys, du style à la musique en passant par leur façon de parler. Totalement dépaysé, je ne peux que savourer ce moment avec une bonne bière entre les mains.

Avec trente minutes de retard, le premier participant s'élance et c'est avec étonnement que je l'observe. Il n'est pas sur le dos d'un taureau, mais sur celui d'un cheval. L'animal se tord de tous les côtés, mais l'homme réussit à s'accrocher jusqu'au signal qui lui indique qu'il a accompli son épreuve. La compétition continue, et c'est tellement atypique que mes yeux restent rivés sur le terrain sans se lasser. C'est ensuite au tour d'une course de chevaux féminine. Chacune, à leur tour, les filles se lancent sur un circuit à réaliser le plus rapidement possible. La dernière participante se trouve être une jeune fille âgée d'environ douze ans. Elle est certes moins rapide, mais la façon dont elle arrive à contrôler un cheval si imposant par rapport à son physique m'impressionne beaucoup.

Le public devient de plus en plus nombreux jusqu'à atteindre environ cinq cents personnes, c'est plus que le nombre d'habitants du village. Le volume de la musique diminue et la personne au micro annonce l'arrivée des taureaux. On les voit au loin arriver jusqu'à entrer dans une petite cage à l'entrée du stade. Des hommes, debout sur les bords de celles-ci, attendent leur tour pour monter dessus. Le premier chevauche la première monture, la cage s'ouvre et c'est parti ! Le taureau fonce à toute allure en soulevant ses pattes arrière un maximum pour essayer de se débarrasser de la personne qui s'est invitée sur son dos sans son consentement. L'homme réussit à rester de longues secondes avant de sauter puis de partir en direction de l'endroit où il sera en sécurité.

Tout se passe bien jusqu'au cinquième candidat. La musique est assez forte, mais le taureau donne d'énormes coups de cornes dans la porte alors que personne n'est sur lui. Il paraît plus gros et plus sombre que les autres. Je suis à une centaine de mètres, mais la bête arrive à me donner des frissons. Je commence à stresser et à avoir de la peine pour celui qui va devoir le monter. Je suis sûr que même l'homme qui va devoir le faire sait que ça ne sent pas bon. Le courageux en question escalade la grille, se jette sur le taureau, la cage s'ouvre et c'est parti ! L'animal ne laisse pas une seconde de répit et l'homme finit par céder très rapidement, mais, bloqué au niveau de sa main, il reste accroché et atterrit sous les côtes. Il essaie de se défaire, mais la bête continue de se déchaîner avec ses pattes arrière, qui commencent à se rapprocher dangereusement de son corps. Après plusieurs secondes qui semblaient durer une éternité, l'homme réussit à se décrocher avant que le taureau sprinte en direction de la sortie qui le mènera dans un endroit beaucoup plus calme pour lui. Petit moment de frayeur, mais les locaux ont l'air d'avoir l'habitude, car la compétition continue comme si rien ne s'était passé.

La soirée se termine gentiment. Le soleil est couché depuis plusieurs heures maintenant, mais les musiciens qui ont pris place sur une remorque de camion, qui sert habituellement à transporter du foin, continuent de divertir les derniers fêtards. Après avoir regardé nos montres, Julien et moi sommes rentrés à pied de la place, ce qui représente environ deux kilomètres. Je dois avouer qu'à cause de l'alcool, nos discussions semblent extrêmement poussées pour des sujets parfois très peu intéressants.

Une fois devant l'hôtel, on se rend compte que nous avons oublié nos clefs à l'intérieur. En observant la façade, on aperçoit une échelle qui permet d'atteindre la terrasse des clients. Un peu trop haute pour nous, Julien me fait la courte échelle pour que je puisse l'attraper. Maintenant en haut, je me dirige vers le rez-de-chaussée pour lui ouvrir directement. Ça nous a bien fait rire, mais je ne perds pas de temps pour aller dans ma chambre me coucher, car je commence ma journée de travail à huit heures trente demain.

Je dois admettre que les jours passent vite ici. Le travail n'est pas très fatigant donc le fait de ne pas avoir de journées de repos ne pose pas de problème, bien au contraire. Cela me permet de gagner beaucoup plus d'argent, d'en dépenser moins, et ça occupe mes journées. Comme tous les matins, j'exécute ma routine et commence le nettoyage de l'établissement. Depuis lundi, je prends mes écouteurs pour écouter des podcasts en anglais le temps que j'effectue tout ce que je dois faire avant l'ouverture. J'écoute ceux d'un jeune originaire du Texas qui habite désormais au Japon et qui discute avec des personnes qui viennent du monde entier. Aujourd'hui, cela concerne la vie à Dubaï avec ses avantages et ses inconvénients. Je trouve ça tellement intéressant ! Par exemple, je ne savais pas qu'il y avait des plages là-bas ou que l'hôpital était gratuit pour tous.

Mes écouteurs n'ont bientôt plus de batterie au moment où le podcast se termine, je décide de les ranger, car ça ne servirait à rien que j'en lance un autre pour dix minutes. Je commence à sortir du bar en direction de l'arrière-cour pour aller chercher l'aspirateur quand j'entends un bruit qui me fait sursauter. Ça ressemblait à un objet métallique qui tapait contre quelque chose. Mon pouls tape beaucoup plus fort que la normale, mes mains deviennent toutes collantes, et je sens une goutte descendre lentement sur mon front. Le bruit ne venait pas de n'importe où. Je me retourne doucement jusqu'à ce que je sois face à cette porte cadenassée. J'ai vraiment l'impression qu'il y a quelque chose de vivant en bas. Est-ce que Tony ferait du braconnage ? Finalement, en y réfléchissant, cela ne serait pas étonnant. Les perroquets sont plus que présents dans cette partie de l'Australie. Tous les matins, je me fais très souvent réveiller par les cris des cacatoès à huppe jaune qui remplissent les arbres à côté de l'hôtel. Ceux-là peuvent se revendre aux alentours de mille dollars, je crois. En en revendant une dizaine par mois, le salaire à la fin de l'année est quand même bien différent. Plus j'y réfléchis, plus cela devient crédible. Je vais faire attention au moindre indice me permettant de confirmer mon hypothèse.

Aujourd'hui, comme très souvent, c'est le jour le plus mouvementé de la semaine. Une bonne partie du village passe au pub acheter son carton de bière pour le week-end, tandis que l'autre partie s'installe au bar jusqu'à ce qu'ils n'aient plus la capacité de rentrer au volant de leur voiture. Il n'y a que Walabi Bob, le superbe cowboy, qui ne boit pas pour être saoul. Nous discutons tous les deux pendant de longues heures de nos vies respectives. Je découvre qu'il est nouveau ici, qu'il a emménagé il y a six mois et qu'il n'arrive pas à nouer de réelles amitiés. Il m'avoue se sentir un peu seul, mais que son fils aîné a souvent la possibilité de venir lui rendre visite, car il est chauffeur dans la campagne du Queensland, dont la superficie équivaut à peu près à la taille de la France finalement. C'est impressionnant de voir comment son visage s'illumine quand il me parle de ses enfants, c'est magnifique !

Derrière Walabi Bob, un des habitués nommé Franck entre dans le bar. C'est un grand maigrichon avec de longs cheveux blonds. Il nous salue avant de rire en voyant Tony dormir dans son fauteuil, un peu de bave au coin de la bouche.

- « Il est tellement bizarre, je ne le supporte pas », dit courageusement Walabi Bob.
- « Je ne veux plus rien savoir à propos de ça », répond Franck.

Qu'est-ce que ça veut dire ? C'est étrange ! Au moins, je sais que je peux faire confiance à Walabi Bob, ou alors c'est un piège pour me pousser à dire de mauvaises choses ? Franck me tend un billet de dix dollars australiens avec sa main gauche qui ne comporte que trois doigts, puis attrape sa bière de la main droite en s'en renversant un peu dessus. Il les essuie sur sa vieille chemise verte déjà tachée, probablement d'huile de moteur, puis sort du bar pour s'asseoir sur le banc devant l'établissement. Walabi Bob me regarde avec de grands yeux, avec un air me communiquant qu'il juge également cet homme qui vient de sortir du bar. Walabi Bob est peut-être le seul gars normal par ici. Avant de partir, il me laisse son numéro de téléphone que je note dans mon journal pour que nous puissions garder contact. Chris, quant à lui, arrive pour préparer la cuisine, c'est le cuisinier du vendredi au dimanche. C'est un petit monsieur très mince, mais doté d'une énergie contagieuse qui peut faire sourire une pièce entière. Sa petite moustache blanche assortie à ses cheveux sous sa casquette lui donne une allure amusante. Personnellement, je trouve qu'il correspond totalement au style de personnage que l'on peut trouver dans le dessin animé Tintin. D'autant plus qu'il ne se balade jamais sans son petit chien, qui est un peu du même style que Milou.

Chris est quelqu'un qui adore chanter, lorsqu'il me croise, il chante du Charles Aznavour en référence à mon pays d'origine. Quand tout le monde au bar est servi, j'aime bien aller le voir en cuisine pour manger quelques frites et essayer de discuter. Il vient d'Écosse, mais il a vécu en Afrique, fait la guerre au Vietnam, pour finalement finir ici dans le désert australien. On passe tellement de bons moments qu'il me propose de passer chez lui pour boire un verre ensemble dans les semaines à venir. Je n'y manquerai pas !

Le service s'est enfin terminé. Je veux toujours faire un maximum d'heures de travail pour gagner un maximum d'argent, mais on me donne des heures supplémentaires quand finalement je prévois autre chose. C'est aux alentours de dix heures du soir que je rejoins Julien sur la terrasse. Aujourd'hui, on a décidé de faire une petite soirée pour son départ, car il m'a informé trois jours plus tôt qu'il avait réservé son ticket de bus pour le trajet de dimanche en direction de Brisbane. Ça va faire tellement bizarre de me retrouver seul, sans lui, dans cet environnement. Je me mets à sa place pour essayer d'imaginer la sensation de quitter Injune après y avoir travaillé quatre mois sans pause et coupé du monde. Je pense qu'il aura besoin d'un temps d'adaptation à la civilisation, au monde animé et rapide.

Il est adorable, il m'a attendu pour manger. Je ne suis pas venu les mains vides, j'ai récupéré deux bouteilles de whisky du bar que je pose sur la table avant de commencer à dévorer notre assiette accompagnée d'une bonne bière bien méritée. Julien est plus jeune que moi d'un an. Notre différence d'âge a fait qu'au collège, il avait ses amis et j'avais les miens. On s'est donc lancé dans un petit récapitulatif de nos vies, en passant par les bonnes vieilles histoires du collège pour nous rappeler cette belle époque qui me paraît tellement loin maintenant. C'est toujours intéressant d'apprendre qu'un couple de cette période a fini par emménager ensemble ou que untel est parti vivre à l'étranger. La soirée continue, et l'on décide d'utiliser nos pourboires, car l'ambiance est parfaite pour cela. Il faut savoir qu'ici, ce n'est pas de l'argent qu'ils donnent, mais de la weed ! C'est un endroit où ils se droguent tous énormément, que ce soit de la weed, de la méthamphétamine ou encore des champignons magiques. Je me demande même si les deux seuls policiers qui vivent ici n'ont pas autorisé ces produits. En tout cas, on ne se plaint pas, on fume et on profite de notre soirée paisiblement.

On commence à se raconter nos anecdotes les plus folles qu'on ait pu vivre, d'abord en voyage, puis pour finir dans notre vie en général. Julien finit par me raconter une histoire que je n'étais pas près d'entendre de sa bouche. C'est au sujet de plusieurs moments joyeux qu'il a passés avec son ancienne tutrice de stage, qui avait le double de son âge. Il a bien caché son jeu, le petit Julien ! C'était tellement drôle qu'on n'a pas réussi à s'arrêter de rire pendant cinq bonnes minutes. Les anecdotes ont continué jusqu'à celles d'Australie. Il m'avoue qu'il s'est passé quelque chose avec la fille qui est partie d'Injune juste avant que j'arrive. C'est une fille du sud de la France qui se nomme Betty, toute petite de taille, avec de longs cheveux blonds joliment bouclés. Ils se sont rencontrés à Sydney lors d'une soirée en boîte de nuit, puis ils ont gardé contact, et, c'est en passant par elle que Julien a dégoté ce fameux travail dans le désert. Betty est arrivée grâce à une amie à elle également, une certaine Océane que Julien a pu rencontrer avant que celle-ci parte d'Injune.

Progressivement, la tension et l'attachement entre Betty et lui ont grimpé jusqu'à arriver au point de non-retour, dans le lit. Tout se passait super bien et ils ont décidé de continuer, mais après plus de deux mois passés ensemble, Betty a décidé de retourner sur la côte pour retrouver la civilisation. Ils avaient prévu de se retrouver à Adélaïde, au sud de l'Australie, pour se faire un road trip ensemble et voir comment pourrait évoluer leur relation. Les yeux de Julien deviennent légèrement humides quand il m'avoue que malgré cette promesse, depuis qu'elle est arrivée à Brisbane, elle lui a finalement annoncé que leur relation n'était pas importante et que le fait d'être bloqué à Injune l'avait influencée. Il n'a plus jamais eu de nouvelles depuis. Cela me fait vraiment beaucoup de peine pour lui, car je ressens dans ses paroles sa grande sincérité envers elle. J'essaie de le rassurer comme je peux en lui disant que ce n'est peut-être pas une mauvaise chose et que cela va peut-être lui permettre de rencontrer une personne qui changera totalement son aventure…

On décide de changer de sujet et j'en profite pour lui poser la question au sujet des bruits que j'ai entendus à deux reprises derrière la porte cadenassée sous les escaliers. Il ne les a jamais entendus, mais estime que ma théorie n'est pas tirée par les cheveux et que je devrais creuser dans ce sens. Je lui promets de le tenir informé de mes avancées sur l'affaire ! Il m'indique quand même qu'il a déjà vu des hommes entrer dans le bar et donner de l'argent à Tony avant de repartir sans adresser un seul mot, même pas un bonjour. Effectivement, c'est très étrange, je ferais attention à ça. Cela n'a rien à voir, mais Julien m'indique que Grace, la femme de Tony, n'est pas venue à l'hôtel depuis un moment. Je prends du temps à comprendre : ce vieil homme répugnant a une femme ?! Apparemment, elle est son contraire. Beaucoup de maquillage et très soignée, Julien pense qu'elle est avec lui pour l'argent, car, selon un des clients du bar, il en a beaucoup. Nos portables affichent qu'il est maintenant une heure du matin et la fatigue commence à se faire ressentir, donc on décide logiquement d'aller se coucher. Mais avant de lui souhaiter une bonne nuit, ça me tenait à cœur de lui dire que j'ai passé une superbe soirée à ses côtés, que j'espère que tout ira pour le mieux dans la suite de son voyage, et que l'on va se revoir dans un futur proche.

6

Le fils à maman

C'est l'heure ! Julien vient de descendre pour me dire au revoir. Le temps passe si vite ici... Je prends une photo de lui et de ses valises devant l'établissement avant de le prendre dans mes bras et de lui souhaiter bon courage pour la suite. C'est Chris, notre collègue, qui va l'emmener à Roma située à une heure de route pour qu'il puisse prendre son bus en direction de Brisbane. Tony est au courant que Julien est en train de partir, mais il a apparemment décidé de rester chez lui pour dormir. Cela montre à quel point il se fiche de nous. Nous ne sommes que des pions qui s'usent et qu'il remplace pour faire tourner son commerce. Cela me fait tout de même de la peine pour Julien, qui a quand même passé plus de quatre mois à ses côtés.

La voiture s'en va, et je ressens en parallèle un sentiment de solitude. Me voilà tout seul dans ce village de cowboys, perdu quelque part dans le désert. Je retourne tranquillement derrière le bar, et je profite du fait qu'il n'y ait aucun client pour envoyer un message à Clémence. Je sais qu'à cette heure-ci, elle ne me répondra pas à cause du décalage horaire, mais le fait de lui demander du soutien me rapproche d'elle. Le côté positif, c'est que je vais pouvoir profiter d'être seul pour développer plus rapidement mes compétences en anglais et avancer sur mes projets personnels sans réelle distraction. Mes projets découlent d'objectifs que je me fixe pour l'année, qui eux-mêmes, découlent des rêves que je souhaite accomplir. En grandissant, je me suis aperçu que cette façon de faire était la plus productive pour moi. Par exemple, j'ai toujours eu envie d'écrire un livre, et ce serait un rêve pour moi d'offrir, en main propre le jour de Noël, mon livre publié à mes proches sans qu'ils se soient aperçus de quoi que ce soit. Pouvoir observer leur réaction, notamment celle de mes parents et de ma grand-mère qui lisent beaucoup. Je pensais écrire un livre sur mes anecdotes de voyage, mais j'ai un réel problème de légitimité. Je n'arrive pas à me dire que j'ai pu vivre des choses extraordinaires qui valent la peine d'être écrites, mais au cas où, je prends quand même soin de noter tout ce que je vis dans mon journal.

Le milieu de semaine est déjà arrivé, ce qui correspond à la période creuse, et encore une fois cela se confirme : seulement deux personnes sont venues acheter un carton de bières ce matin. Nous ne sommes toujours pas en été, mais la température avoisine les trente-sept degrés, donc je vais m'asseoir sur le banc devant l'établissement. Heureusement qu'il y a de l'ombre, car le soleil est si fort qu'il peut me provoquer des migraines en trente secondes. Il y a une place où, assis, je peux voir si quelqu'un rentre, peu importe le chemin qu'il décide d'emprunter. Après une heure d'attente à ne rien faire d'autre qu'être sur mon portable et naviguer entre différentes applications comme Pinterest ou Instagram, Walabi Bob arrive avec sa bonne humeur et son charisme pour prendre sa petite bière habituelle. Alors que nous sommes en pleine discussion, j'aperçois au loin mon collègue préféré qui arrive avec sa voiture un peu cassée de partout qu'il ne lui a coûté que cinq cents dollars, soit environ trois cents euros. Il se vante tout le temps de sa bonne affaire, donc quand je le vois au volant de sa voiture avec son sourire fier, je ne peux pas m'empêcher de rire un peu.

Comme tous les trois jours, il vient consommer quelques cidres à la pomme avant de s'acheter un pack de six et de rentrer chez lui. Après avoir servi un petit bol d'eau pour son chien, on commence à discuter de quelques banalités jusqu'à ce que je lui pose une question sur sa veste. Premièrement, il fait trente-sept degrés, pourquoi porte-t-il une veste ? Deuxièmement, c'est une veste en cuir, du même genre que portent les motards sur la route 66 aux États-Unis. Il m'explique qu'il a acheté une vieille moto sans carrosseries il y a quelques années et qu'il travaille dessus pour la rendre magnifique. Je reste choqué en regardant les photos qu'il me montre. La moto paraissait dans un pire état que les vieilles mobylettes que tu peux trouver sur les sites d'annonces alors que maintenant elle ressemble à une moto de collection qui n'a jamais vraiment roulé. Je suis réellement impressionné par son travail. Elle est toute noire avec des flammes rouges sur le réservoir qui vont bien avec le style de la moto.

Pour pouvoir la voir, Chris me propose d'aller chez lui pendant ma pause qui se trouve être dans quelques minutes. Acceptant sa requête, je rentre ranger quelques affaires afin de ne pas laisser Kyra embaucher dans de mauvaises conditions pendant que Chris, fume une dernière cigarette avant de partir en direction de chez lui à l'aide de sa magnifique voiture, qui, honnêtement, l'est uniquement grâce à son prix. Il habite à Injune, donc en deux minutes nous sommes arrivés. Sa maison ressemble totalement aux autres habitations, c'est comme un gigantesque mobile home. Il nous fait entrer par son garage afin de me montrer directement son œuvre d'art et effectivement, comme en photo, sa moto est extrêmement belle. Ça me rappelle à quel point faire de la moto me manque, notamment la sensation de liberté que l'on éprouve lorsque le vent essaie de nous freiner et la sensation de ne faire qu'un avec le véhicule, comme si c'était un vélo.

On décide d'aller se poser dans son salon afin d'être un peu plus à l'aise pour discuter. Je suis agréablement surpris de voir que Chris est quelqu'un de plutôt organisé, tout semble être propre et à sa place. En avançant pour m'asseoir sur le canapé, j'aperçois l'entrée du couloir menant probablement aux chambres. C'est assez sombre, mais je peux facilement observer la porte au fond. Ce qui me frappe, c'est qu'elle ressemble étrangement à celle de l'hôtel, en dessous des marches, car elle est cadenassée et semble plus épaisse que les autres portes de la maison. Je suis pris d'un petit coup de chaleur en me disant qu'il y a de grandes chances que tout cela soit lié. Heureusement que je n'ai pas posé de questions à Chris, car s'il y a vraiment un commerce de braconnage à Injune, je ne sais pas ce qu'il serait capable de me faire pour que je ne parle pas. Après tout, je ne les connais pas vraiment…

Je décide tout de même de poser la question de façon très innocente, avec un sourire amenant une petite touche d'humour :

- « Chris, qu'est-ce que tu as à cacher pour mettre un cadenas à ta porte ?
- Je protège mon alcool pour éviter que Dino vienne me le voler », dit-il en rigolant.

Comme prévu, je n'ai pas vraiment eu de réponse capable de me faire avancer dans mon enquête, mais j'avoue que la référence à Dino, qui est un bûcheron venant quatre jours par semaine et finissant constamment trop alcoolisé m'a fait rire. Tout en discutant, je regarde à droite et à gauche afin de trouver des indices, mais rien de très concluant. J'ai environ dix minutes de marche pour rentrer à l'hôtel, donc je dois partir maintenant afin d'arriver à temps pour mon dernier service de la journée. Ce serait dommage de perdre cette opportunité de me faire de l'argent à cause d'un retard, alors que je suis censé vivre sur mon lieu de travail…

Aujourd'hui, j'ai beaucoup de mal à me réveiller. Hier, comme tous les vendredis, le rythme était très élevé pendant toute la durée du service. J'ai fini aux alentours de vingt-trois heures, ce qui m'a fait une journée d'environ onze heures. Après mon service, je suis monté aussitôt dans ma salle de repos pour manger le repas que Chris m'avait préparé quelques heures plus tôt. Pendant les repas, j'aime bien mettre une vidéo YouTube sur la télé, mais je ne pouvais même pas l'entendre à cause du volume extrêmement élevé de leur musique. Le pire, c'est que c'est exactement ce que je ne supporte pas : de la techno ! Au-delà du manque de sommeil, je crois que ce qui me retient au lit, c'est l'état dans lequel je vais retrouver le bar et le restaurant. À chaque fois que les gens traînent et que Tony reprend le service pour que je puisse finir, il ne range rien avant d'aller se coucher. Les boissons ne sont même pas remises dans les frigos alors qu'ils se trouvent seulement à un mètre de lui; il y a des déchets partout, malgré les trois poubelles réparties dans le bar, qui d'ailleurs ne fait que dix mètres de long ! J'ai vraiment l'impression qu'il le fait exprès, car même si j'essayais, je n'arriverais pas à faire en une semaine ce qu'il salit en une soirée.

Concernant les clients, ils ne sont pas beaucoup mieux éduqués. Je ne comprendrais pas qu'on me dise que c'est culturel, car il s'agit simplement de penser aux personnes qui nettoient après leur passage. Je sais déjà que je vais retrouver le sol de la partie du restaurant comprenant le billard et la sono rempli de canettes et de frites écrasées. Parfois, j'ai même la chance de retrouver des chaussettes ! Enfin bref, ça ne sert à rien de penser à demain, il faut vraiment que je dorme là. En surfant sur Instagram, je découvre que certaines connaissances du lycée viennent d'arriver en Australie, du côté de Sydney. Je trouve ça impressionnant, la quantité de personnes qui ont décidé de venir ici ou en Nouvelle-Zélande ces deux dernières années. J'ai l'impression de faire « comme tout le monde », alors que personnellement, je souhaitais venir ici depuis mes seize ans. La crise du Covid-19 m'a empêché d'y aller la première fois, c'est pourquoi je suis parti dans un autre endroit. Cependant, c'est grâce à ça que j'ai rencontré ma copine, avec qui je suis toujours en couple actuellement. En toute honnêteté, c'est juste un peu d'ego mal placé. En continuant de regarder les stories sur l'application, je me rends compte que Julien n'en a toujours pas posté. Cela fait bientôt une semaine qu'il est parti, et cela m'étonne, car il est du genre à en poster quinze par jour. Je décide de lui envoyer un message pour lui demander comment ça se passe pour lui et comment devient le monde civilisé. C'est perturbant d'être dans un endroit autant coupé du monde, j'ai l'impression que quand je vais sortir d'ici, je vais croiser des voitures volantes fonctionnant à l'énergie solaire avec écrit Tesla sur le capot.

Comme d'habitude, après ma routine matinale, je descends en contemplant l'état de la pièce. C'est exactement comme je l'avais prédit, à l'exception des chaussettes : je n'ai trouvé qu'une coque pour portable. En mettant mes écouteurs, je me dis que je devrais écouter du Bob Marley pour me détendre et travailler dans la meilleure humeur possible, il est si efficace pour ça…

En une heure, je peux prédire qu'aujourd'hui, les clients ne vont pas se bousculer pour entrer, je n'ai servi qu'une seule personne en un peu plus d'une heure. En regardant autour de moi, je prends conscience que je suis complètement seul et que le bureau de Tony est ouvert. Je pourrais essayer d'enquêter pour trouver quelques indices qui pourraient confirmer mes soupçons, car pour le moment, je n'ai pas assez d'informations pour convaincre qui que ce soit. À l'entrée du bureau de Tony se trouve un écran qui diffuse une grande majorité de ce que voient les caméras de surveillance. Il en a installé absolument partout ! En prenant en compte les cadenas, je commence à me demander s'il n'est pas un peu paranoïaque. J'observe l'écran de plus près pour trouver les caméras qui filment le chemin que Tony emprunte de chez lui à son bureau afin de garder un œil dessus tout en fouillant gentiment dans ses affaires. Ce sont les caméras trois, quatre et sept.

La fouille commence par l'inspection des murs, en essayant de faire abstraction des objets étranges comme la figurine d'un soldat de l'Empire romain avec de grandes ailes blanches qui ressemblent à celles d'un ange. Il y a également beaucoup de livres et d'objets qui me semblent religieux. Je ne pensais pas du tout que Tony était un grand croyant. En continuant, je ne vois rien qui pourrait m'intéresser, comme un bloc-notes suspect avec des numéros de téléphone ou des transactions. Au lieu de ça, le sol de la pièce est recouvert de feuilles sans importance, tandis que les étagères, elles, sont remplies de vieilles affaires toutes poussiéreuses. J'essaie de ne rien déplacer, car il ne faudrait surtout pas qu'il se doute de quoi que ce soit. En prenant un peu de recul pour observer le bureau dans son ensemble, quelque chose attire mon attention. Je suis même étonné de moi-même de ne pas avoir remarqué ça plus tôt. Le désordre et la poussière donnent l'impression qu'un cambriolage a eu lieu il y a quelques mois, voire quelques années. Cependant, il y a un objet qui, pour moi, ne rentre pas correctement dans le décor. Il s'agit d'une mallette toute noire, cadenassée, rangée dans un coin au fond de la pièce. Sans poussière, elle indique clairement que Tony l'utilise assez souvent. C'est officiellement ma nouvelle piste. Je vais observer à quelle fréquence et à quel moment Tony l'utilise. Cela m'en dira sûrement davantage sur ce qu'il cache.

En regardant derrière la porte, je trouve une photo en noir et blanc de Tony il y a environ une vingtaine d'années avec une vieille dame assez forte assise à ses côtés. Ils se trouvent devant une vieille maison ressemblant aux fermes par ici, peut-être était-il fermier avant de tenir cet établissement. En tournant la photo, je découvre un mot écrit, malgré le mauvais état du papier, je peux lire : « Je t'aime maman » avec une date écrite à côté, le neuf juin mille neuf cent quatre-vingt-quinze. J'imagine que sa mère est décédée, il y a bientôt trente ans. Il a dû être le fils à sa maman et vivre avec elle jusqu'à son dernier souffle. Cela pourrait expliquer pourquoi Tony est aussi peu organisé et sale, il n'a peut-être jamais appris à faire des tâches pour soigner son hygiène. C'est rare, mais je me rends compte que je n'éprouve que très peu d'empathie pour lui.

7

L'enquête

Après avoir fini de remplir tous les frigos, je me rends directement dans le bureau de Tony afin de savoir si la mallette a bougé. J'avais fait exprès de la décaler très légèrement jusqu'à apercevoir un petit défaut sur l'étagère sur laquelle celle-ci était posée afin d'avoir un repère. Le résultat est incontestable, la mallette a bougé. Je me demande pourquoi il ne la laisse pas chez lui s'il souhaite que personne ne tombe dessus, finalement, peut-être qu'elle n'est pas si importante que ça, ou peut-être que sa femme n'est même pas au courant et qu'il ne veut pas qu'elle la découvre. Je n'ai pas beaucoup plus de réponses à mes questions, mais cela reste ma seule piste tangible.

Les clients ne se bousculent pas devant le bar, donc j'en profite pour regarder mes messages, car je n'ai pas eu le temps ce matin, le réveil a été compliqué. Sur Instagram, je remarque qu'il y a un nom que je n'ai pas l'habitude de voir, un certain Léo. En lisant les premiers mots, je comprends que c'est un des meilleurs amis de Julien qui me demande des nouvelles de ce dernier, car cela fait maintenant un petit moment qu'il n'en a plus. Son message m'inquiète, moi non plus je n'ai plus aucune nouvelle depuis qu'il est parti. Toujours devant la conversation, je reçois un second message de ce Léo qui m'informe que Julien l'a contacté à l'instant, mais d'une façon qui ne lui ressemble pas. Il ne souhaite plus recevoir d'appels et indique formellement de ne pas essayer de le joindre prochainement, car il débute un road trip et souhaite en profiter pour se recentrer sur lui-même en s'éloignant de son téléphone portable. Petit bonus : apparemment, il serait en couple avec une certaine Betty… Léo me demande si je connais cette Betty et si elle n'est pas en train de manipuler Julien.

Je suis complètement choqué et perdu en lisant ces messages, il y a de plus en plus d'informations, mais l'histoire a de moins en moins de sens. Cela ne correspond en rien au discours que Julien m'avait tenu avant de partir, et effectivement, cela ne lui ressemble pas, d'agir de manière aussi extrême et vouloir une déconnexion de la sorte. J'envoie donc un message à Léo pour lui raconter ma version des choses concernant Betty et leur relation. En éteignant mon portable, je ressens comme un malaise, comme si au fond de moi je sentais que quelque chose d'anormal était en train de se passer.

Je ne pensais absolument pas qu'ils fêtaient Halloween ici. En France, dans ma région, il y a quelques soirées organisées, mais ça s'arrête là, tandis qu'à Injune, Kyra a décidé d'organiser une grosse soirée chez elle en invitant plus de la moitié du village. Même moi, je suis invité ! C'est la fin de mon service et j'ai décidé de m'y rendre à pied, étant donné que c'est à une vingtaine de mètres environ. En arrivant, Stephen, le mari de Kyra, m'aperçoit et vient directement me saluer pour me faire entrer. Les plus anciens sont déjà partis, mais la plupart des jeunes sont ici, tout le monde est installé sur la terrasse qui donne sur leur jardin puis sur la route. Je suis venu accompagné de quelques bières histoire de ne pas arriver les mains vides, que je pose sur la table avant de m'en ouvrir une et de m'asseoir aux côtés de Scott, un jeune que j'ai l'habitude de servir au bar. La soirée se déroule bien et mon niveau d'alcoolémie commence à augmenter gentiment. En parallèle, j'ai l'impression que mes compétences en anglais se développent et que je les comprends beaucoup mieux qu'en début de soirée. Je suis sûr que ce n'est qu'une impression, mais j'aime me laisser croire le contraire.

Après quelques heures assis, Stephen me demande de le suivre à l'intérieur. En entrant, je découvre l'impressionnante collection de poupées manga de Kyra. Une vraie fan ! Il y a également les enfants des jeunes parents présents ici. Ils sont tous allongés sur les canapés, essayant de dormir à côté de la grosse sono qui diffuse de la musique assez forte pour être entendue correctement depuis la terrasse. Je continue de suivre Stephen dans une petite pièce à l'arrière de la maison qui me semble être la buanderie, mais on dirait que ce soir, cette pièce a une tout autre utilité. Deux bangs sont posés sur la machine à laver, accompagnés d'un bol d'herbes assez généreux pour défoncer tout le monde ici. Je comprends très rapidement ce qui m'attend, j'avoue à Stephen que je n'ai jamais essayé, mais en rigolant, il me dit de ne pas m'inquiéter et c'est tout content qu'il me montre comment cela fonctionne. Il commence par mettre la weed dans le bang puis l'allume à l'aide de son briquet tout en inspirant. Maintenant, c'est à mon tour. Je répète l'exercice puis j'inspire…

En expirant, je découvre les sensations que cela procure. Je n'ai pas vraiment de mots, je me sens comme sur un nuage, l'esprit reposé, souriant, sans vraiment savoir pourquoi. Stephen me check en rigolant, puis nous décidons de retourner avec les autres sur la terrasse. La soirée se déroule très bien, mais aux alentours de deux heures du matin, afin de pouvoir me lever demain matin pour travailler, je décide de rentrer. Contrairement aux autres, je ne suis pas en week-end, moi… Sur la route du retour, je repense à la buanderie, transformée en laboratoire de bang, à quelques mètres à peine des enfants. Je prends conscience, à quel point nous pouvons grandir et évoluer dans des environnements extrêmement différents, et c'est probablement la cause de nos différentes réalités. Je pense à Memphis, l'aîné de Kyra et Stephen, un garçon adorable d'environ onze ans chez qui j'ai ressenti une très grande sensibilité. Je me dis que pour lui, lorsqu'il aura mon âge, ce sera cette vie la « normalité ».

J'avais enfin réussi à fermer l'œil, mais un bruit me réveille en sursaut ! Les perroquets dans les cages du restaurant crient comme s'ils étaient en train de mourir. Ce sont des cris hyper stridents qui me donnent la chair de poule. C'est la première fois que ça arrive et je ne comprends pas ce qu'il se passe. Peut-être qu'ils font une crise d'angoisse après être restés des jours debout sur le même bout de bois sans pouvoir battre des ailes, mais pourquoi feraient-ils ça maintenant ? Leurs cris se sont arrêtés au bout d'une vingtaine de secondes, mais les frissons, eux, sont toujours là. Je ne sais pas si je devrais aller voir.

Après quelques secondes, je me dis qu'il n'y a rien de vraiment dangereux et que je peux simplement aller jeter un coup d'œil. En sortant délicatement de ma chambre et en me rendant en haut des marches, j'entends un bruit de porte suivi de quelques pas décidés. C'est sûrement Tony qui a été réveillé et qui est venu s'assurer que tout allait bien. Je retourne dans mon lit avec une seule idée en tête : dormir ! Je n'ai pas signé pour vivre des émotions pareilles en pleine nuit...

Très peu reposé, j'ai l'impression de participer à une course de dix kilomètres à un rythme élevé plutôt que de faire du ménage. J'avoue que je ne passe pas l'aspirateur comme je devrais, mais que je me contente de nettoyer les endroits où j'aperçois quelques miettes. Je fais rapidement le tour du billard et des tables du restaurant où des clients étaient installés la veille, avant d'arriver aux fauteuils de Tony. Sans surprise, c'est l'endroit le plus sale du restaurant. Il ne fait même pas l'effort de ranger ses canettes de Coca-Cola, il me dégoûte ! Je commence à vraiment le haïr. On est trop différemment éduqués, et je suis peut-être fermé d'esprit, mais son comportement ne rentre pas dans mes cases. En aspirant sous son deuxième fauteuil, j'aperçois des taches noirâtres sur la moquette, et j'en suis sûr, elles n'étaient pas là avant. En les analysant davantage, je remarque qu'elles ressemblent à des gouttes, comme si quelque chose avait fui jusqu'à cet endroit. Oh, le déclic : c'est sûrement lié aux cris des perroquets de cette nuit ! Les gouttes continuent, et je les suis jusqu'à arriver, encore et toujours, devant cette porte cadenassée. Qu'est-ce que cela peut bien être ? Il n'y a pas d'odeur, donc je n'ai pas vraiment d'indices pour identifier sa provenance, mis à part le fait que c'est un liquide qui tache. Je dois vraiment trouver un moyen de découvrir ce qu'il se passe ici, mais je n'ai aucune piste. Je vais réfléchir à comment trouver des indices durant la journée pour accélérer sur cette affaire.

Tony n'est toujours pas arrivé pour m'ouvrir son bureau et me donner les clefs qui me servent à ouvrir son établissement. Heureusement qu'il n'y a pas la foule devant la porte, car c'est assez gênant d'expliquer aux gens pourquoi je suis là sans pouvoir ouvrir, surtout que tout le monde sait que Tony habite quasiment sur son lieu de travail. Lorsqu'il débarque, je remarque tout de suite cette marque étrange sur son front. Je suis persuadé qu'il ne l'avait pas hier ; ça ressemble à une énorme bosse avec une coupure au milieu. Je vois qu'il essaie de la cacher, alors je me retiens de lui poser la question, même si j'ai la forte impression que c'est lié aux taches sur la moquette et à cette satanée porte cadenassée.

Encore une bonne journée qui se termine. Ça fait tellement du bien de se poser sur le lit sans avoir rien à faire. J'adore ce sentiment ! J'ai vu que mes parents avaient essayé de me joindre il y a environ vingt minutes alors je tente de les rappeler en FaceTime. C'est ma mère qui décroche, et ça fait tellement plaisir de voir son visage ! Mon père arrive rapidement et nous discutons de tout et de rien, de ce qui se passe en France et de ce qui se passe ici, en Australie. Je crois que ça leur fait du bien de me savoir dans une situation stable pour une fois.

Il faut dire que ça ne doit pas toujours être évident pour eux d'avoir un fils comme moi. Étant excessif, j'imagine qu'ils ont toujours une crainte quant à ma prochaine idée farfelue. Je suis le genre de personne capable de vous annoncer du jour au lendemain que je pars faire une formation de survie dans la jungle au Costa Rica. Je suis heureux d'apprendre que tout le monde va très bien chez nous. Professionnellement, mes petits frères suivent tous les deux une nouvelle formation qui semble leur plaire énormément, ma mère s'épanouit toujours autant dans son travail, et mon père est dans une excellente phase avec son entreprise. Bref, tout le monde a le sourire.

Après avoir raccroché, je décide de prendre un peu de temps pour répondre aux messages auxquels je n'ai pas répondu pendant la journée, …Julien m'a enfin répondu ! Ça me fait plaisir, car je commençais vraiment à m'inquiéter. Mon bonheur est de courte durée, je remarque que le message ressemble étrangement à celui que Léo avait reçu il y a quelques jours :

- « Bonjour Mathias, tout va bien pour moi, je te remercie ! J'ai décidé de m'éloigner des réseaux et de me concentrer sur moi-même. Ne m'envoie plus de messages. »

Sa réponse me choque, car ce comportement est à l'encontre de ce qu'il est. Cela ne lui ressemble pas du tout ! Ce qui m'effraie davantage, c'est que ce message ainsi que la situation sont similaires à ce que Julien m'avait raconté à propos de Betty.

En m'allongeant pour dormir, j'essaie de comprendre ce qu'il se passe, mais rien ne semble logique. Le sommeil ne vient pas, tout cela me travaille trop l'esprit, et avec la chaleur dans la chambre, je décide d'aller sur la terrasse le temps d'aérer la pièce et de me changer les idées en discutant tranquillement avec Clémence par messages.

Vers minuit, j'entends un bruit de porte provenant du rez-de-chaussée. J'éteins mon portable et décide de ne pas bouger afin de ne pas faire remarquer ma présence. En observant en contrebas, je vois Tony qui rentre tranquillement chez lui par la porte de son jardin. Cela n'a aucun sens, c'est moi, qui ai rangé puis fermé le bar ce soir et il est une heure du matin. Je doute qu'il fût simplement en train de regarder la télé. C'est tellement frustrant de ne rien comprendre à la situation… intrigant, mais vraiment frustrant !

Je rédige quelques textes dans mon journal pour expliquer ce qui s'est passé ces derniers jours : d'abord la soirée, puis toutes ces petites choses étranges avec Tony, Julien, et Betty. J'essaie par la même occasion de trouver une logique à tout cela, mais rien ne marche, rien n'a de sens pour le moment. En regardant mon journal, je pense à ma mère. Elle le savait que d'écrire tous les soirs m'aiderai beaucoup à contrôler ma sensibilité.

8

Un homme de l'ombre

Brusquement, j'ouvre les yeux sans comprendre ce qui m'a réveillé. J'ai cru entendre un bruit, mais je suis dans l'incapacité de dire s'il était réel ou s'il se trouvait dans mon rêve. Ma peau est encore toute collante à cause de cette chaleur insoutenable, la température doit être aux alentours de trente degrés, ce qui fait que je transpire au moindre mouvement. J'en profite pour aller aux toilettes qui se trouvent à l'extérieur afin de profiter du peu de vent qu'il y a. Sur le chemin du retour, j'entends des voix qui viennent d'en dessous de la terrasse. Je décide de m'asseoir le long du mur afin de rester invisible et d'observer. Les voix sont celles de deux hommes. Il y a celle de Tony, que je reconnais, mais je n'arrive pas à identifier la deuxième. Ils se rapprochent ! Je n'arrive pas à comprendre ce qu'ils disent, ils parlent beaucoup trop vite.

Après quelques secondes, j'arrive enfin à les apercevoir. Ils portent un meuble en direction du conteneur au fond de l'arrière-cour. En voyant les deux hommes porter difficilement le meuble, j'en déduis qu'il pèse lourd. Mais pourquoi faire ça en pleine nuit ? Et qui est cet homme ? Je ne suis pas le meilleur pour retenir les visages que je croise, mais je sais que je ne l'ai jamais vu avant aujourd'hui. Je ne peux pas avoir les détails de son visage étant donné qu'il fait nuit, mais je peux voir ses cheveux, qui me semblent bruns et coiffés légèrement en arrière, ainsi que sa voix qui fait transparaître une certaine dureté. Ça n'a pas l'air d'être quelqu'un qui respire la joie de vivre, il me fait même assez peur en toute honnêteté. L'heure et l'environnement y sont sûrement pour quelque chose, mais il ne m'inspire pas du tout confiance. Arrivés au conteneur, les deux hommes continuent en direction de la route qui se trouve à une dizaine de mètres. Je ne peux pas continuer de les observer d'où je suis.

Après de longues secondes d'hésitation, je descends afin de pouvoir les suivre tout en restant à une certaine distance de sécurité. Les deux hommes déposent le meuble dans un fourgon noir de la marque japonaise Mitsubishi. En serrant la main de Tony, le deuxième homme lui dit quelque chose que je traduis par : « Tes bitcoins arriveront bientôt. » Vient-il vraiment de vendre un meuble en bitcoins ? Même si c'est tout à fait probable de vendre un meuble pour une valeur de deux cents euros en bitcoins, je vois mal un vieil homme comme Tony s'y intéresser et encore moins avoir confiance en ce genre de technologie. Tony dit au revoir à l'autre homme en l'appelant Jonhy, puis les deux se séparent. Je me dépêche de rentrer dans ma chambre le plus discrètement possible.

En arrivant, je m'assois directement sur mon lit, la tête colonisée par de nouvelles interrogations. Je n'ai jamais vu le meuble qu'ils déplaçaient. Il venait forcément de la pièce cadenassée. En reliant cette histoire à mon enquête, je développe une hypothèse. Tony braconne, probablement des perroquets. Il les vend sur un marché parallèle et réalise les transactions en bitcoins pour bénéficier de la non-traçabilité de cette monnaie. Pour effectuer la transaction avec encore plus de sécurité, il endort les animaux en question avant de les enfermer dans un meuble, d'où le poids, puis l'acheteur vient en personne chercher son produit durant la nuit afin d'éviter tout soupçon. Le problème avec cette hypothèse, c'est que je n'ai toujours pas une seule preuve tangible sur le braconnage de Tony. Il est tout à fait possible que la pièce du bas soit un débarras d'anciennes affaires que Tony vend au fur et à mesure, qu'il s'intéresse aux cryptomonnaies, et que la transaction se soit faite en pleine nuit parce que l'homme habitant loin ne voulait pas payer de chambre d'hôtel. Même si j'avoue que cette hypothèse paraît aussi bancale que la première. Dès mon réveil, je partirai à la recherche d'informations sur le prénom Jonhy et sur cette mystérieuse transaction.

Comme d'habitude, Tony est sûrement en train de dormir chez lui, donc je suis tranquille pour jeter un coup d'œil dans son bureau. La première chose que je remarque est la disposition de la mystérieuse mallette. Elle a encore une fois été bougée. J'essaie chaque matin d'observer la position de la mallette, et d'après mon observation, Tony l'utilise en moyenne toutes les trois nuits. C'est forcément quelque chose qu'il souhaite cacher, car fermer le bar pour ensuite le rouvrir quelques heures plus tard et faire quelque chose dedans quand tout le monde dort n'est pas un comportement normal. Mis à part la mallette, comme la dernière fois, je n'ai trouvé aucune autre piste intéressante, et je dois arrêter de chercher, car un client vient d'arriver. C'est une femme qui se trouve dans la tranche d'âge des quarante à cinquante ans, brune, avec la peau plutôt bronzée. On dirait qu'elle a des origines des pays situés au nord de l'Australie, comme l'Indonésie ou les Philippines. Elle travaille pour le motel d'Injune et vient régler la note de ses clients pour la semaine. Ils viennent manger au restaurant de l'Injune Hotel et mettent leurs additions sur les numéros de leurs chambres de leurs motels. C'est assez spécial comme processus, mais ça fonctionne. L'addition se trouve sur le mur juste devant la porte du bureau de Tony. Il y accroche différentes notes, donc il me suffit de trouver celle du bon établissement. En cherchant un peu, je tombe nez à nez avec un bout de papier, où dessus est écrit « Rappeler Jonhy Mcmayer ». C'est toujours pareil, je tombe sur mes indices les plus précieux quand je ne les cherche pas. En plus, pourquoi n'avais-je pas pensé à chercher là avant puisqu'il y a toutes sortes de notes, comme des listes ou des tâches ? Dans tous les cas, je viens d'obtenir une information qui va me permettre de faire, j'en suis sûr, un grand pas dans cette affaire.

Directement après avoir mangé, j'allume mon ordinateur portable afin de faire une petite recherche sur le nom de Jonhy Mcmayer. Sans surprise, en tapant son nom sur Google, je réalise qu'il y a plusieurs homonymes. Je vais commencer par observer les photos, avec un peu de chance, je vais pouvoir le reconnaître. Les premières photos montrent un homme, d'environ la trentaine, avec une coupe mulet très tendance auprès de jeunes Australiens et une petite barbe blonde assortie à ses cheveux. Il pose devant tous ses trophées de chasse, principalement des dingos, les chiens sauvages d'Australie. Ce n'est clairement pas la personne que je recherche. Quelques secondes plus tard, une photo m'interpelle. L'image montre trois hommes bras dessus bras dessous. Je reconnais chez le plus petit d'entre eux une certaine dureté similaire à celle de l'homme que j'ai aperçu hier soir. Sa coiffure est également identique, ce qui me laisse penser que c'est peut-être lui, le mystérieux Jonhy. Je décide de me concentrer sur celui-ci pour le moment. En cliquant sur la photo, je découvre le profil Facebook d'un certain Bill Wilson. Son profil est en public donc j'ai accès à sa publication facilement. En légende, il a écrit « avec mes deux ex-collègues préférés », en identifiant William Johnson et Jonhy Mcmayer. C'est parfait, l'identification me permet d'atterrir directement sur le compte de Jonhy, mais celui-ci, sans surprise, est en privé. Après avoir observé les noms de famille les plus courants en Australie, je crée un faux compte Facebook sous le nom de James Smith, puis je lui envoie une demande d'ami. En attendant sa réponse, je retourne sur le compte de Bill Wilson afin d'en apprendre davantage sur cet homme. Bill indique avoir été promu enquêteur des affaires criminelles dans la région de Brisbane. Jonhy aurait donc travaillé dans la police ? Tout cela ne colle pas…

Je viens d'avoir une superbe idée ! Je me rends sur le réseau social LinkedIn puis je cherche le profil de Bill Wilson dans la région de Brisbane. Maintenant que je suis sur son profil, je recherche dans son réseau le profil de Jonhy Mcmayer, que je finis par trouver. Sur sa page, sa biographie indique qu'il est fondateur et dirigeant de la société RentHotel. Était-il anciennement dans la police avant de se reconvertir ? Cela pourrait bien être le cas, ça expliquerait cette dureté militaire. Je me rends aussitôt sur le site de la société afin d'étudier son activité. Après plusieurs pages de lecture, je comprends que c'est une start-up spécialisée dans l'accompagnement à la gestion et au management des hôtels. Il est donc probable que Tony soit un client de Jonhy. Mais si c'est le cas, pourquoi Jonhy enverrait-il des bitcoins à Tony ? Ce devrait être l'inverse. À moins que Jonhy soit également un conseiller en investissements financiers.

L'enquête est excitante, mais elle me prend beaucoup d'énergie, et c'est au moment où le réveil sonne que je me rends compte que je ne me suis pas du tout reposé. Je l'éteins sans perdre de temps, mais même après cela, la mélodie continue de résonner dans ma tête. Enfin, si l'on peut appeler ça une mélodie… Je me réveille doucement en répondant aux messages de mes proches qui, pour la plupart, viennent de se coucher. Je ne parle pas à énormément de gens, donc en réalité, la plupart du temps, les messages se comptent sur les doigts d'une main. Aujourd'hui est un jour différent, car Léo, l'ami de Julien, m'a envoyé un message. Je clique dessus pour voir ce qu'il dit :

- « Salut Mathias, je voulais te prévenir que Julien vient d'être déclaré décédé avec Betty. Voici un article qui explique ce qu'il s'est passé. Sa famille et nous, ses amis, pensons que cela est totalement faux et que Julien est encore en vie, mais qu'il s'est fait kidnapper. Peut-être que Betty y est pour quelque chose ? Si tu entends des choses, tiens-nous au courant s'il te plaît. Fais attention à toi, Mathias. »

Totalement désorienté, je clique sur le lien pour tenter de comprendre ce qui se passe. L'article indique que Julien et Betty seraient partis en road trip avec un van aménagé, entre la ville d'Adélaïde et celle de Darwin. C'est une route qui traverse l'intégralité de l'Australie, du sud vers le nord, dans sa zone la plus aride. Autour d'elle, la vie se fait extrêmement rare, ce qui veut dire qu'il faut être bien préparé avant de l'emprunter pour ne pas se retrouver en panne d'essence, de nourriture ou d'eau, ce qui pourrait être critique. Ces dangers ne sont pas les seuls de cette zone. Les animaux sauvages, la météo ou encore les aborigènes représentent des risques importants qu'il ne faut surtout pas négliger. Fin d'après-midi, le couple aurait probablement quitté la route en empruntant un chemin de terre rouge afin de trouver un endroit sympa où dormir dans le désert sans être constamment réveillé par les passages des énormes camions. Une fois seuls, à environ quinze minutes de la route principale, ils décident de s'arrêter pour installer leur campement. C'est lorsque le soleil se couche, aux alentours de vingt heures, qu'ils décident de se faire à manger dans leur petite cuisine qui se résume à une plaque de cuisson reliée à une bonbonne de gaz. N'ayant pas l'habitude, après avoir cuisiné, ils auraient oublié d'éteindre la bonbonne de gaz. Une cigarette aurait provoqué un départ de feu sur le sol rouge et sec, ce qui fit exploser la bonbonne de gaz. Julien et Betty n'ont pas survécu… Emportant le van, les grandes flammes auraient alerté un chauffeur de poids lourd qui passait sur la route principale. La plaque d'immatriculation avant a échappé aux flammes, car elle aurait été éjectée lors de l'explosion, c'est grâce à elle que le directeur de la compagnie de location de voitures chez qui ils avaient loué le van a pu identifier leurs identités, car leurs corps ont été totalement atomisés par l'explosion.

Malgré l'avi de la famille de Julien, tout cela semble très réel… Cependant, je suis d'accord qu'il y a quelque chose d'étrange, je n'arrive toujours pas à expliquer la différence de comportement de Julien entre le moment où il était à Injune et le moment où il était sur la côte. Ce changement pourrait s'expliquer à cause de Betty, mais je n'y crois pas. Si c'était elle, elle n'aurait pas fait exactement le même changement de comportement. Donc, soit Betty et Julien ne se sont jamais revus, soit il y a une troisième personne impliquée… C'est peut-être cette personne qui les a tués. J'aimerais pouvoir me dire que je pars à la recherche de la vérité, mais je ne dispose d'aucune piste et je crains bien que ce soit une affaire qui me dépasse largement. J'espère juste, du fond du cœur, qu'ils sont encore en vie, même si j'ai beaucoup de mal à y croire ! C'est un drame et je me dis qu'il faut que j'en parle à Tony directement. Je sors de mon lit, enfile des vêtements et pars directement devant la porte de sa maison. Celle-ci est ouverte, c'est parfait, il pourra m'entendre plus facilement. Je frappe une première fois à la porte, mais aucune réponse. Une deuxième fois, mais toujours rien. Je commence à crier son prénom sans m'arrêter jusqu'à ce qu'il montre le bout de sa tête au fond de sa maison, d'où il me répond d'un ton froid :

- « Qu'est-ce que tu veux ? »

Je tente de lui expliquer l'histoire de Julien et Betty, car après tout, les deux travaillaient pour lui avant de partir. Une fois que j'ai fini de dire ce que j'avais à dire, il me regarde d'un air sombre et menaçant, puis me dit ceci :

- « Je sais, c'est dommage. »

Vient-il vraiment de me dire « Je sais, c'est dommage » là ? Non, mais c'est une blague ! Premièrement, comment est-il au courant ? Deuxièmement, mais pour qui se prend-il à s'en foutre ainsi ? Je n'ai jamais vu quelqu'un d'aussi odieux et irrespectueux ! On parle de deux jeunes personnes qui travaillaient pour lui il y a un mois et qui viennent de décéder, mais on dirait que je lui ai simplement dit que sa pizza préférée n'était plus en stock. Non, mais j'hallucine ! Mes nerfs commencent à gonfler, je sens mon visage rougir de colère, mes yeux deviennent plus sombres que les siens. Je m'en vais directement sans même lui adresser un mot. Il m'a poussé beaucoup trop loin et je risque de faire quelque chose que je regretterai. Sa tête ne m'inspire désormais plus que la haine, la violence que j'éprouve aujourd'hui pour cette personne est inestimable. Je crois que je suis en train de mettre toutes mes émotions négatives dues à la disparition de Julien et de Betty sur lui.

Je vais me préparer pour pouvoir embaucher dans quelques minutes en écoutant le morceau *One love* de Bob Marley pour me détendre, mais ma tête divague en pensant à la soirée rodéo, à Julien. Les larmes qui coulent doucement le long de mes joues, je me dis que peut-être il peut m'entendre d'où il est :

- « Julien, tu vas sincèrement me manquer. »

9

Le sous-sol

Cela fait maintenant un mois que je suis en Australie et je trouve ça perturbant de voir à quel point le temps passe vite, ainsi que tout ce qu'on peut faire en l'espace d'un mois. Comme d'habitude, je procède au nettoyage de l'établissement. Tranquillement, je nettoie le sol de la boutique d'alcool tout en écoutant un podcast sur la vie en Floride, aux États-Unis, quand un bruit de l'autre côté du mur, là où se trouvent les marches, retentit. Directement, mais prudemment, je m'y rends et me voilà face à la porte cadenassée, grande ouverte ! Il y a des marches en bois qui descendent dans une obscurité totale, l'endroit semble tout droit sorti d'un film d'horreur. Je ne sais pas quoi faire, partagé entre descendre pour en avoir le cœur net et partir nettoyer les toilettes comme si je n'avais rien vu. Tony est sûrement en bas ; si je descends et qu'il me voit découvrir ce que je ne devrais pas voir, je ne sais pas ce que je risque.

Après quelques secondes de réflexion, ma décision est prise. Il y a trop de choses étranges ici et j'ai besoin d'éclaircir tout ça. C'est la seule solution, car je n'ai même plus vraiment de piste. Très doucement, je commence à avancer et pose mon pied délicatement, en essayant de faire le moins de bruit possible, sur la première marche de l'escalier. Rien ne se passe. Je souffle, puis pose mon pied sur la seconde marche, qui se met à grincer fortement, et en une fraction de seconde, tout mon corps se contracte et ma respiration s'arrête à l'affût du moindre indice de danger. Après trois secondes de silence, un bruit dans la pénombre retentit, comme si quelque chose bougeait rapidement, ce qui provoque en moi un réflexe de survie. Sans réfléchir, je pars en courant en direction des toilettes, en enfilant mes écouteurs dans les oreilles, mais sans mettre de musique, simplement pour faire comme si je travaillais et que je n'avais rien vu ni entendu.

En balayant le sol, j'écoute attentivement pour savoir si quelqu'un s'approche de moi, mais aucun signe de vie. Je finis mon nettoyage et je retourne au bar pour procéder à son ouverture. Sur le chemin, je jette un coup d'œil en direction de la mystérieuse porte, et la voilà de nouveau cadenassée. Tony était en bas, c'est évident. Après avoir ouvert le frigo à côté de son bureau, je regarde l'écran juste à côté pour voir ce que captent les caméras. Il y en a une quinzaine, donc je prends le temps de les observer une par une. Arrivé à celle qui enregistre la pièce du billard, mon sang se glace, tellement froid que mon front commence à transpirer. Tony est assis sur une chaise en train de fixer la caméra, comme s'il me regardait. Je reste figé quelques secondes, puis je passe de l'autre côté du bar, celui qui correspond à la partie donnant sur le restaurant, pour pencher ma tête discrètement en direction de sa position. Il est en train de dormir. Toujours un peu paniqué, je décide de me concentrer sur ma tâche à accomplir et d'essayer d'oublier ce qui vient de se passer. J'ai vraiment besoin de penser à autre chose. Quelques minutes plus tard, toujours en train de me refaire le film de ce que je viens de vivre, je décide de retourner regarder les caméras pour savoir où il se trouve, s'il a bougé ou non. Après les avoir toutes regardées attentivement, je peux affirmer que Tony est parti. Je suis soulagé de savoir qu'il n'est pas ici, mais en même temps un peu anxieux, comme si je sentais sa présence quelque part.

Cela fait maintenant deux semaines que je n'ai pas fait de lessive. Aujourd'hui, j'ai dû porter une deuxième fois le même caleçon et une quatrième fois le même short. Je n'ai pas l'impression de sentir mauvais, mais il faut quand même que je fasse un effort. L'excuse de « je voyage, donc j'ai moins de confort » ne fonctionne pas étant donné que j'ai un logement fixe pour une fois. Le problème ici, c'est que Tony possède un Akbash. C'est un grand chien blanc qui peut être impressionnant avec ses aboiements incessants. J'essaie au maximum d'aller au local des machines à laver lorsque le chien est à l'intérieur de la maison, mais je savais que tôt ou tard, je devrais m'y confronter. En sortant de ma chambre du côté de la terrasse du personnel avec mes affaires sales, je le vois se promener tranquillement dans le jardin. Je commence à descendre les marches dans sa direction tout en ralentissant instinctivement mon rythme. Arrivé presque en bas, l'animal m'aperçoit et se dirige à toute vitesse vers la porte, il se lève et pose ses deux pattes avant, comme s'il s'accoudait au bar pour commander une boisson ce qui le rend encore plus impressionnant. Je sais que les peurs s'atténuent ou disparaissent uniquement en les affrontant, donc je vais profiter de cette nouvelle opportunité, ouvrir cette porte et traverser ce grillage. Je prends quand même quelques précautions : j'essaie plusieurs fois par semaine de venir me faire sentir pour que Maximus, le chien, apprenne à me connaître, car je ne voudrais pas qu'il me prenne pour un intrus.

J'avance tout doucement pour m'arrêter devant la porte, mettre ma main un peu plus proche de lui pour qu'il me sente et qu'il comprenne que je ne lui veux aucun mal, puis je pose ma main sur la poignée. En soufflant un grand coup, j'ouvre cette porte qui me séparait de lui pour me retrouver face à face sans protection. Ni une, ni deux, j'avance en direction du local sans vraiment le calculer pour qu'il ne pense pas que je souhaite jouer, car je n'en ai vraiment pas envie.

En arrivant dans le local, Maximus décide de rester dehors et de s'allonger à quelques mètres pour patienter. J'en suis plutôt content, même si je sens que maintenant le chien me connaît et sait qu'il ne faut surtout pas me brusquer. J'avais séparé préalablement les vêtements clairs des vêtements foncés, histoire de faire ça le plus rapidement possible. Je vide un des deux sacs dans la machine puis je la lance directement. Je regarde un peu autour de moi afin de trouver un endroit où poser le second sac de vêtements sales, mais le désordre et la saleté rendent la tâche plus compliquée que prévu. Les machines sont quasiment neuves et offrent un contraste assez hallucinant avec le reste du local. Je trouve une petite place à côté d'un autre sac de vêtements qui doit logiquement appartenir à Tony, mais en m'en approchant, j'observe quelque chose d'anormal. Les vêtements ont l'air d'être pleins de sang ! Je regarde hors du local pour m'assurer que Tony ne compte pas venir dans les prochaines secondes, puis je soulève un des vêtements pour observer de manière plus approfondie. C'est un débardeur de femme totalement taché. Je ne pense pas que cela appartienne à sa femme, car je ne l'ai jamais vu porter ce type de vêtement. C'est plutôt le style d'une jeune fille, je dirais. Les vêtements suivants confirment ma prédiction : un short en jean, une robe, un crop top, et même des sous-vêtements. Cette fois-ci, c'en est trop ; les choses ici deviennent de plus en plus bizarres et je vais tout mettre en œuvre pour comprendre ce qu'il se passe !

Aucun client à l'horizon, je prends le temps de vérifier que Tony n'est pas ici puis je me dirige en direction du poste d'observation des caméras. J'avais prévu de ne pas le faire, mais en raison du contexte je ne vais pas me gêner. Tony utilise des caméras de surveillances de la marque internationale Vivotek qui fonctionne avec un disque dur, je vais simplement le récupérer et le remplacer par un autre. Comme ça, je pourrais prendre le temps d'analyser ce que les caméras ont filmé depuis ma présence ici et peut-être même avant. Je dois simplement repérer où se trouve le disque dur et m'en fournir un nouveau. Sans perdre de temps, je me rends sur Amazon pour en commander un. Il y en a un à soixante-dix euros pour une capacité de deux téraoctets. En rajoutant les frais de port rapides de trente-quatre euros pour le livrer au bureau de poste d'Injune d'ici une petite semaine, ça me fait un coût total d'un peu plus de cent euros. Sachant que je récupèrerais le disque dur après la mission, le coût réel de l'opération pour éclaircir toute cette histoire est de la valeur des frais de port. Je confirme la commande et je passe directement à la deuxième phase qui est : trouver l'emplacement du disque dur.

Je commence par identifier les fils qui correspondent à ceux des caméras. Ce sont tous les fils blancs qui paraissent beaucoup plus récents que le reste. Les caméras du bar, du restaurant et des couloirs du rez-de-chaussée se rejoignent au-dessus du frigo à côté du bureau de Tony. C'est par cette partie du plafond qu'ils montent à l'étage. Cela devrait correspondre à notre seconde salle de pause où se trouvent uniquement deux frigos vides et sales, alors, sans perdre davantage de temps, je monte dans la salle en question. En entrant, je prends conscience que j'avais totalement oublié une porte, encore une fois cadenassée, qui se trouve au fond de cette pièce, c'est la salle où doit se trouver tout le matériel de surveillance. Je me donne une semaine, le tant que le nouveau disque dur arrive, afin de trouver une solution pour ouvrir cette porte. Apprendre comment crocheter une serrure peut être une bonne idée, mais cela va me demander beaucoup de temps, il doit forcément y avoir pas mal de vidéos explicatives sur YouTube, je vais m'y mettre dès ce soir après mon service pendant que Tony est en bas avec les derniers clients.

Généralement, le courrier arrive dans la journée du jeudi ou du vendredi à Injune. Il faut que je profite de ma pause déjeuner pour aller voir au bureau de poste s'il y a le disque dur et si oui, le récupérer pour que Tony ne s'en aperçoive pas quand il ira chercher le courrier ce soir. Je prends mon sac à dos et me voilà parti. Il y a seulement une centaine de mètres qui me sépare de ma destination, mais cela suffit pour que je commence à stresser, de peur que mon colis ne soit pas là et à imaginer ce qu'il pourrait se passer si Tony tombe dessus avant moi. Après deux minutes de marche, le cœur battant, je demande au postier s'il a quelque chose à mon nom. Quel soulagement quand il me dit que oui, il a un colis pour moi. Je le mets directement dans mon sac à dos puis je retourne dans ma chambre à l'hôtel. Aussitôt, je l'ouvre pour m'assurer que le disque dur est bien là. Tout est bon ! Je souffle un bon coup en m'allongeant sur mon lit le disque dur dans la main, je peux maintenant me concentrer uniquement sur ma deuxième mission qui me pose un problème, cela fait maintenant une petite semaine que j'essaie de crocheter le cadenas, mais sans succès. J'ai pris le temps de regarder beaucoup de vidéos montrant différentes techniques, tout en les pratiquant, mais il faut croire que je ne suis pas le plus doué des voleurs. Je retenterais d'ouvrir la porte dès ce soir, car je ne peux pas perdre de temps, plus tôt je découvrirais ce qu'il se passe ici, plus tôt je pourrais agir. Parallèlement, je me creuse les méninges pour élaborer une nouvelle stratégie, mais rien ne vient. La seule autre solution que j'ai trouvée est de couper le cadenas, mais ça serait complètement stupide, il s'en apercevrait très rapidement.

10

La découverte

Je n'y crois pas, le cadenas vient de s'ouvrir ! Cela faisait quarante-cinq minutes que j'étais dessus et j'étais sur le point d'abandonner pour ce soir. J'avais même commencé inconsciemment à arrêter d'y croire, car contrairement à d'habitude, j'ai laissé le disque dur dans ma chambre. Il y a du monde en bas donc je devrais avoir le temps d'échanger les disques durs, mais je n'ai pas vraiment envie de jouer avec le feu. Je m'empresse d'ouvrir la porte pour finalement découvrir un monde parallèle à celui de l'Injune Hotel. Contrairement au reste du lieu, hormis l'odeur de renfermé, j'ai l'impression d'être plongé dans le futur. La salle est relativement petite, mais elle est recouverte d'écrans diffusant ce que voient les caméras, et c'est en direct, car je vois Tony travailler. C'est pratique ! Il y a aussi des LED et un énorme clavier, comme si je me trouvais dans un studio de musique, ainsi qu'un fauteuil en cuir qui est doté de la fonctionnalité de massage.

L'ensemble de la pièce doit coûter le prix du bar, et à mon avis, il vient ici beaucoup plus souvent que je ne le pensais. Il y a une table avec des restes de frites, des canettes de soda et du papier toilette, identiques à ceux que l'on trouve dans la poubelle derrière la porte. Je referme la porte derrière moi par mesure de sécurité avant de commencer à échanger les disques durs. Pour une fois, ça se passe mieux que ce que j'avais imaginé. Son disque dur est littéralement posé sur une petite table à côté des branchements. C'est étrangement accessible pour quelqu'un de prudent comme lui concernant la sécurité. En l'observant travailler au bar, je me dis que ses précautions de sécurité sont en train de se retourner contre lui. Une fois l'échange réalisé, je retourne directement dans ma chambre en prenant soin de laisser la pièce et la porte exactement comme elles étaient avant mon passage. J'ai même pensé à remettre le cadenas dans le même sens pour qu'il ne se doute de rien.

Assis sur mon lit, je branche mon ordinateur portable au disque dur pour commencer à analyser son contenu. Je ne peux pas attendre plus longtemps… En l'ouvrant, je découvre seize fichiers, chacun correspondant au contenu d'une caméra spécifique. Dans chaque fichier, il y a une soixantaine de sous-dossiers correspondant à chaque journée que la caméra a filmée. Cela signifie que Tony a changé le disque dur il y a environ trois mois. Tout observer va me prendre une éternité ; je vais devoir analyser tout cela de la manière la plus stratégique possible. Premièrement, je prends connaissance de toutes les caméras en mémorisant leurs points de vue. La première permet de surveiller ce qu'il se passe à l'extérieur du bar ; j'y vois les habitués discuter tous ensemble, toujours posés sur leur banc, toujours à la même place. La seconde montre l'intérieur du bar ; c'est plus précisément celle qui me filme travailler, je me vois accoudé au bar sur mon téléphone, totalement ennuyé par le manque d'activité. La troisième surveille la boutique ; la quatrième, la cinquième et la sixième montrent le restaurant tandis que la septième, la huitième, la neuvième et la dixième caméra couvrent tout le terrain de l'arrière-cour jusqu'au bar en passant par la cuisine. Les trois suivantes surveillent des pièces de stockage et son bureau. La quatorzième caméra est celle de l'étage, surveillant le couloir, mais les deux dernières, je n'ai aucune idée d'où elles se trouvent. Je clique pour afficher le contenu sur mon écran, et en une fraction de seconde, je sens mon cœur battre plus fort, une chaleur m'envahit, et je commence à transpirer de tout mon corps. Cela ne peut pas être réel, ça n'arrive que dans les films normalement ! Une violente migraine m'assaille, je me pince pour vérifier si je rêve, mais malheuresement, non.

En reprenant mes esprits après une longue minute d'absence, je constate que sur l'écran, c'est bien moi, dormant paisiblement dans mon lit, totalement inconscient d'être filmé. Je quitte des yeux l'écran pour regarder en direction de la caméra et je me rends compte qu'il y a un paquet de couvertures sur l'installation qui me sert de dressing. En soulevant la première, je découvre une minicaméra avec des fils partant directement dans le plafond. Je me demande comment j'ai fait pour ne pas m'en rendre compte plus tôt ! Des couvertures alors que nous sommes dans le désert sous plus de trente-cinq degrés, ça aurait dû me faire réfléchir ! De ce fait, j'ai tout de suite compris ce que filmait la dernière caméra, c'est la chambre de Julien qui est actuellement vide. Tony est un énorme psychopathe et je dois très rapidement partir d'ici, mais avant cela, je dois découvrir ce qui est arrivé à Julien. Je suis maintenant persuadé que tout ceci n'est pas une coïncidence. Je repense à tout ce qui se trouve dans la pièce de surveillance et ça me dégoûte ; j'ai presque envie de vomir. C'est sa salle de masturbation à ce gros chien ! Habituellement, je serais descendu directement avec l'intention d'agir violemment, car c'est un sujet qui me met hors de moi, mais je ne peux pas. Je dois garder le contrôle de mes émotions et faire le nécessaire pour découvrir ce qui est arrivé à Julien. Ce qui me dégoûte encore plus, c'est que si la vidéo en direct est ce qui l'excite, je ne peux pas retirer cette maudite caméra. Il s'en apercevra immédiatement, et tout deviendra encore plus compliqué. Je peux simplement me changer dans la salle de bain.

Durant ma pause, je décide de visionner les enregistrements des caméras. Grâce à mon journal, je vais pouvoir retrouver facilement la date et l'heure où j'ai entendu ou ressenti des choses bizarres. Le vingt-six octobre, vers minuit, je n'arrivais pas à dormir à cause de la chaleur, donc je suis sorti sur la terrasse du personnel pour prendre l'air quand j'ai aperçu Tony qui rentrait chez lui. Avant de cliquer sur mon clavier pour regarder la vidéo, je prends conscience que je vais enfin avoir des réponses à des questions qui m'ont torturé l'esprit pendant plusieurs nuits, et cela fait un bien fou. C'est avec le sourire que je clique et découvre, aux alentours de vingt-trois heures, Tony qui rouvre la porte de derrière et se dirige directement vers la porte cadenassée, qu'il ouvre également avant de descendre dans l'obscurité. Quarante minutes plus tard, il remonte et prend soin de bien refermer derrière lui. Il se dirige dans son bureau et s'empare de la mystérieuse mallette avant de s'installer confortablement dans son fauteuil du restaurant pour l'ouvrir. Je suis choqué quand je découvre qu'il s'agit en fait d'un ordinateur ultra-sophistiqué. La caméra n'est pas assez puissante pour observer ce qu'il fait, mais je sens que je me rapproche à grands pas de la vérité. Quinze minutes plus tard, il referme la mallette, la repose dans son bureau, ferme la porte de derrière, puis rentre chez lui. En regardant les mêmes caméras à la même heure les jours suivants, je me rends compte que c'est finalement une habitude qu'il reproduit assez fréquemment. Environ tous les deux jours, je dirais. Il est déjà l'heure de reprendre le travail, donc j'éteins mon ordinateur, puis je cache le disque dur avant de descendre.

Me voilà enfin de retour dans ma chambre, cela fait trois heures que je ne pense qu'à ça ! Je vais maintenant pouvoir regarder ce qu'il s'est passé quand les perroquets sont affolés la nuit du deux novembre, vers une heure trente du matin. Il y a pas mal de clients en bas donc je devrais être relativement tranquille. Je fais ma toilette avant de me glisser dans mon lit et de commencer le visionnage des enregistrements. Comme à son habitude, quasiment comme tous les jours, Tony descend dans le sous-sol par la porte cadenassée, mais cette fois-ci, une heure plus tard. Il ne se passe absolument rien pendant un long moment, puis quelqu'un sort en vitesse par cette même ouverture. Je regarde la scène, abasourdi ; ce n'est absolument pas Tony qui vient de sortir ! Je n'ai pourtant vu personne d'autre y entrer. C'est difficile à analyser, mais on dirait une fille de petite taille, blonde, avec les cheveux longs. Elle est vêtue uniquement d'un t-shirt qui lui arrive aux genoux et marche lentement en se tenant le ventre, comme si elle avait d'énormes crampes. Quelques secondes plus tard, Tony sort en vitesse en se tenant la tête avec sa main droite ; on dirait qu'il saigne. Il essaie de la rattraper, mais il a également du mal à se déplacer. Il finit tout de même par y arriver en tirant le t-shirt de la jeune fille. Celle-ci se retourne en trébuchant juste devant les perroquets. De sa main gauche, elle tend ce qui me semble être un goulot de bouteille. Elle tente de se défendre avec en s'en servant comme d'un couteau. C'est peut-être de là que vient la blessure de Tony, peut-être, qu'elle lui a explosé une bouteille sur le front avant de tenter de s'échapper. Tony frappe violemment le bras de la jeune fille, ce qui la désarme directement. Il attrape le cou de sa victime avant de lui infliger quatre ou cinq violentes claques, qui la rendent inconsciente instantanément. C'est à ce moment précis que les perroquets s'excitent, ils doivent ressentir la violence des coups. Tony se relève aussitôt, puis court en direction de la porte qui mène à l'étage pour la fermer. En observant la caméra du couloir de l'étage, je me rends compte que cela correspond aux bruits de pas et de porte que j'avais entendus cette nuit-là. J'étais loin de me douter de tout cela. Si seulement j'avais su… Un mélange de tristesse, de culpabilité et de frustration se mélange en mois, en tapant fortement du poing sur mon lit, la larme à l'œil, je songe que j'aurai pu agir.

Tony finit par s'emparer du corps à moitié évanoui de la victime afin de la ramener dans la pièce du bas. En passant près d'une caméra, la jeune fille se réveille et jette un regard en direction de celle-ci. Mon sang se glace, une froideur que je ne saurais expliquer. Cette fille, ce visage, je l'ai déjà vu quelque part. Où est-ce que j'aurais pu voir cette personne ? Quelques secondes passent, puis d'un coup, c'est l'illumination ! Je me rends directement sur Instagram, la main tremblante, je clique sur son profil en ayant peur de la réponse, et puis, les yeux paniqués, je prends conscience que je sais absolument qui est cette personne que Tony séquestre et agresse. Beaucoup de choses commencent à s'aligner dans mon esprit, mais je sais désormais que je suis en danger. Cette fille, c'est Betty ! La fille qui travaillait ici avec Julien avant que j'arrive. Celle avec qui il a eu une aventure qui commençait à devenir sérieuse avant qu'elle se retrouve « sur la côte » et qu'elle lui dise qu'elle avait besoin de temps pour elle. C'est normal qu'il n'ait pas compris la situation, car ce n'était pas réel, tout comme pour lui ! Au lieu de ça, elle se trouve dans le sous-sol depuis le début ! C'est pour ça que Julien n'a pas entendu de bruit durant ces quatre derniers mois, Betty est « partie » que quelques semaines avant que j'arrive ici.

Comment avoir l'esprit tranquille en pensant aux moments où je m'amusais, dansais ou discutais alors qu'une jeune fille était séquestrée et peut être même violée à quelques mètres de moi seulement ? J'ai l'impression d'avoir tout fait de travers, et je m'en veux de ne pas m'en être rendu compte avant. Cela veut dire que quand Tony descendait dans le sous-sol ces derniers jours, c'était probablement pour... Mmmh, si ça se trouve, Julien est dans le sous-sol lui aussi...

Après avoir vu ces images, dormir m'est impossible. Rien qu'en fermant les yeux, j'ai l'impression de ne pas tout faire pour sortir Betty et peut-être même Julien de là ! En y réfléchissant, je me dis que je ne sais même pas si elle est toujours dans le sous-sol ou non. Mais comment vérifier ? Cela me prendrait des heures de regarder toutes les caméras concernées. Soudain, un moment extrêmement mystérieux me revient en tête. Je jette un petit coup d'œil dans mon journal, car je ne me souviens plus exactement de la date ni de l'heure à laquelle il a eu lieu. Après quelques secondes, le voici ! Je suis stupide, c'était juste après la soirée d'Halloween chez Kyra, le quatre novembre, à deux heures du matin que j'ai surpris Tony et Jonhy Mcmayer en train de charger ensemble un meuble inconnu dans un camion avant que ce dernier ne parte avec. En regardant les caméras, je découvre que Jonhy est arrivé deux heures plus tôt, aux alentours de minuit. Il descend de son camion pour se rendre directement dans l'arrière-cour de l'établissement en passant par le chemin de dehors. Tony l'attend depuis quelques minutes ; ils se serrent la main, puis entrent et s'installent dans les fauteuils du restaurant. Tony s'empresse d'aller chercher la mallette, puis l'ouvre avec une des clefs autour de son cou avant de la donner à Jonhy. Celui-ci passe une dizaine de minutes dessus avant de montrer certaines choses à Tony que je ne peux pas identifier. Jonhy a l'air de lui expliquer énormément de choses, car cette partie dure quasiment quarante-cinq minutes !

Ensuite, les hommes se dirigent vers la porte cadenassée que Tony ouvre à nouveau à l'aide du trousseau de clefs qu'il porte à son cou. Les hommes entrent et y restent jusqu'à ce qu'on les voie ressortir une heure plus tard avec le mystérieux meuble que j'avais aperçu. Ils sont très lents et précautionneux, car les dimensions de celui-ci sont millimétrées avec celles de la porte, le meuble passe de justesse. Cela a dû être un effort important, car une fois arrivé en haut des marches, Tony lâche prise un peu trop violemment, ce qui déséquilibre Jonhy et fait basculer légèrement le meuble d'un côté. Jonhy repose le meuble à terre avant de faire une remarque à Tony, qui se redresse et se touche le dos comme s'il souhaitait exprimer une douleur. C'est sûrement le bruit qui m'a réveillé cette nuit-là, ce n'était pas dans mon rêve ! Après un court instant, Jonhy se rue sur le meuble et remet quelque chose qui était sorti à l'intérieur avant de refermer une porte qui s'était entrouverte. Je me repasse ce moment plusieurs fois afin de découvrir ce que c'est, mais je n'y arrive pas. Après avoir regardé un tutoriel sur youtube, j'enregistre ce court passage et j'utilise un logiciel sur internet utilisant l'intelligence artificielle pour zoomer sur cet objet que Jonhy range sans perdre la qualité de la vidéo. En zoomant davantage, je découvre qu'il ne s'agit absolument pas d'un objet, mais de cheveux. J'étais sûr qu'il y avait quelque chose dans ce meuble, car il semblait anormalement lourd, mais de là à imaginer une personne, j'en étais loin !

En levant les yeux, je prends conscience que le jour s'est déjà levé. Mes cernes trahissent l'horrible nuit que je viens de passer. Sur mon portable, je découvre qu'il me reste trois heures avant de commencer ma nouvelle journée de travail. Je ne vais pas me mentir à moi-même, je ne compte pas me rendormir après tout ça. Obnubilé par ce qui se passe, je décide de reprendre mes recherches sur cette affaire. Je prends mon journal et je commence à lire dans le but de trouver à quelle date s'est déroulée la prochaine action étrange de la part de Tony. Le vendredi dix novembre, je me suis retrouvé face à la porte cadenassée qui était totalement ouverte, c'était il y a peu de temps, mais je m'en souviens comme si c'était hier. Je n'ai pas l'heure à laquelle Tony a ouvert cette porte. Je vais simplement partir de l'heure à laquelle je m'en suis aperçu et lancer la vidéo en sens inverse à grande vitesse. Quelques secondes plus tard, je découvre que cela s'est passé un quart d'heure plus tôt. Je le vois m'observer sans que j'en sois conscient, puis ouvrir sa porte délicatement avant de descendre sans perdre de temps. Je ne peux pas voir ce qui se passe à l'intérieur, mais je peux au moins être sûr que c'était lui, car il n'est pas remonté avant mon arrivée devant cette porte. Je me vois hésiter, puis je commence à descendre lentement. Dès la deuxième marche, je me stoppe net, puis quelques secondes plus tard, je me vois partir en courant en direction des toilettes.

C'est maintenant que ça devient intéressant. Tony arrive en haut des marches et commence par me chercher dans le bar en essayant de ne pas se faire repérer. Ne me voyant pas, il jette un coup d'œil sur l'écran qui diffuse ce que filment les caméras pour prendre connaissance de ma position. Après m'avoir trouvé en train de balayer dans le couloir des toilettes, il part rapidement en direction de la porte habituellement cadenassée, s'empare de deux sacs qu'il dépose devant la cuisine, puis ferme rapidement derrière lui pour éviter que je puisse descendre pendant son absence. En ouvrant la vision de la caméra de l'arrière-cour, je peux voir Tony marcher en direction de chez lui avec les deux sacs qu'il venait de sortir du sous-sol. En zoomant, je reconnais l'un des deux, c'est celui qui contenait des vêtements tachés de sang que j'ai trouvés dans le cabanon avec les machines à laver, ils étaient à Betty !

Tony revient, mais s'arrête au niveau de la cuisine. Il y entre, puis en ressort avec un couteau à viande. J'ai appuyé sur pause en bas de l'écran par peur de voir la suite, j'ai peur de ce qu'il peut avoir comme idée. Après cinq secondes d'hésitation, je relance la vidéo. Il avance dans ma direction de manière assez déterminée. Mes doutes se confirment ! Lorsqu'il arrive devant le bar, il change de direction pour aller s'asseoir sur une chaise à côté du billard. Il dépose le couteau derrière son dos, puis observe attentivement son portable qu'il a pris le temps de déposer devant lui. Sans savoir pourquoi, d'un coup, il se met à fixer la caméra. C'est à ce moment que j'ai dû le chercher avant de le voir en train de me fixer. Quelques secondes plus tard, il s'endort à une vitesse éclair comme s'il faisait le mort. Sur une autre caméra, je peux me voir jeter un œil dans sa direction au même instant. Je comprends enfin comment il a fait ! Il devait avoir ce que diffusent les caméras en direct sur son portable, ce qui veut aussi dire qu'à l'heure actuelle il peut me voir d'où il est. Heureusement que la caméra n'est pas face à mon écran. Je dois simplement faire attention à ce que le disque dur ne soit pas voyant.

Quand je suis entré dans l'un des frigos, il s'est levé avant de partir chez lui très rapidement, en prenant soin de remettre le couteau à sa place et de refermer la cuisine. Plusieurs choses se passent dans ma tête. Premièrement, est-ce que j'ai vraiment failli être assassiné par mon patron au couteau à viande en plein milieu du bar il y a seulement quelques jours ? Et s'il peut observer ce que filment les caméras en direct sur son portable, m'a-t-il vu faire quelque chose qui trahirait mon innocence ? Si les deux réponses sont oui, la situation est extrêmement dramatique. Je ne peux pas me laisser faire ! Il va falloir que je me tire d'ici, sans que Tony ou un de ses alliés ne s'en aperçoivent. Le meilleur moment, c'est un jeudi soir, car la soirée ne finit pas super tard et Tony reste chez lui dormir super longtemps, sûrement pour se reposer avant les deux plus grosses soirées de la semaine. Pour résumer, il dormira sûrement entre vingt-trois heures et neuf heures quarante-cinq le lendemain matin. Cela m'offre un créneau de dix heures et quarante-cinq minutes. Demain, ce sera trop prématuré, il ne faut pas que je me précipite car si j'échoue, je ne sais pas ce qui m'attend. Je vais plutôt attendre une semaine en surveillant et en me tenant prêt si les choses dérapent. Je n'ai plus qu'à préparer un plan pour m'échapper. Je continue de me demander pourquoi. Pourquoi moi ? Je voulais simplement vivre mon rêve, comme des milliers d'autres personnes, mais le destin en a décidé autrement. Triste et nostalgique, je commence à regarder les photos dans mon téléphone portable. Je prends le temps de contempler le visage de chacun de mes proches, comme si c'était pour les imprimer dans ma mémoire, comme si, au fond de moi, je me préparais à ne jamais les revoir.

11

Le secret de Chris

Tony se comporte exactement de la même façon qu'auparavant avec moi. À chaque fois qu'il s'approche, je prends soin de regarder ses deux mains afin de m'assurer qu'il n'est pas armé. J'aimerais vraiment partir maintenant, mais c'est trop dangereux, car si j'échoue, je ne suis pas sûr de m'en sortir vivant. Après plus d'une journée entière, j'ai enfin trouvé un plan qui me semble être, la meilleure de mes différentes idées. Il est loin d'être parfait, mais il est réalisable et c'est déjà ça.

Premièrement, je vais préparer un sac à dos comprenant mes affaires les plus importantes, en abandonnant le reste ici. Je vais mettre certains vêtements sous les draps afin d'imiter un corps humain, au cas où Tony aurait la mauvaise idée de vérifier si je dors. Après m'être assuré qu'il soit rentré chez lui, je m'enfuirai par la porte verte en face des marches, car elle s'ouvre sans clef de l'intérieur et se referme de la même manière. Une fois dehors, je devrai me rendre à pied chez Chris, qui habite au bord de la grande route. Personne ne doit m'apercevoir. Ensuite, je rentrerai chez Chris — ce sera facile, car il ne ferme jamais sa porte d'entrée. L'idéal serait de réussir à ouvrir sa porte cadenassée afin de libérer la personne prisonnière s'il y en a une, puis de m'enfuir avec sa voiture sans le réveiller. S'il me voit, je devrai l'assommer — ma vie est en jeu. Il ne me restera plus qu'à prendre la route en direction du commissariat de Melbourne.

J'ai largement ce qu'il faut en argent pour l'essence, mais la problématique reste le chargement de mon téléphone. Je vais prendre mon chargeur avec moi, mais je ne suis pas sûr de pouvoir le brancher dans la voiture de Chris. Au cas où cela ne soit pas possible, je vais mémoriser et noter dans mon journal toutes les villes que je devrai traverser pour arriver à destination. J'ai choisi Melbourne pour deux raisons. Premièrement, la ville se trouve dans l'État de Victoria, ce qui est assez éloigné de l'État du Queensland, donc de Brisbane, la ville de Jonhy, qui connaît des gens dans la police de cette région. La deuxième raison est plus stratégique par rapport à Tony : lorsqu'il s'apercevra que je ne suis plus à l'hôtel, lui et son réseau partiront rapidement à ma recherche. Il est fort probable qu'ils se concentrent sur la route principale de Roma à Brisbane, pensant que notre objectif est de gagner la civilisation le plus rapidement possible.

Je ne suis pas croyant, mais je vais quand même prier ce soir avant de dormir, comme pour demander une faveur à l'univers, afin que, pour une fois, tout se passe bien.

La matinée se déroulait de la même manière que toutes les précédentes, jusqu'à ce que Tony s'approche de moi avec sa démarche habituelle de pingouin. Sans me dire bonjour, il m'annonce directement, sans chercher à y mettre un minimum de diplomatie, que je suis viré parce qu'il n'y a pas assez d'activité. Les clients manquent, donc je ne sers à rien. Il m'ordonne de finir mardi prochain, en ajoutant que c'est Chris qui m'emmènera au bus à Roma. Complètement désemparé, je lui dis d'accord sans vraiment prendre le temps de réfléchir à ce qu'il vient de me dire, puis il repart exactement comme il est arrivé. Cela ne change pas vraiment mes plans, je vais simplement devoir partir plus tôt. Sachant que je suis censé partir mardi, je vais devoir m'enfuir lundi soir, c'est-à-dire.... demain ! Je dois avouer que j'ai un peu la boule au ventre à l'idée de devoir vraiment mettre mon plan à exécution — peut-être même avoir recours à la violence. Des doutes s'installent, comme si ce que Tony venait de me dire était vrai, alors que non, c'est bien le contraire ! Julien devait partir de la même façon, mais il n'est jamais arrivé à destination. Tony s'est forcément rendu compte de quelque chose, et il va chercher à se protéger le plus rapidement possible. Je ne peux pas commencer à préparer mon sac maintenant, cela pourrait lui provoquer des soupçons, donc je dois tout faire discrètement, ce qui n'est pas évident en étant constamment filmé. J'écris une petite liste de tout ce que je devrai mettre dans mon sac avant de m'enfuir — cela me permettra de ne rien oublier et d'être beaucoup plus efficace.

Un homme, plus jeune et plutôt beau comparé aux autres clients d'ici, entre dans le bar et fait un signe de la main à Tony, qui est installé dans un de ses fauteuils en cuir dans le restaurant, face à la télé. Ce dernier s'approche et récupère un billet dans la main de cet homme que je n'ai jamais vu auparavant, avant que les deux disparaissent chacun de leur côté. C'est de cela que Julien m'avait parlé ! En regardant les caméras à l'entrée du bureau de Tony, je vois cet homme mystérieux contourner le bâtiment d'un pas décidé et assurer jusqu'à arriver à côté du conteneur où Tony entrepose beaucoup de stock pour le bar. En y réfléchissant, je ne sais même plus ce qui est vrai ou non, si ça se trouve, à l'intérieur, il y a quelque chose d'encore plus horrible que ce que j'ai déjà découvert.

L'homme monte sur le chariot élévateur de Tony avant de partir avec. Je rigole intérieurement : je suis devenu complètement paranoïaque, ce qui est légitime, mais cet homme n'a sûrement rien à voir avec mon affaire. Il a probablement juste loué le chariot élévateur de manière discrète pour son usage personnel. Le temps passe, mais les minutes, elles, passent de plus en plus lentement. Sans que Tony s'en aperçoive, je me permets de consommer quelques bières pour me déstresser un peu. Les doutes deviennent de plus en plus intenses, mon esprit ne cesse de me demander ce qu'il se passera si j'échoue. Honnêtement, je préférerais ne pas y penser, mais c'est plus fort que moi. Je suis tellement ailleurs que lorsque les clients me demandent de les servir, il ne se passe pas plus de cinq secondes avant que j'oublie ce qu'ils souhaitaient.

Je me commande mon plat préféré du menu que propose le restaurant, accompagné d'une assiette de frites, d'une entrée, et d'un dessert, comme si c'était mon dernier repas. Le temps passe, et la fin de mon service arrive. Je m'assois dans le restaurant pour manger ce que la cuisinière m'a servi, tout en prenant le temps d'envoyer un message à mes parents, mes frères, et ma copine. Je leur dis qu'ils me manquent terriblement, d'une puissance que je ne saurais expliquer. Mon cœur se déchire simplement en visualisant leurs visages, en pensant que je ne les reverrai peut-être jamais. Je suis bloqué, seul dans cette situation, personne en France ne peut faire quoi que ce soit pour moi. Je ne sais pas jusqu'où s'étend le réseau de Jonhy, peut-être même que la police de Melbourne est impliquée, et qu'en arrivant là-bas, je me rendrai compte que j'ai fait tout ça pour rien. Et si par miracle, je parviens à contacter quelqu'un, capable de m'aider, comme l'ambassadeur français, Tony apprendrait très vite que je suis au courant de quelque chose, et il serait trop dangereux pour lui de me laisser filer. Je dois me débrouiller pour m'en sortir tout seul !

22 h 22, c'est l'heure ! Je souffle un grand coup pour évacuer un peu de stresse puis je glisse mon portable, chargé à cent pour cent, dans la poche gauche de mon pantalon, tout en mettant le chargeur dans mon sac à dos, avec ma lampe frontale, mes cartes bancaires, une petite trousse de soins, une trousse de toilette, un imperméable, mon hamac, mon couteau de survie, deux tenues, un briquet et enfin mes papiers, comprenant mon passeport, mes permis, mon visa, et tout ce qui est nécessaire pour prouver que je ne suis pas un hors-la-loi. Ensuite, tremblant, je prends le temps d'enfiler mon pull de randonnée assorti à mon pantalon, que je peux transformer en short si besoin, ainsi que mes chaussures de marche. Tout semble prêt ! Je place quelques

vêtements sous la couette afin de faire croire que je dors, puis j'ouvre la porte de ma chambre délicatement. En me retournant pour vérifier que je n'ai rien oublié, je me rends compte que je n'ai pas pris mon drone. Je le récupère avec sa sacoche et j'y glisse mon journal. Quoi qu'il se passe, c'est une bonne chose de continuer d'écrire, cela me permettra de me détendre et de me sentir moins seul. Et si je n'y arrive pas, si je me fais attraper, quelqu'un pourra peut-être me retrouver grâce aux informations contenues dans mes textes. Je vais faire en sorte de noter par où je passe et ce qu'il m'arrive, on ne sait jamais ce qui peut se passer…

Le couloir est sombre, je m'y enfonce guidé par la lumière des lampadaires qui m'indiquent la sortie. En serrant les dents, je me dis que c'est une jolie métaphore de ma mission. Arrivé sur la terrasse, je prends le temps de vérifier qu'il n'y a rien d'étrange aux alentours, comme un gars un peu trop bourré ou la fenêtre d'une des maisons voisines allumée, mais tout me semble normal. Je m'accroche à l'échelle après être passé par-dessus le mur, puis je me laisse délicatement tomber, avant de me réceptionner dans la position accroupie, environ trois mètres plus bas. J'ai décidé de ne pas passer par la porte verte habituelle, au cas où Tony se trouverait encore dans le restaurant. Maintenant, je dois me rendre chez Chris. J'ai le choix entre deux routes. La première, à droite, rejoint la route principale, ce qui me rend vulnérable aux voitures qui passent, sachant qu'il en passe environ toutes les cinq minutes. La deuxième, à gauche, emprunte une route secondaire entre les habitations. Cette dernière semble être la meilleure option, mais il y a des chiens qui risquent de me repérer et d'aboyer quand je passerai près de chez eux, et il y a le commissariat de la ville. Même si je pense que le commissariat n'est pas un problème, car il y a seulement deux policiers qui se partagent les services. Celui actuellement en poste se comportera comme un lundi soir ordinaire, assis dans son bureau à attendre un appel.

Personnellement, je pense que la route principale est la meilleure solution, étant donné qu'il n'y a pas énormément de distance à parcourir. Ni une, ni deux, je commence à marcher à un rythme assez soutenu, tout en étant attentif à l'environnement. Le calme de l'endroit me frappe énormément, car c'est la première fois que je marche seul, de nuit, ici. Je peux distinguer des wallabies qui traversent la route au loin grâce à la lumière de la lune, qui brille intensément ce soir. Elle est presque pleine, intimidante, mais je ressens un sentiment étrange à son égard, comme si elle m'encourageait, comme si elle était avec moi. Le calme est saisissant, un silence de mort, uniquement le bruit du vent faisant bouger quelque chose en métal.

Arrivé au bord de la route principale, je remarque une lumière à travers la fenêtre d'une des habitations de droite sur le chemin. Apparemment, tout le monde ne dort pas… Délicatement, je longe les habitations de gauche, afin de garder un maximum de distance, mais rapidement, j'aperçois des phares au loin. Il faut vite que je trouve de quoi me cacher, c'est une chance que les poubelles soient sorties aujourd'hui. Le fait d'être dans le désert m'empêche de déterminer à quelle distance se trouve le véhicule, donc je continue d'avancer tout en restant très attentif à la vitesse à laquelle il se rapproche. Environ trois minutes plus tard, la voiture passe sans que je me fasse repérer, mais une seconde arrive au loin, des deux côtés cette fois-ci. Je décide de rester au même endroit et de me tourner à chaque passage de voiture. Le temps passe, et le problème devient urgent : les deux voitures vont arriver en même temps ! Je dois trouver un endroit plus discret. En me retournant, j'aperçois, à quelques mètres, un cabanon dans le jardin d'une habitation. Sans prendre le temps de réfléchir, je saute par-dessus le grillage et me cache derrière. Les voitures passent sans même ralentir. Le souffle coupé, je prie pour qu'il n'y ait pas de chien. Coup de chance, ce n'est pas le cas !

La maison de Chris se trouve à une petite centaine de mètres, alors sans attendre que la situation se répète, je cours discrètement pour y arriver le plus vite possible. Une fois sur place, je passe par-dessus son grillage et prends le temps d'analyser l'endroit à l'affût du moindre mouvement. Aucune lumière, c'est bon signe ! Aucun bruit non plus, il n'est pas en train de jouer aux jeux vidéo. Pour finir, sa voiture est là, juste devant moi, donc il est bien ici, probablement en train de dormir. En m'approchant, j'aperçois que les clefs sont sur le contact. Je n'ai qu'à ouvrir la porte, m'asseoir, démarrer, et partir, mais... quelque chose me retient. Je ne peux pas partir sans vérifier. Je ne serais jamais tranquille si je refaisais cette erreur une deuxième fois. Je me dirige vers sa porte d'entrée, et sans surprise, elle est ouverte. Je l'ouvre très doucement, ce qui la fait légèrement grincer, mais rien de très inquiétant. Une odeur intense arrive dans mes narines, un mélange de café et de tabac froid. Maintenant, je dois trouver la clef du cadenas qui barricade la porte au fond de son couloir, mais ça ne va pas être simple ; tout est en désordre ici, contrairement à la dernière fois. Je me concentre plus sur le fait de ne rien écraser plutôt que de trouver ce que je cherche. Ce qui est bizarre c'est que la plupart des affaires sur le sol sont des jeux d'enfants, ça m'inquiète ! Son trousseau de clefs n'est ni dans le salon ni dans la cuisine. Le seul endroit où il peut être, c'est dans sa chambre…

Je préfère m'emparer d'une bouteille, au cas où les choses prendraient un autre tournant. Sans bruit, la main tremblante, j'ouvre la porte et j'aperçois Chris en train de dormir, ses clefs sur sa table de nuit. C'est vraiment une chance que la lune éclaire aussi bien. Soudain, j'aperçois une tête se lever de son lit pour me regarder. J'avais complètement oublié l'existence de son petit chien ! Heuresement, celui-ci, j'ai l'habitude de le voir à l'hotêl donc je sais qu'il est innofensif. Très doucement, j'avance pour me faire sentir afin qu'il me reconnaisse, dans le but qu'il ne s'agite pas, mais celui-ci se lève brusquement et avance vers moi. Cela réveille Chris qui se colle contre le mur dès qu'il m'aperçoit. Très perspicace, il comprend ce qui est en train de se passer. Son visage, son regard, ce n'est pas le même. Je ne reconnais pas la personne qui me fait face. D'un ton calme, il m'indique que je suis en train de commettre une grosse erreur. Instinctivement, je lui réponds que j'essaie simplement de sauver ma vie. Je lui montre la bouteille, comme pour lui dire de ne pas faire n'importe quoi, avant de lui ordonner de prendre les clefs et d'aller m'ouvrir cette porte. Il sait très bien de laquelle je parle, puisque sans rien dire, il s'exécute.

Nous laissons le chien enfermé dans sa chambre, puis nous nous enfonçons dans le couloir. En arrivant devant la porte, Chris pose une main sur la poignée et patiente quelques secondes. J'insiste pour qu'il agisse rapidement, mais avant la fin de ma phrase, il se retourne violemment pour me frapper avec ses clefs. Je l'évite de justesse, puis, par réflexe, je lui envoie un coup de bouteille qui l'assomme instantanément. Habituellement, je serais resté figé, complètement choqué, mais mon corps agit par instinct. Je m'empare des clefs et j'ouvre enfin cette porte. La pièce est si sombre, il n'y a pas la moindre ouverture laissant entrer de la lumière. En utilisant la lampe de mon téléphone, je trouve l'interrupteur et l'actionne. Je tombe alors nez à nez avec une seconde porte, beaucoup plus épaisse, qui ressemble à celle d'un coffre-fort. Cette fois, il n'y a pas de sécurité, et je peux l'ouvrir directement.

C'est un cauchemar ! Une jeune fille, brune, qui ne doit pas être beaucoup plus âgée que moi, est attachée par les pieds sur un matelas dont l'épaisseur ne dépasse pas cinq centimètres. Elle me regarde avec des yeux remplis de frayeur qui me glacent le sang. Je n'ai jamais vu un être humain autant choqué que cette pauvre fille. J'imagine ce qu'elle a dû subir pour être déshumanisée à ce point. Sans la brusquer, je m'approche délicatement de ses pieds en tendant les clefs devant moi. Je commence à les essayer une par une jusqu'à ce qu'un bruit de claquement retentisse. C'est bon, elle est libre ! J'essaie de lui faire comprendre que nous devons partir, et c'est seulement après une vingtaine de secondes, une fois qu'elle a retrouvé ses esprits, qu'elle accepte de me suivre. En tentant de l'aider, elle retire sa main d'un coup sec pour me faire comprendre que je ne dois pas la toucher. Je comprends tout de suite, mais cela me fait tellement de peine. Elle est là, si faible, puisant dans ses dernières ressources pour réussir à se lever. Je lui propose mon pull, qu'elle accepte. Elle me suit jusqu'à la voiture et s'installe lentement sur le siège passager. En voyant son état, j'ai la présence d'esprit de m'emparer de la nourriture qui traine sur la table puis j'en profite pour aller attacher Chris dans sa propre cage.

Tout à coup, j'entends un cri extrêmement grave. C'est le vieil homme qui hurle de toutes ses forces. Il a dû se réveiller lorsque je l'ai déplacé. J'ai juste le temps de retourner fermer la porte de sa cage insonorisée, mais c'est déjà trop tard. Le chien s'agite et se met à aboyer sans s'arrêter. Je lance les en-cas dans les mains de la jeune fille, puis je saute au volant, démarre la voiture, et prends la route.

12

La jeune fille

Cela fait maintenant une cinquantaine de minutes que je conduis, et la jeune fille à mes côtés n'a toujours pas prononcé le moindre mot, pas même détourné le regard de la route. Je ne peux pas imaginer le traumatisme qu'elle a vécu. On s'approche dangereusement de la ville de Roma, c'est là-bas que je pourrai choisir de partir en direction de Melbourne et non de Brisbane. J'espère que Tony ne s'est toujours pas aperçu que j'étais parti, car sinon, ils sont sûrement au courant que nous allons arriver ici. En disant cela, des phares apparaissent dans mes rétroviseurs. Un peu inquiet, j'essaie d'accélérer un peu, sans en faire trop pour ne pas effrayer ma passagère. Après un virage, j'aperçois l'entrée d'un ranch. Je freine énormément en éteignant mes phares, avant de tourner sur ce chemin de terre et de pierre, pour m'arrêter une trentaine de mètres plus loin. La fille me regarde avec de grands yeux, se demandant ce qu'il se passe. En fixant mon rétroviseur gauche, je lui explique que nous sommes peut-être suivis et que je préfère prendre des précautions. La voiture qui nous suivait passe devant nous sans ralentir. Je souffle un coup en m'appuyant contre l'appuie-tête puis je dévie mon regard vers le sien. Ses yeux bleus trahissent son inquiétude, je sens qu'elle a envie de parler, mais qu'elle n'y arrive pas. Je décide de prendre la parole d'un ton le plus calme possible :

- « Comment t'appelles-tu ? »

Sans faire attention, je lui ai posé la question en français, mais elle me regarde de façon surprise, comme si elle comprenait ce que je venais de lui dire.

- « Océane », me répond-elle.
- « Tu es française ! »

En me faisant un signe de tête pour confirmer, elle détourne son regard en direction de la route. C'est vrai que nous ne sommes toujours pas en sécurité, nous ne devrions pas perdre de temps ici. Je rallume mes phares puis reprends la route en direction de Roma, qui doit se trouver à moins de dix kilomètres maintenant. Je lui fais signe de manger les quelques encas que j'ai ramenés, ce qu'elle fait sans s'arrêter. Ça m'étonnerait que Chris l'ait nourrie correctement. En arrivant sur place, je décide de ne pas trop m'attarder et de prendre la direction de Tingun, qui est la prochaine ville sur ma liste.

Après vingt minutes de route, Océane éclate en sanglots. Dépourvu, j'essaie de lui dire des mots rassurants, mais je ne suis pas sûr qu'il en existe un assez puissant pour l'apaiser. Ses larmes laissent place à de la colère et Océane décide de me raconter son histoire. Un matin de mai, alors qu'elle postulait à des offres de travail sur Facebook en commentant différentes publications, elle reçut un message d'un certain Tony qui lui proposait de venir travailler pour lui dans son hôtel à Injune. L'offre était généreuse et difficile à refuser, car

Tony proposait un travail de barmaid logé, nourri, et qui comptait pour la validation des quatre-vingt-huit jours nécessaires pour le visa. Deux jours plus tard, elle était dans un bus en direction de Roma. Les premiers jours se sont bien passés, même si elle m'avoue avoir remarqué deux ou trois regards insistants qu'elle préférait ne pas calculer. Plus le temps passait, et plus Chris, le cuisinier, devenait étrange. Il enchaînait les réflexions mal placées, les surnoms coquins, etc. Un jour, à la fin de son service, Océane est entrée dans la cuisine pour dire au revoir à Chris, mais celui-ci en a profité pour lui donner une claque sur les fesses. Choquée par cet acte, c'était la goutte d'eau qui a fait déborder le vase, elle a envoyé un message à Tony pour lui dire qu'elle aimerait partir rapidement en lui expliquant la cause. Tony lui a proposé de la déposer à Roma quatre jours plus tard, ce qu'elle a accepté. Après avoir mis sa valise dans la voiture, Océane me raconte qu'elle ne se souvient plus vraiment du trajet, mais qu'elle s'est réveillée attachée en sous-vêtements dans une pièce sombre. Chris est entré, et sa vie a basculé. Elle s'arrête de parler et recommence à pleurer. Au fond de ma tête, des idées sombres commencent à émerger, et je me dis que je n'aurais peut-être pas dû m'arrêter après un seul coup de bouteille. Je suis allé voir sa moto, je suis venue chez Chris et elle était là, attaché de l'autre côté de cette porte. Je m'en veux terriblement.

Le panneau sur le bord de la route nous informe que nous venons d'arriver à Tingun, et la lumière de la station-service me rappelle que je dois faire le plein d'essence. Je m'arrête avec l'idée d'en profiter pour acheter à boire et un peu de nourriture. Si Océane fonctionne comme moi, il y a de grandes chances que des morceaux de poulets avec des frites lui fassent du bien au moral. En descendant de la voiture, je reçois un coup de téléphone provenant d'un numéro masqué. Mon rythme cardiaque commence à augmenter gentiment. En regardant Océane, je m'éloigne légèrement avant de décrocher pour ne pas l'inquiéter.

- « Hallo ?
- Il serait dans ton intérêt de revenir immédiatement. », me répond-il.

Cette voix, je l'ai déjà entendue quelque part ! Sans réponse de ma part, l'homme me menace de nouveau. Cette fois, son intonation me fait comme un déclic. Je sais qui est au bout du téléphone.

- « Laisse tomber Jonhy, je ne reviendrai pas. »

Son silence le trahit, il ne s'attendait pas à ce que je le connaisse, encore moins que je reconnaisse sa voix. D'un ton plus calme, il commence à parler :

- « Mathias, écoute-moi bien avant de prendre une décision irréfléchie. Tu es en possession d'un véhicule volé, accompagné d'une jeune femme qui a été portée disparue depuis des mois. La police, que Chris contactera dans les prochaines minutes, se fera un plaisir de retrouver Océane avec un suspect idéal à ses côtés : toi !
Mes équipes, quant à elles, sont déjà à l'œuvre pour effacer les véritables preuves à Injune et en

fabriquer d'autres qui te désigneront sans équivoque. Pour que tu comprennes la gravité de ta situation, je t'envoie une vidéo qui ne laissera aucune place au doute. »

Mon portable vibre instantanément. Je viens de recevoir une vidéo de mon propre compte Facebook, comme si je m'étais envoyé un fichier à moi-même ! Inquiet, les doigts crispés, je lance la vidéo sans vraiment savoir ce que cela pourrait être. C'est une vidéo provenant d'une caméra de surveillance filmant ce qui se passe devant chez Chris. Je peux me voir, mais la dureté de mon visage semble appartenir à un autre, je me vois en train de menacer Océane pour qu'elle monte dans la voiture, mais Chris sort de chez lui pour tenter de la défendre. Il essaie de m'asséner un coup, mais je le frappe au crâne avec une bouteille, ce qui l'assomme directement avant de m'enfuir avec la voiture et Océane à l'intérieur. Je sais que tout cela est un montage, mais le réalisme est extrêmement troublant. Comment est-ce possible ? Très calmement, il reprend :

- « L'intelligence artificielle effacera toutes les frontières entre le vrai et le faux, et tu seras parmi les premiers à en subir les conséquences. Chris transmettra cette vidéo aux autorités, qui à leur tour la remettront aux médias pour en assurer la diffusion au grand public. Tu ne pourras échapper à ce sort. »

C'est effrayant, mais tout ne tient pas la route dans son discours…

- « Océane le sait, cela ne s'est pas passé comme ça, et elle pourra témoigner ! Et mon alibi, y as-tu pensé ? Je ne suis arrivé que bien après sa disparition », lui dis-je.
- « Mes contacts dans le domaine de la psychologie seront enchantés de la faire passer pour une folle manipulée, moyennant quelques bitcoins, donc ne t'inquiète pas à ce sujet. Quant à ton alibi, je vais t'envoyer d'autres fichiers, afin que tu comprennes bien que tu n'as aucune autre alternative que de revenir et de me faire confiance pour parvenir à un accord. »

Mon portable vibre de nouveau. Je viens encore de recevoir quelque chose par mon propre compte Facebook, il s'agit d'un message vocal. En lançant la lecture, je découvre que c'est ma voix. Je m'entends dire des atrocités, notamment la date à laquelle j'ai décidé de venir récupérer Océane, et la façon dont je compte payer le kidnappeur. Sachant qu'il dispose de mon compte Facebook, il a la capacité de créer une histoire de toutes pièces ! Il ajoute :

- « Je te remercie d'avoir répondu à cet appel. Je l'ai enregistré pour obtenir un échantillon de ta voix. Tu m'as été d'une grande aide. »

Le bruit du téléphone indiquant que la personne a quitté l'appel retentit, il a raccroché sans me laisser le temps de lui répondre. Je peux voir Océane me fixer depuis la voiture. Je ne peux pas lui cacher ce qu'il se passe, d'autant plus que mes gouttes de sueur sur mon front me trahiront dès l'instant où j'essaierai. Je m'installe au volant du véhicule après avoir fait le plein d'essence et acheté un peu de nourriture, les mains tremblantes. En prenant ses frites et ses morceaux de poulets, Océane me demande directement qui était au téléphone et pourquoi je fais cette tête. Je lui explique comment Jonhy est en train de nous piéger avec l'intelligence artificielle, la corruption et ses contacts. J'en profite pour lui montrer ce qu'il m'a envoyé. Comme moi, Océane reste sous le choc de la qualité des montages. Je lui explique également que si nous tentons d'ouvrir une enquête, il ne se gênera pas pour la faire passer pour une folle manipulée. Peut-être que le disque dur avec tous les enregistrements de Tony et Jonhy pourra m'aider à prouver que je suis innocent ? En regardant dans mon sac, je tombe de haut quand je me rends compte qu'à cause de la précipitation, je l'ai oublié accroché à mon ordinateur que j'ai laissé dans ma chambre à Injune. Malgré tout, elle trouve le moyen de me rassurer en me disant qu'il y a forcément quelque chose d'illogique dans son histoire et que c'est ce que nous devons trouver. Honnêtement, je suis impressionné par sa force mentale. Après tout ce qu'elle vient de subir et d'entendre, c'est elle qui arrive à être optimiste pour me rassurer. Je me sens un bête à côté...

Nous reprenons la route en direction de la ville de Surat. Nous sommes encore très proches de Roma, et il faut que l'on s'en éloigne le plus rapidement possible. Le compteur grimpe légèrement, car les minutes, voire les secondes, peuvent avoir leur importance. Les kangourous se comptent par dizaines sur le bord de la route. Je me méfie, car cet animal est assez imprévisible, il attend le dernier moment pour traverser devant la voiture sans vraiment réfléchir, comme si c'était un jeu. C'est pourquoi la majorité des véhicules sont équipés de pare-buffles, y compris les camions, et cela explique également la quantité phénoménale de kangourous morts que l'on peut apercevoir sur le bord des routes en roulant durant la journée. Malgré ma vigilance, ce qui devait arriver arriva. En voulant esquiver un kangourou qui restait planté en plein milieu de la route, je fonce dans un second, cinq mètres plus loin, qui tentait de s'échapper. Le choc pourtant pas si brutal plonge nos corps en avant renversant la nourriture d'Océane partout dans l'habitacle. Ma tête s'écrase contre le volant me sonnant pendant quelques secondes.

En me relevant, je découvre que je saigne du nez, je récupère une des serviettes provenant de la station-service, celles qui étaient pour la nourriture d'Océane, puis j'essuie mon nez avec, avant d'en découper un petit bout que j'enfonce dans ma narine blessée. Heureusement, Océane n'a rien, elle se tient simplement le ventre comme une personne qui s'est bien fait secouer. Nous n'avons vu aucune voiture sur cette route depuis vingt minutes, cela explique sûrement pourquoi la faune est omniprésente ici. La voiture ne démarre plus, la puissance de l'impact a dû endommager fortement une partie importante du moteur. C'est vraiment la dernière chose dont nous avions besoin ! Nous sommes bloqués au milieu des ranchs, à environ trente minutes en voiture du premier village, et tout cela en pleine nuit. Je pousse la voiture sur le côté de la route pour ne pas provoquer un suraccident avec un camion, surtout qu'ici, ils possèdent quatre remorques remplies de bovins. En attendant d'apercevoir des phares, nous restons dans la voiture pour nous protéger des dingos qui pourraient être attirés par le bruit de l'accident et le sang frais du kangourou écrasé, ou par le mien...

Nous en profitons pour réfléchir à cet appel de Jonhy. Finalement, le fait qu'il tente de me faire revenir en m'avouant sa stratégie pour me piéger prouve surtout qu'il ne croit pas à cent pour cent en celle-ci, sinon il l'aurait simplement mise en place sans essayer de me faire revenir. Océane a raison, il y a sûrement une faille dans son histoire.

Une quinzaine de minutes plus tard, nous apercevons les phares d'un véhicule à une centaine de mètres. Nous descendons pour tenter de l'interpeller. La voiture s'arrête à notre niveau. C'est un pick-up avec des cages pour chiens à l'arrière, tout ce qu'il y a de plus basique pour un cowboy. L'homme descend sa fenêtre de son véhicule puis nous demande ce qu'il se passe et pourquoi sommes-nous ici à cette heure-là. Nous lui expliquons notre accident, puis l'homme, très aimable, nous propose de venir chez lui pour nous mettre à l'abri et pouvoir dormir en attendant de régler le problème demain matin. En nous regardant avec Océane, nous comprenons que nous n'avons pas vraiment le choix. Nous montons à l'arrière de son pick-up et l'homme opère un demi-tour puis roule en direction de son ranch. Quelque chose ne tourne pas rond. Si sa maison est dans ce sens, où allait-il ? Et si ce n'était pas très important pour l'annuler, pourquoi souhaitait-il y aller à cette heure-là, en pleine nuit ? Je préfère ne pas communiquer mes doutes à

Océane, car, s'il y a effectivement quelque chose de bizarre, il ne faudrait pas que l'homme s'aperçoive que nous doutons de lui.

Après dix minutes de route silencieuse, nous arrivons enfin devant son ranch. Ma réflexion peut paraître un peu sexiste, mais je comprends très vite qu'il vit seul. C'est le genre d'homme coupé du reste du monde, qui a grandi dans un état d'esprit assez arriéré où l'homme s'occupe de la ferme et la femme de la maison. Alors, quand je vois la vaisselle dans l'évier et sur les tables, ou encore les habits sur le canapé, en plus de la forte odeur de tabac qui imprègne la pièce, j'en suis quasiment convaincu. Cela correspond assez bien à l'image qu'il renvoie, avec son chapeau sur ses longs cheveux gras, sa longue barbe irrégulière et ses habits tous tachés de terre. Il prend toutes ses affaires sur le canapé et les jette au sol dans un coin de sa maison avant de nous demander de nous y asseoir. Il nous propose un verre de rhum que nous refusons poliment, mais cela ne l'empêche pas de s'en servir un. Il commence à nous poser des questions sur ce que nous faisions sur cette route à une heure si tardive, donc en faisant appel à mon inspiration, je réponds directement :

- « Nous nous sommes fait virer de notre travail, car il n'y a pas beaucoup d'activité en ce moment. Concernant l'heure, nous préférons rouler de nuit pour regagner la côte, cela nous permet d'économiser une nuit d'hôtel. »

Après de longues secondes de silence, le visage fermé, il se mit à sourire et dit d'un ton énergique et jovial :

- « Parfait ! Vous pouvez coucher chez moi, ça m'fait du monde. »

Son changement d'humeur était perturbant, mais nous décidons de ne pas trop y prêter attention. Nous discutons davantage, mais je sens quelque chose de bizarre dans l'atmosphère. Peut-être que cela provient de son regard fuyant, ou de la façon dont il parle, comme s'il jouait un rôle. Il prend le reste de son verre cul sec, puis le remplit de nouveau avec le fond qui lui restait dans la bouteille avant de s'excuser et d'aller s'en chercher une nouvelle. En un regard, je comprends que je ne suis pas le seul à trouver cette situation illogique. Trouvant qu'il prend du temps, je décide de me lever discrètement pour aller voir ce que notre homme fabrique. En avançant dans le couloir, j'aperçois que la dernière porte est entrouverte, alors avec un peu de courage, j'avance jusqu'à celle-ci pour observer l'intérieur. L'homme est assis devant ce qui semble être un bureau avec un coffre dessus, le téléphone contre l'oreille :

- « D'accord, j'vais faire ça, mais s'te plaît, laisse mon p'tit loin d'ça ! »

Son petit ? Loin de tout ça ? Et faire quoi ? C'est quoi ce bordel ?! Il raccroche puis prend ensuite sa nouvelle bouteille de rhum, qu'il ouvre avant de boire directement au goulot presque la moitié. Je me doutais qu'il était alcoolique, mais là, on dirait plutôt qu'il essaie de se donner du courage ! Après avoir déposé sa bouteille sur le bureau, il ouvre le coffre et prend quelque chose à l'intérieur, mais étant dos à moi, je n'arrive pas bien à voir ce qu'il a entre les mains. Un petit claquement retentit, et mon esprit comprit immédiatement ce qui se passe. Tellement immédiatement que ma réaction a provoqué un petit bruit de respiration que l'homme a entendu. Il se retourne brusquement. Son regard est un mélange de haine et de tristesse, comme si on l'obligeait à faire quelque chose qu'il ne souhaitait pas, mais qu'il s'était résolu à accomplir.

Maintenant, je peux clairement voir son pistolet dans ses mains, le bruit correspondait bien au rechargement. Ces quelques secondes d'hésitation, de sa part comme de la mienne, me semblent être une éternité. Soudain, je pars en courant en criant à Océane de prendre ses affaires et de monter dans la voiture. Coup de chance, comme tous les cowboys vivant isolés dans leur ranch, il a laissé ses clefs à l'intérieur du pick-up.

- « Qu'est-ce qu'il se passe ? », me demande Océane en se levant précipitamment, complètement perdu.

L'homme sort de la pièce et tire avec son arme, faisant un trou dans le mur pas très loin de nos têtes. Le bruit, assourdissant, perturbe notre ouïe pendant plusieurs secondes. Il nous a manqué de justesse, mais cela suffit comme explication pour Océane, qui court pour me suivre à travers le jardin. L'homme recharge, avance, puis tire de nouveau. La balle crée un trou dans la carrosserie de son pick-up, juste devant nous. Je monte au volant en attendant qu'Océane me rejoigne sur le siège passager, mais au moment où elle ouvre la porte, le cowboy tire une troisième fois, provoquant un cri strident, un cri d'horreur, Océane s'écroule. Elle parvient tant bien que mal à se relever aussitôt et à attraper ma main, non sans douleurs, que ses cris à répétitions communiquent pour elle. Je tire l'entièreté de son corps à l'intérieur de la voiture, je démarre en trombe et traverse son ranch à toute vitesse pour nous sortir de cet enfer. J'entends l'homme tirer une nouvelle fois, mais il a dû manquer son coup, car la carrosserie n'a fait aucun bruit.

Une fois sur la route, je demande à Océane comment elle va, mais elle ne me répond pas. En pleurs, elle tient sa cuisse en serrant très fort pour empêcher le sang de s'écouler. Le prochain hôpital est à plusieurs heures ! Elle ne tiendra pas jusque-là, je dois trouver une autre solution.

13

La fuite

Il est trois heures du matin, et nous arrivons enfin à Surat. Je cherche la moindre lumière pouvant indiquer qu'un commerce est encore ouvert, et par chance, j'aperçois au loin le grand M jaune du restaurant McDonald's. En Australie, ils sont ouverts toute la nuit, ils pourront sûrement faire quelque chose pour nous aider. Sur place, je constate qu'il y a qu'un seul client, ce qui est une bonne chose, je ne tiens pas à alerter toute la population locale. Je descends et prends doucement Océane dans mes bras pour la transporter à l'intérieur. Des cris de douleurs sortent de sa bouche, mais pas le choix, on doit agir vite. Toute l'équipe du restaurant me regarde d'un air paniqué tandis que je la pose délicatement sur une table en criant pour demander de l'aide. Un des employés arrive en vitesse, ce qui provoque une réaction chez trois autres membres de l'équipe, qui maintenant se précipitent vers nous, tandis que les autres restent en retrait, observant la scène. J'explique brièvement qu'un cowboy a tiré sur nous dans son ranch et qu'Océane a été touchée à la cuisse. L'un d'eux appelle directement les secours, qui, d'après ce que j'ai compris, devraient arriver dans environ trente minutes en hélicoptère. En attendant, deux hommes maintiennent la pression sur la plaie pendant que j'essaie de rassurer Océane. J'essaie de lui dire qu'elle va s'en sortir, même si elle sait qu'au fond de moi, je n'en ai aucune idée…

- « Sauve-toi ! », dit-elle en chuchotant.

Me sauver, la laisser là toute seule, mourante sachant que Jonhy la recherche. Non, ce n'est pas possible, je ne ferais pas ça !

- « Sauve-toi ! », dit-elle de nouveau avec un peu plus de voix.

Mais pourquoi ? Ma première réaction est de lui affirmer que je ne vais pas la laisser, mais plus j'y réfléchis, plus je réalise que si je reste ici, je suis voué à être arrêté. Elle va aller à l'hôpital, et ses parents seront au courant qu'elle a été retrouvée, donc tout devrait bien se passer pour elle, tandis que, me concernant, je finirai directement en prison si la police m'attrape. Finalement, je prends conscience que je suis un poids pour elle en ce moment, donc sans y réfléchir davantage, j'agrippe sa main tout en lui disant de ne surtout pas parler de Jonhy, Tony ou Chris tant qu'elle ne sera pas en sécurité auprès de sa famille, sinon ils la feront passer pour folle et elle sera internée quelque part. Je conclus en lui souhaitant bonne chance avant de quitter le restaurant en courant, pour monter dans la voiture et reprendre la route. J'entends les sirènes de la police au loin qui s'approchent, alors, sans perdre de temps, je tourne dans une petite rue avant de regagner la route principale pour prendre la direction de la prochaine ville, Saint George.

Mon cerveau ne cesse de se poser des questions dans tous les sens, mais je retiens la principale : est-ce que j'ai bien fait de la laisser là toute seule ? J'essaie de me convaincre que, de toute façon, je ne peux pas changer ce qui s'est déjà passé. Je peux avoir un impact que sur l'avenir, donc je dois me concentrer dessus !

Mes vêtements sont pleins de sang, je vais devoir trouver autre chose à me mettre pour éviter d'attirer l'attention bêtement. Le seul point positif, mis à part le fait que je sois en vie, c'est que je me trouve dans une autre voiture que celle de la vidéo. Sans Océane, les gens me reconnaîtront moins facilement. Je ne comprends pas comment l'homme qui a tiré sur nous savait où nous étions. C'était clairement un pion de Jonhy, et si ça se trouve, c'était lui au téléphone qui lui a ordonné de nous tuer. Malgré ce qui s'est passé, en me souvenant de son regard à travers cette porte entrouverte, je suis persuadé que le cowboy ne voulait pas le faire, mais qu'on l'y a contraint. Pourquoi ? Je n'ai pas la réponse, mais Jonhy doit avoir de quoi mettre la pression sur ces individus. Peut-être qu'ils disposent de ma localisation, mais si c'est le cas, comment se la sont-ils procuré ? En me posant la question, je comprends à quel point je peux être stupide. S'il est capable de faire tout ce qu'il fait avec l'informatique, cela doit être un jeu d'enfant pour lui de pister mon téléphone ! C'est d'autant plus plausible sachant qu'il a mon numéro et que j'ai répondu à son appel. En soi, mon téléphone ne m'est pas d'une grande utilité, mis à part pour me servir de la lampe et regarder ma localisation, mais après réflexion, je pourrais utiliser cela à mon avantage pour gagner du temps.

Voilà Saint George ! Je me rends à la station-service pour faire le plein d'essence et en profiter pour mettre mon plan à exécution. J'ai de la chance, Saint George est une ville avec deux routes principales qui se croisent, ce qui signifie qu'il y a quatre directions possibles. Actuellement, deux voitures font le plein d'essence, alors je prends mon temps pour qu'elles finissent avant moi et que leurs conducteurs entrent à l'intérieur de la station afin d'aller payer. Une fois qu'ils ne peuvent plus me voir, je mets mon téléphone portable en mode silencieux, puis je m'approche de l'une des voitures qui a gardé sa fenêtre ouverte avant de lancer mon téléphone sur la banquette arrière, sans m'arrêter de marcher en direction de la porte de la station. L'homme qui vient de finir de payer remonte dans sa voiture et s'en va directement vers l'ouest. C'est parfait ! J'avais trois chances sur quatre qu'il parte dans une direction différente de la mienne, ce qui signifie qu'il y avait quand même vingt-cinq pour cent de risque qu'il aille dans le même sens. Je m'approche du caissier pour payer mon essence, mais je remarque qu'il me regarde étrangement, c'est possible que des informations aient déjà pu être relayées par les radios. J'essaie de ne pas y prêter attention, mais par précaution, je retire l'intégralité de mon argent disponible sur mon compte bancaire au distributeur de l'établissement, avant qu'ils aient l'idée de faire geler mon compte australien. Cela correspond à environ six mille dollars ; je n'aurais jamais pu faire cela en France, mais il n'y a pas encore beaucoup de lois pour lutter contre le blanchiment d'argent ici, peut-être parce qu'ils en profitent aussi…

Une fois dans ma voiture, je me rends compte que j'ai toujours mes vêtements pleins de sang ! Je comprends mieux la réaction du caissier, je devrais me dépêcher pour ne pas me faire attraper bêtement. Je pars vers l'ouest par précaution, au cas où le caissier me regarde, avant de regagner la route en direction du sud en passant par les quartiers résidentiels. Prochaine destination : Dirranbandi.

Les couleurs du lever du soleil sont magnifiques, c'est un mélange de plusieurs nuances d'orange qui se reflètent sur les champs, donnant à la faune, principalement des émeus, un charisme mystique. Épuisé, je m'arrête quelques minutes pour les observer, le regard vide, pensant à Océane. J'espère qu'elle s'en est sortie et que tout va bien pour elle. Mes larmes expriment le nœud que je ressens dans mon ventre, je me sens seul maintenant, comme abandonné à moi-même. Mes énormes cernes montrent qu'il faut que je trouve un endroit où dormir sans que Jonhy puisse me retrouver, mais c'est plus compliqué sans téléphone.

Après avoir parcouru les derniers kilomètres qui me séparent de la prochaine ville, j'aperçois, au coin d'une rue, un pub qui fait également office d'hôtel et de restaurant, un peu comme l'Injune Hotel, mais l'établissement est fermé à cette heure-ci. Je décide de reprendre la route, autant en profiter pour avancer davantage et m'arrêter une fois que les hôtels seront ouverts. Les villes suivantes sont Hebel, qui se trouve à quarante minutes de route, puis Goodooga à vingt-cinq minutes de celle-ci. Je vais essayer de continuer jusqu'à Brewarrina, qui se trouve à deux heures et quarante minutes d'ici, où je devrai m'arrêter pour faire le plein d'essence également. Malgré toute ma volonté, mes paupières deviennent trop lourdes et se ferment toutes seules. C'est trop risqué de continuer ainsi. Sur le bord de la route se trouve une pancarte indiquant de prendre à droite pour atteindre Talawanta, un village situé à une quinzaine de minutes. En arrivant sur place, je me rends compte qu'il ne comprend qu'une dizaine de maisons tout au plus et qu'il n'y a aucune activité humaine, c'est totalement désert. Au bout de la rue, je trouve une vieille dame en train d'étendre son linge, à sept heures du matin. Je tente le tout pour le tout en l'abordant :

- « Bonjour, comment allez-vous ? »

Elle me regarde avec de grands yeux, comme si j'étais un extraterrestre. Il faut que je sois plus direct.

- « J'ai conduit toute la nuit et je commence vraiment à avoir sommeil, c'est trop dangereux de continuer. Connaissez-vous un endroit dans le coin où je pourrais trouver refuge ? »

Sans un mot, la vieille dame me montre du doigt ce qui semble être une toute petite église. Ce n'est pas idiot ! Il y a un parking devant, mais je ne veux pas me faire repérer, donc je préfère laisser la voiture derrière le bâtiment, sur l'herbe, puis je rentre en prenant soin d'emporter toutes mes affaires avec moi. Ce n'est pas du tout confortable de dormir sur ces bancs durs, mais je me dis que c'est toujours mieux que de rester dans la voiture, à la vue de tout le monde. Et s'il y a un prêtre qui passe par là, il aura peut-être quelque chose pour m'aider.

La nuit a été courte, mais je ne peux pas dormir plus longtemps ici ! Enfin, « dormir » est un grand mot, disons que j'ai fermé l'œil, mais cela m'a quand même fait du bien. À la longue, ce genre de repos peut faire une grande différence. En sortant, j'ai la surprise de voir un policier en train d'analyser mon véhicule, plus précisément le trou causé par la balle sur l'aile. Sans réfléchir, je tourne dans la première rue à droite. C'est une rue résidentielle, et les ressemblances avec les rues d'Injune sont frappantes. C'est exactement le même style d'habitation pour le même type de population. Profitant du fait qu'il n'y ait personne, je me change et mets mes vêtements pleins de sang dans une poubelle, avant de voler un pull étendu dans un jardin, appartenant probablement à un homme, pour avoir de quoi me couvrir la nuit. Maintenant, ma mission est de trouver un véhicule qui me permettra de faire les douze heures de route qui me séparent de Melbourne. Dans le doute, je retourne voir si le policier est toujours à côté de la voiture. En arrivant, je constate que oui, et qu'il est au téléphone, probablement avec un autre policier, essayant d'éclaircir cette affaire. Il ne doit pas se passer grand-chose ici, la police doit être excitée à l'idée d'agir. J'essaie de réfléchir à une solution, mais il n'y en a qu'une seule qui se répète dans ma tête, et elle est complètement folle.

Finalement, ne trouvant rien d'autre, je me dis que je n'ai rien à perdre. La voiture de police est seulement à quelques mètres devant moi, sur le parking devant l'église. Je m'en approche délicatement, mon couteau de survie dans la main gauche, que je plante dans les deux pneus gauches du véhicule, cela le bloquera sur place lorsqu'il essaiera de me poursuivre. La voiture est ouverte, cela m'évite de devoir casser la fenêtre et de prendre le risque qu'il m'entende. Après quelques minutes d'analyse, je trouve le bouton permettant d'allumer les gyrophares. Sans hésiter, j'appuie dessus avant de partir rapidement derrière l'église pour contourner le policier, qui court en direction de sa voiture pour essayer de comprendre ce qu'il se passe. Sans m'arrêter, je saute dans ma voiture, passe la première et m'enfuis, laissant l'homme, cloué sur place, impuissant. Je roule à plein régime, ce qui me permet d'arriver à Brewarrina en vingt-cinq minutes au lieu de trente-cinq normalement, mais la consommation de carburant étant importante, la voiture me signale que je vais devoir m'arrêter pour faire le plein, ce que je fais immédiatement, et heureusement, le caissier, blasé, m'encaisse sans me regarder, sans m'analyser.

Bourke est à environ deux kilomètres. En pensant à la police qui est sûrement à ma recherche, ainsi qu'à la recherche de cette voiture, je décide de la laisser à une centaine de mètres dans la forêt, puis de continuer à pied. En marchant, de nouveau, des larmes commencent à couler lentement le long de mes joues. Ce voyage était mon rêve, j'ai tout quitté pour venir ici, et me voilà poursuivi par une bande de criminels qui tente de me tuer, et par la police qui essaie de m'attraper afin de me juger pour un crime que je n'ai pas commis. Pourquoi moi ? Qu'est-ce que j'ai fait pour mériter ça ? Je veux simplement être chez moi, être assis sur mon canapé à côté de mes parents en train de regarder un vieux film, peu m'importe si je l'aime ou non, ça pourrait même être la reine des neiges, mais bordel, je veux être chez moi…

Mon énergie qui commence à s'affaiblir, j'arrête de marcher pour m'asseoir sur une pierre, perdu dans mes pensées. J'essaie d'imaginer si rien de tout cela ne s'était passé, si j'étais resté en France, proche de ma famille et de mes amis. Les soirées poker, bières et pizzas congelées avec mes potes, les restaurants avec mes frères, ou encore les soirées séries chocolat avec Clémence… Je m'en veux d'avoir fait ce choix ! Pourquoi ai-je toujours besoin de repousser les limites quitte à tout perdre ? Pour réaliser mes rêves ? Ce sont des conneries ! Que valent mes rêves si, en les réalisant, je prends le risque de briser ceux de mes proches ? Si je meurs ici, mes parents ne pourront jamais voir les enfants que j'aurais pu avoir s'amuser avec ceux de mes frères. Quant à eux, mes frères, ils devront dire adieu à notre vision de nous trois, un verre de rouge à la main, savourant notre réussite, devenir les personnes que nous voulions être. Et enfin, ma copine devra faire le deuil de tous nos projets. Est-il possible d'être heureux tout en abandonnant des choses aussi importantes pour soi, ou suis-je simplement égoïste ? J'imagine que cela dépend du niveau de risque, mais comment le calculer ? Peut-être que leur risque de se faire poignarder à Bordeaux est plus élevé que celui de se faire tirer dessus ici, en Australie ? Il y a sûrement une frontière entre faire attention et se priver, mais comment savoir quand on la dépasse ? Les réponses à toutes ces questions ne m'apportent que davantage d'interrogations, et cela pourrait continuer toute la journée. Je dois me ressaisir ! J'inspire profondément, puis j'expire en essayant de relâcher le maximum de pression pour alléger mon cœur. Le plus important est de trouver une solution pour rentrer chez moi, et m'en vouloir ne m'avancera à rien.

Bien que Bourke soit un village, c'est plus grand qu'Injune. Après quelques minutes de marche, je fais face à un restaurant routier où je décide d'entrer. J'ai toujours eu un faible pour les pubs ou les restaurants conservent leur ancienne décoration : je trouve cela beaucoup plus chaleureux et authentique que les établissements ultramodernes que l'on trouve aujourd'hui, et ça reflète leur simplicité. La dame qui m'accueille est rayonnante, avec un sourire très communicatif, cela change de ce que j'ai l'habitude de voir dans cette campagne reculée. Je m'assois dans un coin pour ne pas attirer trop de regards, puis je commande une pinte de bière accompagnée d'un burger avec des frites, pour mon plus grand plaisir. Elle me demande si je suis français. J'acquiesce en riant, car je ne peux pas nier avec mon accent si reconnaissable. Seulement trois tables sur une quinzaine sont occupées ce midi, c'est très calme, mais c'est mieux comme ça. Ce n'est pas de la grande gastronomie, mais le repas se déroule très bien, je me sens bien ici, et à la fin de mon repas, je commande une autre bière pour me détendre un peu en regardant la télévision qui se trouve au-dessus du bar, en face de moi.

C'est la chaîne d'informations qui diffuse des images de la guerre entre Israël et la bande de Gaza. Je ne sais vraiment pas quoi en penser, et je commence à me dire que faire la guerre est peut-être l'une des choses qui nous caractérisent en tant qu'humain. Nous nous sommes tous déjà disputés avec quelqu'un, alors peut-être que plus le sujet est important, plus il implique du monde, plus les hommes sont prêts à faire des choses qu'ils n'auraient jamais imaginées pour défendre leur idéologie. Après avoir lu la biographie de Nelson Mandela, j'ai découvert un homme de paix qui, par manque de solution, a dû recourir à la violence pour parvenir à ses fins. La journaliste chargée de l'émission change de sujet et commence à parler d'un événement qui s'est déroulé hier soir à… Injune. Pour l'Australie, Bourke est relativement proche d'Injune, alors la serveuse, en voyant le titre, augmente le son de la télé pour pouvoir entendre ce qu'il s'est passé.

- « Un jeune Français nommé Mathias Morisset, qui travaillait à l'hôtel d'Injune, a été filmé en train de voler une voiture après avoir assommé son propriétaire. », annonce la journaliste en diffusant la vidéo modifiée que Jonhy m'a envoyée.
« La jeune fille que vous apercevez à l'écran, qui monte dans le véhicule sous la menace de Mathias Morisset, s'appelle Océane Gaboriau. Elle était portée disparue depuis plusieurs mois avant de réapparaître soudainement hier soir, sous l'emprise de son ravisseur. »

Une photo de moi apparaît à l'écran, avec mes anciens vêtements. Je vois la serveuse me regarder du coin de l'œil. Je bois ma bière rapidement, essayant de cacher un maximum mon visage sans paraître suspect. La journaliste poursuit :

- « En conduisant à vive allure entre Roma et Surat, Mathias Morisset aurait percuté un kangourou, ce qui l'aurait contraint à changer de véhicule. Le premier sur les lieux, un fermier qui passait par là se serait arrêté pour leur porter secours, mais sans perdre de temps, le jeune criminel aurait frappé le vieil homme au visage, puis l'aurait poussé hors de son véhicule pour le lui voler à son tour. Le fermier a alors saisi son revolver à sa ceinture et tiré sur Mathias Morisset. Malheureusement, c'est Océane qui a été touchée. Le fugitif l'a ensuite déposée au McDonald's de la ville de Surat avant de disparaître. Il a été aperçu pour la dernière fois à Talawanta. Faites attention à vous, cet homme est extrêmement dangereux ! Si vous avez un indice qui pourrait aider la police à l'interpeller, merci de contacter le numéro qui s'affiche sur l'écran. »

La serveuse n'est plus la seule à me regarder étrangement. Trois hommes, très costauds, habillés en tenue de travail, commencent à chuchoter tout en lançant des regards dans ma direction. L'un d'eux finit par se lever et se dirige vers moi.

- « Hé, toi ! » me lance-t-il.

Par chance, la sortie est face à moi, le sac à la main, je m'élance en courant hors du restaurant. Les hommes me suivent puis montent rapidement dans leur camion pour tenter de m'interpeller, mais heureusement pour moi, j'aime courir et je peux tenir plus longtemps que la moyenne avant d'être épuisé. Avant que le camion me rattrape, j'escalade une barricade d'une maison, je traverse le jardin avant d'escalader la seconde barricade me permettant d'arriver dans une autre rue. Sur ma droite, j'aperçois au loin, à une centaine de mètres, le camion qui tourne dans ma direction. Une forêt du désert me fait face, principalement des eucalyptus qui sont pour la majorité extrêmement secs, certains sont morts et les autres sont des cactus. Le sol rouge m'indique clairement que cette forêt ne respire pas la vie, mais je n'ai plus le choix. Je me lance. J'entends le camion qui s'arrête et les hommes qui descendent pour me courir après. Sans m'arrêter, je cours au-dessus de mon rythme de base pendant ce qui me semble être environ quarante minutes, jusqu'à ce que mes cuisses et mes mollets ne puissent plus avancer, car trop brûlés par l'effort. Aucune route en vue, je lâche prise et je m'effondre par terre. Le sol est brûlant et le soleil tape sur mon crâne me provoquant, avec la fatigue accumulée, un début de migraine. En regardant autour de moi, j'arrive à me rassurer, les hommes ne pourront jamais me retrouver ici, mais ils vont sûrement appeler la police, et tout le monde saura que je suis dans les parages, y compris Jonhy !

Je m'assois sur une pierre pour réfléchir à tout ce qui vient de se passer. Je suis recherché par tout le pays, donc mon plan de dénoncer Jonhy et son équipe à la police de Melbourne n'a plus aucun sens. Dès l'instant où j'entrerais dans un commissariat, je serais arrêté et jeté en prison. Désormais, mon nouvel objectif est de trouver un moyen de quitter l'Australie sans me faire repérer. Je sais que Darwin dispose d'un port important qui commerce avec l'Asie ; peut-être pourrais-je m'introduire dans un paquebot, puis prendre un avion pour rentrer chez moi ? De plus, il est possible que mes proches soient déjà au courant de tout cela. Je devrai donc trouver un moyen de les contacter pour leur dire que je ne suis pas l'auteur de ce crime atroce, que je ne suis qu'une victime prise au piège. En regardant autour de moi, je comprends qu'il y a un problème encore plus important que mes poursuivants, ma survie est en jeu, je dois traverser cette forêt rapidement, car je n'ai qu'une gourde et pas de nourriture.

Avec un peu de courage, je décide de marcher encore un peu en utilisant mes dernières ressources afin de m'éloigner pour pouvoir passer une bonne nuit sans craindre qu'ils me retrouvent. Après plus d'une heure et demie de marche dans cette forêt aride, je trouve un endroit parfait pour me poser. Deux arbres robustes sont suffisamment proches l'un de l'autre pour supporter mon hamac et mon poids. Avant d'installer mon camp, je prends soin de balayer une large surface avec mon pied pour m'assurer qu'il n'y a ni serpent ni araignée, car une morsure d'une de ces créatures me condamnerait à une mort certaine. Inutile de réfléchir trop longtemps pour comprendre qu'il n'y a aucun médecin par ici…

Une fois sûr qu'il n'y a rien de dangereux, j'installe mon hamac et m'allonge dessus, le couteau de survie à mes côtés, au cas où je serais attaqué par un groupe de dingos ou autre. Le bien-être que me procure le fait d'être allongé est indescriptible ; je vais enfin pouvoir me reposer et attendre demain matin pour repartir. Cela me laisse une quinzaine d'heures devant moi, qui me seront sûrement utiles pour la suite.

14

Le cœur sur la main

Réveillé par les couleurs du soleil levant illuminant la flore autour de moi, avec les kangourous mêlés aux wallabies qui vivent comme si je n'existais pas, je vis un moment magique, comme j'en avais rêvé avant d'arriver ici, en Australie. Aucun bruit provenant d'une activité humaine, seulement le calme, qui est très étrange au début, mais auquel on s'habitue très vite. Durant la nuit, j'ai pu observer la Voie lactée dans toute sa splendeur, comme je ne l'avais jamais vue. Depuis hier, j'ai réussi à dormir environ six ou sept heures par petites siestes, car avec les animaux tout autour, il est difficile de ne pas être attentif à ce qui se passe, surtout ici, quand on pense à tous les animaux exotiques qu'on peut y trouver. J'ai entendu des bruits que je suis incapable d'associer à un type d'animal, mais heureusement, aucun n'est venu me déranger. Le plus angoissant c'étaient les bruits du bois qui craque, comme si quelque chose ou quelqu'un marchait dessus. Heureusement que mon hamac possède une moustiquaire, car j'ai entendu les moustiques rôder toute la nuit autour de moi, même si quelques-uns ont quand même réussi à se frayer un chemin. Je ne sais pas combien de temps il me faudra pour atteindre la prochaine civilisation, et sachant que je n'ai bientôt plus d'eau ni de nourriture, je ne veux pas perdre de temps. Une fois le camp rangé, je commence à marcher en direction de l'ouest, à l'opposé du lever du soleil. La terre est très aride, et sa couleur rouge et agressive rend la randonnée plus difficile que prévu. Après plusieurs heures de marche, j'ai la chance de tomber sur une autruche à une dizaine de mètres de moi, je ne savais pas qu'il y en avait en Australie. Je regarde attentivement s'il y a une petite, un enfant à proximité, afin de ne pas me faire attaquer bêtement, puis, une fois que j'ai la confirmation qu'il n'y en a pas, je m'accorde une pause pour la contempler. C'est un véritable spectacle d'observer des animaux aussi grands et majestueux dans leur milieu naturel, c'est presque inespéré dans notre monde actuel.

Un bruit étrange retentit entre des roches à deux mètres de moi. Je tourne la tête avant de faire un bond en arrière. Un gros serpent marron en sort, avançant lentement vers moi. C'est un « Brown snake », l'un des serpents les plus dangereux d'Australie. S'il me mord, je peux dire adieu à la vie ! Tout en suivant son rythme, je recule, essayant de garder un œil derrière moi pour éviter de marcher sur un autre serpent ou de trébucher. Il se rapproche trop de moi, alors sans vraiment contrôler mon geste, je saisis une pierre à mes pieds et la lui jette avant de partir en courant dans la direction opposée. Il ne m'a pas suivi, mais mon pouls ne se calme pas pour autant. Je continue de marcher dans la même direction, me retournant toutes les dix secondes au cas où il reviendrait. Ma fréquence cardiaque ne veut pas descendre, je ne réalise pas à quel point je viens d'échapper à une mort certaine, j'aurais pu rester assis plus longtemps et me faire surprendre. Doucement, une route apparaît, ou plutôt un chemin, nommé Toorale Road, d'après le panneau d'indication. Je décide de le suivre vers le sud-ouest en espérant trouver une trace de civilisation rapidement.

Au loin, un troupeau de vaches se dessine à l'horizon, et le bruit qu'elles font confirme ma vision : le fait qu'elles soient sur la route signifie qu'un fermier est en train de les déplacer d'un enclos à un autre. Effectivement, en m'approchant, j'aperçois un homme d'une soixantaine d'années, maigre de corpulence, en train de manger un morceau de pain sous un arbre à l'ombre. La chaleur, et l'absence de vent, donne l'impression qu'il fait plus que quarante, voire quarante-cinq degrés. J'avance vers lui la goutte de sueur sur le front. Une fois arrivé à son niveau, je lui fais un grand signe de la main, qu'il me rend. Calmement, je m'approche de lui en espérant que c'est une personne coupée du monde, concentrée sur sa ferme et non sur les informations à la télé. Il me demande ce que je fais ici, avec un accent très prononcé et difficile à comprendre. Je n'avais pas anticipé cette question ! Rapidement, avec un peu de répartie, je lui réponds que j'essaie de traverser l'Australie à pied en comptant sur la générosité des gens pour manger, dormir ou me prendre en stop. Il rit avant de dire que nous, les jeunes, avons vraiment des idées étranges…

- « T'sais piloter un quad mon garçon ? »

Intrigué, je lui réponds avec enthousiasme que oui, j'adore ça ! J'ai même mon permis sur moi. Il me propose alors de l'aider à conduire toutes ses vaches jusqu'à un enclos situé à trois kilomètres d'ici, et sans hésitation, je lui demande où se trouve le quad pour qu'on commence maintenant. Avec un large sourire, il se lève, monte dans son pick-up et me fait signe de monter avec lui.

Une fois chez lui, après une dizaine de minutes de route, nous montons sur deux de ses trois quads puis nous repartons en direction des vaches avec pour mission de les transférer dans un nouvel enclos. Nous les faisons avancer tranquillement sur la route ; le vieux ne craint pas qu'un camion passe à toute vitesse et tue ses bovins, j'ai même l'impression que c'est sa route privée. Une fois devant l'entrée du parc où nous devons les faire rentrer, je contourne le troupeau en vitesse afin de me mettre de l'autre côté de la route pour qu'elles ne continuent pas tout droit et tournent à gauche où elles pourront brouter tranquillement, même si j'avoue qu'à part de l'herbe grillée, il n'y a pas grand-chose pour elles. L'ancien, avec son chapeau de cowboy, ferme le parc puis s'approche de moi :

- « Merci, petit gars ! S'tu veux, y a une ferme à touriste pas loin, ils pourront sûrement t'aider ! Dis-leur que tu viens d'moi, John Muir.
- Oh, merci beaucoup ! À combien de temps de marche est-ce ?
- Prends le quad ! Tu l'laisses là-bas et j'le prendrais demain. »

Je le remercie chaleureusement avec une bonne poignée de main puis je reprends ma route, mais cette fois-ci, au guidon d'un super quad, rouge pétant et puissant, en plein dans le désert. Sans comprendre ce qui vient de se passer, des papillons dans le ventre me provoquent un large sourire et c'est en criant de joie que j'avance à toute allure, sentant le vent sur mon visage causé par la vitesse, l'air frais, la fraîcheur d'être en vie et de vivre ce moment.

La Toorale Station Homestead, la ferme ouverte aux touristes assez courageux pour venir jusqu'ici. En arrivant, j'aperçois deux voitures qui, je sais, sont celles des voyageurs, ce sont des SUV pas du tout adaptés pour vivre ici. Je laisse le quad dans un coin assez voyant de la route pour que le fermier puisse le retrouver facilement, mais difficilement percevable des fenêtres de la ferme, puis, je m'approche de la porte d'entrée très délicatement. Si c'est ouvert aux touristes, c'est qu'ils sont probablement connectés, et s'ils sont connectés, c'est qu'ils sont sûrement au courant de ce qu'il se passe, ils me connaissent. Désolé John Muir, mais je ne vais pas leur parler de toi…

Je m'arrête d'un coup avant de m'asseoir dans un coin me permettant d'être à l'abri des regards. En voyant un robinet à quelques mètres, ma tête arrête de penser puis mon corps, tout déshydraté, se rue vers lui et boit assez d'eau pour remplir trois fois ma vessie avant de remplir ma gourde par la même occasion. Le soleil devrait commencer à disparaître d'ici une bonne heure, les touristes, s'ils ne dorment pas sur place, vont reprendre la route très prochainement, car c'est dangereux de rouler de nuit ici. Un des deux coffres est vide, je n'ai plus qu'à attendre ici qu'ils ouvrent leur voiture pour m'y glisser à l'intérieur. Assis par terre, le dos contre le véhicule, je saisis ma tondeuse, que j'utilise habituellement pour tailler ma barbe, et je rase tout : ma barbe, mes cheveux, et même mes sourcils, pour me rendre méconnaissable. J'avoue que j'évite de me retourner en direction des rétroviseurs, je crains trop de voir le résultat et je préfère rester dans le déni.

Le soleil tape fort sur mon crâne blanc, au point de me causer une petite insolation. C'est sûr que je vais avoir un coup de soleil ! Allongé contre la voiture, à la limite de m'endormir, j'entends un bruit qui provient du bâtiment. Mon corps n'en attendait pas plus pour se réveiller avec autant d'énergie qu'une nuit de huit heures. Les deux couples de touristes sortent de la maison, le sourire aux lèvres, remerciant les fermiers de les avoir accueillis chez eux, puis marchent en direction de leurs véhicules. Une fois assez proches, les couples les ouvrent, et c'est à ce moment précis que j'ouvre très discrètement le coffre au quart pour me faufiler à l'intérieur avant de le refermer le plus calmement possible. En évitant de faire le moindre mouvement, j'essaie d'être attentif afin de savoir si je me suis fait repérer, mais par chance, il semble que leur discussion ait permis de masquer le bruit de mon action. Chaque duo rentre dans sa voiture respective avant d'allumer le moteur et de prendre la route. Très doucement, j'essaie de bouger dans le but de trouver une position confortable, car je n'ai aucune idée du temps que je vais devoir passer ici. Mon sac me sert de coussin, et je tente d'en profiter pour dormir un peu.

Nous passons par des chemins rocheux qui me secouent dans tous les sens, quand ce n'est pas la route, ce sont les crampes qui se développent et, pour couronner le tout, il fait une chaleur insoutenable à l'intérieur. Ma seule occupation est d'écouter les deux personnes discuter entre elles pour essayer de deviner où je me dirige. J'ai l'impression qu'ils parlent allemand, c'est une langue que je reconnais assez facilement maintenant, car la famille de Clémence est originaire d'Allemagne, mais le problème, c'est que je n'y comprends absolument rien. Ma jambe droite est comprimée par le poids de ma jambe gauche, la musique est mauvaise, et ils chantent super mal, mais le cauchemar finit par s'arrêter au bout de je ne sais combien de temps, car je n'en ai aucune notion, je sais simplement qu'il était interminable. Le moteur vient d'être coupé, et les portes s'ouvrent puis se referment franchement, avec un claquement. Je ne peux pas attendre plus longtemps, je prends le risque qu'ils me voient en essayant d'ouvrir le coffre. Mais… oh non, ce n'est pas vrai ? Il n'y a rien pour ouvrir le coffre de l'intérieur !

Étant dans le noir complet d'une nuit sombre, j'utilise ma lampe frontale dans le but de trouver une solution. Après quelques minutes de recherche, je remarque des vis apparentes qui me permettraient d'enlever la protection de la porte du coffre et d'avoir accès au mécanisme. Avec l'aide de mon couteau de survie, j'enlève les vis une à une jusqu'à pouvoir avoir accès à l'intérieur. Le manque de place me rend cette tâche plus compliquée que prévu. Après seulement trois vis en moins, grâce à la position de mon bras, je glisse ma main à l'intérieur de la porte afin de trouver le levier, avant de l'actionner et de sortir, enfin, et de marcher dans une direction au hasard en prenant bien soin de refermer le coffre derrière moi. Quelques mètres plus loin, je m'assois contre un mur à l'abri des regards pour souffler. Une fois de plus, le village ressemble un peu à l'ambiance d'Injune, avec les mêmes bâtiments préfabriqués et le pub central qui fait office également de restaurant et d'hôtel. J'imagine que le couple s'est arrêté pour manger et peut-être même dormir dans cet établissement. Je dois trouver où je suis ! Nous ne sommes pas à Bourke ni dans les villes que j'ai déjà traversées, donc j'en déduis que nous avons avancé vers le sud, ce qui est une bonne chose. La position de la voiture indique que c'est vers la gauche que je dois me diriger. La rue est déserte, il n'y a personne, à part deux hommes qui sortent de la boutique d'alcool du pub avec un gros carton rempli de bière. Je n'ai pas fait attention, je pensais être invisible dans le noir, mais l'un d'eux me fixe avant de rire et de me faire signe d'approcher tout en criant :

- « Mec, tu veux une bière ? »

Malgré le risque, je rigole intérieurement en me disant qu'au point où j'en suis, je vais la prendre cette bière. Avec un grand signe de main, je lui réponds :

- « Bien sûr, j'attendais que tu me le demandes. »

À peine arrivé à leur niveau, le deuxième homme, beaucoup plus petit que le premier, s'approche de moi en me tendant la boisson tout en se présentant :

- « Je suis Matan et voici mon ami Scott.
- Mathias. » Merde, j'aurais peut-être dû balancer un faux nom.
- « Qu'est-ce que tu fais ici ? Tu dors au pub ? » renchérit Scott.
- « Non, je fais du stop pour aller jusqu'à Adélaïde. Quelqu'un vient de me déposer ici, mais je ne sais pas où je suis ni ce que je pourrais faire.

- Avec ton accent, tu es français, toi. Vous avez toujours des idées bizarres. », dit Matan.

Décidément… Il reprend :

- « Nous sommes à Tilpa, demain nous rentrons à Wilcannia. Là-bas, il y a une autoroute qui va directement à Adélaïde, nous pouvons t'y déposer si tu veux ? »

Naturellement, avec un sourire plus grand que ma tête, je leur fais comprendre que ça serait super.

- « Génial ! Viens avec nous dès ce soir, nous allons camper un peu plus loin pour travailler de bonne heure demain matin avant de prendre la route. »

Nous finissons notre bière puis nous montons dans leur véhicule et roulons pendant une vingtaine de minutes avant d'emprunter une route qui n'en est pas une, on dirait plus un chemin emprunté uniquement par les quads des fermiers. Quelques minutes plus tard, Scott s'arrête et nous descendons. Je commence à réfléchir, peut-être un peu trop tardivement, à l'ampleur des risques. Nous sommes perdus au milieu de nulle part, il n'y a rien autour de nous, à part la flore sèche et les bruits de la faune. Je commence à imaginer le pire scénario possible. Peut-être que Jonhy les a engagés et qu'ils vont me tuer ici sans que je ne puisse faire quoi que ce soit, mais sans avoir le temps d'y réfléchir davantage, Scott allume un feu pendant que Matan me donne une nouvelle bière et se met à installer leur tente et celle qu'ils me prêtent. Je souffle intérieurement, je suis trop paranoïaque !

À deux, nous finissons d'installer tout ça en très peu de temps puis nous rejoignons Scott autour du feu, qui a eu le temps de sortir de sa voiture une grille de barbecue et des saucisses qu'il a déjà commencé à faire cuire. Ce moment, c'est comme si plus rien ne comptait, je ressens juste un bien-être, un calme au fond de moi, une paix m'enlevant l'envie de me poser davantage de questions, m'obligeant à apprécier le présent, cet instant précis. La bonne odeur de la cuisson s'éparpillant autour de nous, mélangée à celle de la bière, nous commençons à échanger sur nos vies respectives. Matan vient d'Israël, il est venu en Australie il y a quelques années avec le même visa que moi, qu'il a validé en travaillant en tant que barman dans la ville de Roma. Un jour, Scott, est allé boire un verre, et les deux se sont liés d'amitié. Aujourd'hui, ils voyagent constamment en chassant le kangourou pour vivre. Il m'explique qu'à cause du conflit avec la Palestine, il a failli rentrer au pays, mais que pour le moment ils ne l'ont pas appelé pour combattre. Scott quant à lui vient de Nouvelle-Zélande, il est venu avec sa mère vivre ici pour une question d'argent et de température, apparemment il fait super froid là-bas.

Amusé, je regarde ces deux gars qui ont développé une relation extrêmement forte, j'ai l'impression d'observer des jumeaux lorsqu'ils se complètent leurs phrases ou qu'ils rigolent pour les mêmes conneries. Ils ne se prennent pas la tête, et ça fait plaisir à voir, ils vivent leur vie, ensemble, ils ne demandent rien de plus. Les bières s'enchaînent, et c'est au bout de la sixième ou de la septième, je ne sais plus, que je leur fais signe que je vais me coucher, trop fatigué pour tenir davantage. Avant que je parte, Matan regarde Scott d'un air étrange, ils me regardent tous les deux dans les yeux comme si quelque chose les gênait, mais qu'ils n'arrivaient pas à s'exprimer.

- « Qu'est-ce qu'il y a, les gars ?
- Est-ce que... enfin, c'est délicat de demander ça... mais... est-ce que tu es malade ? », demande Scott.

Naturellement, je ne peux pas m'empêcher de sourire. Légitimement, le fait que je n'ai plus aucun poil sur la tête leur a fait penser que j'avais un cancer.

- « Non, ne vous inquiétez pas pour moi les gars. Merci pour ce soir, c'était super cool d'échanger avec vous, je suis vraiment ravi de vous avoir rencontrés ! Bonne nuit les amis. »

15

Comme dans un film

Matan vient de me réveiller en secouant ma tente dans tous les sens, j'ai tellement mal au crâne, j'avais oublié que nous devions nous lever si tôt, mais les couleurs du lever du soleil donnant sur le paysage me réconfortent très rapidement. C'est toujours aussi magnifique ! Je crois que ça fait partie des rares choses dont on ne peut pas se lasser. Nous rangeons le camp en faisant attention de laisser l'endroit comme si nous n'étions jamais venus, puis nous partons en direction d'un lieu que les gars connaissent très bien. Une fois dans la zone, à bord de leur 4x4, nous continuons d'avancer au ralenti, sans aucun bruit, à l'affût du moindre kangourou.

- « Stop ! », chuchota Matan.

Scott s'arrête pendant que Matan s'empare de la carabine, descend du véhicule et tire sur le kangourou. Tout s'est passé extrêmement vite ! Le bruit m'a éclaté les oreilles, je n'étais pas préparé à un tel vacarme. Directement, le souvenir de la nuit, quand le cowboy a tiré sur nous, sur Océane, cette nuit-là, quand je l'ai abandonné mourante, sur cette table, cette nuit-là ressurgit dans ma tête. Ce souvenir me fait comme un coup de poing dans l'arrière du crâne et un coup de pied dans le ventre en simultané. Matan ramasse l'animal sans vie et le jette à l'arrière du pick-up. Les gars répètent l'opération six fois, vingt bonnes minutes sans que je décroche un seul mot, sans que je puisse parler. Ils finissent par se dire qu'ils en ont assez et s'arrêtent pour faire une pause bière, avant de prendre la route en direction de Wilcannia, qui est à environ deux heures en voiture.

Je profite d'être avec les gars pour emprunter le portable de Matan afin de contacter mes proches, je ne leur ai toujours pas fait de signe de vie depuis que je suis en fuite, ils doivent être morts d'inquiétude. Je commence par les informer que je suis en vie et que je n'ai plus de portable, d'où le fait que je les contacte sur ce téléphone. Brièvement, je raconte ensuite ce qu'il s'est passé, sans pour autant entrer dans les détails, comme le fait que des gens tentent de me tuer pour me faire taire. Le but est simplement de les prévenir que des individus me piègent et tentent de me faire tomber pour un crime que je n'ai pas commis et que je fais en sorte de sortir illégalement du pays pour ensuite prendre un vol afin de rentrer directement à la maison. Je pense fort à eux et je veux qu'ils le sachent ! Je suis pressé d'être assis à leurs côtés. Je sais que ce message ne va pas les rassurer pour autant, mais au moins ils savent ce qu'il se passe dans les grandes lignes. Les gars me proposent de me déposer à une station-service le long de l'autoroute qui permet d'atteindre Adélaïde en quelques heures. Ils sont adorables ! Nous nous enlaçons avant de nous souhaiter bon courage mutuellement, je garderai un super souvenir de ces gars-là.

Maintenant, je dois trouver un moyen d'avancer en direction d'Adélaïde, qui se trouve à environ huit heures d'autoroute. En voyant les camions sur le parking à côté de la station, je me dis que ce serait parfait de pouvoir monter à bord, mais je sais qu'ils ne prennent personne en stop à cause des problèmes que les assurances peuvent leur causer. L'un des chauffeurs lave son camion, un camion rouge recouvert de dessins dans le même style que ceux des Américains, comme dans les émissions à la télé. Je l'approche en lui faisant un compliment sur son véhicule, je sais à quel point les routiers peuvent être proches sentimentalement de leur camion, c'est comme leur bébé. Nous commençons à discuter, puis il me fait visiter l'intérieur qu'il a aménagé avec goût. Il a même installé une PlayStation dans sa cabine, incroyable ! Plutôt bavard, il continue de me parler en m'informant qu'il doit aller à Adélaïde aujourd'hui et qu'il doit partir dans quelques minutes. Sans surprise, après lui avoir demandé de m'y emmener, il me répond que ce n'est pas possible et qu'il risque même de perdre son travail. Je vois la passion dans ses yeux quand il me parle de son camion, c'est facile de comprendre qu'il ne veuille pas prendre le risque. Sa remorque est un conteneur, mais sans toit, comme ceux qui sont utilisés comme bennes dans les déchetteries. Je remercie le chauffeur avec une bonne poignée de main avant de faire semblant de m'en aller de l'autre côté du camion. De retour à ses occupations, il ne fait plus du tout attention à moi, j'escalade sa remorque avant de sauter à l'intérieur en faisant attention que personne ne m'observe. Me voilà dans une piscine de caoutchouc. J'ai eu de la chance que le conteneur ne soit pas rempli de morceaux de verre ou de quelque chose qui aurait pu rendre le voyage délicat. Honnêtement, hormis l'odeur, c'est même plutôt confortable.

Le moteur allumé, le routier enclenche la première puis commence à avancer, direction Adélaïde ! Le conteneur me protège du vent, ce qui est très agréable, mais le soleil, lui, me tape dessus assez violemment. Sans cheveux, je risque d'avoir des problèmes, je vide le peu de crème solaire qui me reste sur ma peau, sur mon crâne déjà rouge de la veille avant de chercher une solution, car c'est un problème qui peut devenir vital. À cause des feux qui ravagent l'Australie depuis des années, un trou dans la couche d'ozone s'est formé, provoquant énormément de cancers de la peau, cela en fait le pays le plus dangereux concernant le soleil. En prenant ce que je trouve dans la remorque, j'arrive à me faire un petit abri qui tiendra, je l'espère, au moins quelques heures en attendant que le soleil descende un peu.

Le camion ralentit brusquement, ce qui me réveille par la même occasion. Je jette un coup d'œil par-dessus la cabine pour voir ce qu'il se passe. Nous arrivons à Broken Hill, la première ville que nous devons traverser avant d'atteindre Adélaïde. Malgré sa petite taille, cette ville est dotée d'une grande quantité d'hôtels et d'un aéroport. Le camion ralentit davantage jusqu'à s'arrêter totalement, merci les embouteillages ! Je ne savais pas que c'était possible dans le désert… Il y a des lumières au loin, on dirait des… gyrophares. Doucement, nous nous rapprochons, et tout se confirme : la police est en train de contrôler tous les véhicules ! Si c'est pour moi, ils ont dû apprendre que je me dirige vers Adélaïde ou Darwin. Avant, il existait plusieurs routes différentes pour y arriver, mais plus j'avance, plus elles se réduisent, car les terres de plus en plus arides empêchent la vie de s'y développer. S'ils savent que j'essaie de quitter le pays par bateau de Darwin, ils sont sûrement en train de m'attendre dans des endroits stratégiques par lesquels je suis obligé de passer.

Maintenant, soit je saute du camion pour m'échapper, mais je prends le risque que les automobilistes qui me verront appellent la police, soit je tente de me cacher sous le caoutchouc. Je vais prendre la deuxième solution, je dois m'y mettre maintenant, car je ne peux pas effectuer un travail bâclé, il y a trop de risques. Je commence par faire un trou permettant d'y mettre mon corps ainsi que mon sac, puis progressivement, je replace le caoutchouc par-dessus mes pieds, mes jambes, mes hanches, puis, pour finir, le haut de mon corps. Normalement, je ne devrais pas être visible, d'autant plus qu'ils ne s'attendent sûrement pas à me trouver ici, mais je ne peux pas en être certain. Le camion s'arrête de nouveau, et je peux entendre le routier discuter avec un policier. Je comprends qu'ils parlent de moi ! L'homme en uniforme a dû montrer une photo de moi, car le routier lui dit qu'il pense me reconnaître, mais que je n'avais plus de poils sur le caillou, il informe l'officier qu'il m'a parlé à la station-service de Wilcannia. Il s'excuse de ne pas avoir fait le rapprochement quand il était en face de moi, pendant qu'un second policier monte sur la remorque pour observer son contenu.

- « Rien ici », lance-t-il à son collègue avant de redescendre.

Ouf, c'était moins une ! Ils finissent par nous laisser passer, je recommence à respirer, mais la joie est de très courte durée, car le camion s'arrête de nouveau une centaine de mètres plus loin, sur un parking à côté d'une librairie. Le chauffeur descend, puis marche en direction des autorités. Je comprends rapidement qu'il ne faut pas que je reste ici, donc je saute avant de courir en direction de la forêt qui longe la ville, enfin si l'on peut appeler ça une forêt. Il y a un arbre tous les trois ou quatre mètres, ce qui n'est pas l'idéal pour se cacher. Au moins maintenant, c'est sûr, ils savent que je suis en direction d'Adélaïde, donc ils vont probablement renforcer leurs recherches par ici, je dois agir vite.

Après de longues minutes de marche, après avoir traversé la forêt qui était petite de superficie, j'atterris devant un bâtiment très étrange, tout est très coloré et métallique. En m'approchant, je comprends pourquoi : apparemment, ce bâtiment est un musée à l'effigie de la saga *Mad Max*, le fait d'être dans le désert lui donne un côté si réel que j'ai l'impression d'être dans le film. La porte est ouverte et c'est allumé. En entrant, une odeur de poussière intense enveloppe mes narines, comme si personne ne s'était occupé de cet endroit depuis un moment. En marchant dans le bâtiment, je tombe nez à nez avec une des voitures du film avec encore tout l'équipement. Il y a aussi tout un tas d'accessoires et de tenues, mais, malgré la beauté de ces reliques, quand je vois la quantité de poussière qui les recouvre, je me dis que les touristes ne doivent pas se bousculer ici. Au même moment, un bruit retentit derrière moi, ce qui me fit sursauter. Un homme d'environ soixante ans, avec une longue barbe blanche, habillé comme un vrai motard avec son blouson en cuir noir, rentre et s'assoit sur une chaise. Il n'a pas l'air de m'avoir vu.

- « Bonjour, vous allez bien ? »

Surpris, il me regarde sans bouger, comme s'il venait de voir un fantôme.

- « Qu'est-ce que tu fous là ? » me répond-il après avoir bu au goulot de sa bouteille, qui m'a l'air d'être du rhum.

J'ai connu de meilleures façons d'accueillir des gens dans son commerce, je comprends mieux pourquoi il n'y a personne ici. En faisant un signe de tête en direction de sa bouteille, je lui demande s'il est OK de me payer un verre. Normalement, ce n'est pas dans mes habitudes d'être aussi à l'aise, encore moins dans une situation comme celle-ci, seul dans le désert face à ce genre de type, mais je ne sais pas pourquoi, j'ai eu le sentiment que c'était comme ça que je devais me comporter avec lui. Aussitôt, il me propose de m'asseoir à côté de lui tout en me servant un verre avant de s'en servir un également, donnant l'impression que ce n'est pas une chose simple d'inviter quelqu'un, que c'est quelque chose qui doit se faire dans les règles de l'art. Un bon rhum épicé vieilli pendant dix ans dans des tonneaux de bourbon, j'adore ça !

Après quelques questions de ma part, il commence à me raconter son histoire : il s'appelle Gordon et il est originaire de Perth, dans l'ouest de l'Australie. C'était un brocanteur, son travail consistait à trouver des objets intéressants dans les vide-greniers pour les revendre dans des endroits où sa clientèle se trouvait. Après la sortie du premier film de *Mad Max* en mille neuf cent soixante-dix-neuf, dans les brocantes qu'il sillonnait, il a commencé à trouver des objets qui avaient servi dans le film. Totalement fan de celui-ci, il a commencé à acquérir tous ces objets, mais pas dans le but de les revendre, plutôt pour les collectionner. Sa collection s'est alors agrandie d'année en année jusqu'à atteindre une taille honorable. Il y a des centaines et des centaines de reliques, c'est impressionnant, surtout sachant que cela vient d'un seul homme. C'est après avoir vu que la voiture du film de *Mad Max* se vendait aux enchères qu'il a eu l'idée qui allait changer sa vie. Vivre sur les routes devenait de plus en plus fatigant et il se sentait de plus en plus seul, alors en suivant les axes routiers qui traversent le désert, il s'est rendu compte qu'une petite route au large de Broken Hill était très convoitée. Un vieil entrepôt était à vendre au bord de celle-ci, c'était parfait ! Il a acheté le bâtiment pour donner vie au musée de son film préféré, et tout se passait très bien : les touristes, mais pas seulement, faisaient la queue à l'entrée. Pour tout le monde, c'était un endroit parfait pour faire une pause et se rassasier avec les commerces à proximité.

Les problèmes ont commencé en deux mille neuf, quand l'état du New South Wales a décidé de construire un grand axe routier à une centaine de mètres de l'ancienne route. Quand on analyse l'évolution du pays, on comprend que cet axe était nécessaire pour garder une certaine fluidité, mais Gordon, comme beaucoup d'autres individus, j'imagine, a dû en payer le prix. Depuis que cette nouvelle route est ouverte, les gens passent plus vite et plus loin, ce qui fait qu'ils ne s'arrêtent plus… Les nouveaux *Mad Max* lui ont permis de tenir le coup, même s'il ne vivait pas sur l'or, mais aujourd'hui, son entrepôt est désert et tombe en ruine. Il a besoin de sortir de cet environnement et de vivre de nouvelles choses, de s'ouvrir de nouveau au monde, alors c'est gentiment, avec une certaine idée derrière la tête, que je lui demande :

- « Que dirais-tu d'aller faire un tour dans cette superbe voiture ? »

Plus c'est gros, plus ça passe ! Les autorités ne se diront jamais que l'un des deux mecs dans la voiture de *Mad Max* pourraient être le fugitif le plus recherché du moment dans la région. Avant de me répondre, il me demande quel jour nous sommes.

- « Jeudi trente novembre. »

Ses yeux s'illuminent sans que je sache pourquoi.

- « Gamin, restes dormir ici ce soir, tu vas m'aider à bricoler cette voiture pour lui permettre de rouler, car demain nous partons à huit heures pétantes ! On a du pain sur la planche ! »

Très curieux, j'essaie de savoir où il souhaite m'emmener, mais il préfère me garder la surprise. Ma tête me dit de partir, que je n'ai pas de temps à perdre, mais je ressens un sentiment de paix qui me force à rester. Gordon m'apprend rapidement comment faire une vidange avant de me laisser faire tout seul pour aller se concentrer sur une autre partie du moteur. Nos t-shirts pleins de transpiration et d'huile moteur racontent nos longues heures de travail. Gordon s'installe au volant et démarre la voiture ; sans difficulté, le moteur se met à ronronner d'une puissance incroyable ! Je suis super fier de nous. Gordon m'a appris beaucoup de choses sur la mécanique, c'était super enrichissant, et malgré son air rude et direct, c'est un super homme qui aime partager ses connaissances. Je n'aurais jamais cru que j'allais réparer la voiture de *Mad Max*, c'est complètement dingue. Pendant que je vais prendre ma douche et m'habiller avec les habits qu'il me prête, Gordon est parti acheter deux pizzas pour ce soir, à Broken Hill.

En attendant qu'il revienne, j'en profite pour observer les différentes photos accrochées sur ses murs ; l'une d'entre elles retient mon attention. C'est Gordon, avec vingt ans de moins, accompagné d'une jeune femme et d'un jeune garçon. Quelque chose me dit qu'il n'a pas vécu qu'un seul drame, ce pauvre homme. En voyant ça, je repense à toutes les fois où j'ai pu juger des personnes par rapport à ce qu'elles dégageaient sans réfléchir à ce qu'elles avaient pu vivre pour en arriver là. Je me sens vraiment nul. Le bruit de la porte retentit, me réveillant de mon absence.

- « Gamin, à table ! », cri Gordon.

Je lui souris et nous nous installons sur son canapé, accompagnés de quelques bières. Les discussions s'enchaînent et nous refaisons le monde en parlant de tout et de rien, de sujets importants comme de choses futiles, mais toujours en s'écoutant, sans aucun jugement. Ce brave homme, qui d'un premier coup d'œil donne l'impression d'être un vieux fou alcoolique, s'avère finalement être une oreille attentive, capable d'entendre l'âme des gens dans un simple bonjour. En creusant, je découvre que sa femme est partie avec son fils vivre à Perth, elle n'en pouvait plus de vivre sur les routes, dans le désert, elle avait besoin de stabilité tandis que lui était incapable de se poser en ville, entouré de gens qui selon lui, ont des valeurs faussées. Pour compléter sa pensée, avant d'aller se coucher, il me regarde dans les yeux pour s'assurer que je l'écoute, puis me dit :

- « Tu sais gamin, en ville, il y a tellement de monde, que ton bonheur, soit il vient des autres, soit c'est eux qui te le détruisent. »

Aujourd'hui, c'est avec le cœur lourd que je me réveille : cela fait deux ans jour pour jour que nous nous sommes mis ensemble avec Clémence. C'était le premier décembre, deux mille vingt et un. Habituellement, j'avoue ne pas être le plus attentionné pour ce genre d'événement, mais le manque et le fait de ne pas pouvoir être en contact avec elle me font quelque chose. Je souris, car je sais qu'elle serait contente d'entendre ça. C'est également l'anniversaire d'un de mes meilleurs amis. Je regarde le ciel par la fenêtre pour le lui souhaiter, comme s'il allait m'entendre. Gordon se réveille et vient me voir, encore à moitié endormi sur le canapé.

- « Allez, lève-toi, gamin, et enfile-moi ça ! » dit-il en me criant dessus.

Gordon et sa délicatesse… En le regardant, je comprends que nous n'allons pas simplement nous promener ou faire les magasins : il est habillé exactement comme dans le film, tout en noir, avec des chaînes sur le corps, et moi, je serais du côté des méchants apparemment ! Je suis vêtu d'un jean noir avec des bottes et d'une protection que les joueurs de football américain utilisent, mais celle-ci est dotée de piques. Il me donne ensuite des manchettes et un coup de maquillage noir sur le visage. Honnêtement, j'aurais pu me frotter le visage dans la terre, ça aurait eu le même rendu.

Après avoir bu un café dans une tasse hyper crade, nous montons dans la voiture que Gordon démarre avant de passer la première et de sortir du garage, le bruit faisant écho dans tout le bâtiment. Les gens sur les bords de la route nous font des signes, principalement celui des cornes du diable, qui correspond plus communément au symbole du rock. Deux voitures de police arrivent derrière nous ; la première allume son clignotant pour faire signe qu'elle va nous dépasser puis arrive à notre niveau, je ne respire plus ! J'évite de les regarder, mais ma curiosité prend le dessus, en tournant la tête, les yeux apeurés, je vois les deux policiers qui me fixent en souriant tout en faisant le signe des cornes du diable avec leur main droite. Comme un réflexe, je leur réponds avec le même signe, puis la voiture avance et nous dépasse. La seconde voiture fait la même chose, puis ensemble, elles s'éloignent loin devant nous.

Avec un sourire que je ne peux pas cacher, le cœur battant à toute allure, j'augmente le volume de la musique, avant de me laisser tomber sur le dos de mon siège, le regard en direction du ciel, pour remercier je ne sais qui.

16
Adélaïde

Cela fait deux heures que nous roulons en plein désert et nous n'avons traversé qu'une seule ville. C'est hallucinant d'imaginer que certaines personnes vivent comme ça, aussi loin de tout. Il n'y a quasiment plus de végétation, car la terre est trop aride ; tout est d'un orange vif, exactement comme dans le film. Au loin, nous pouvons apercevoir une fumée noire opaque sur une colline, comme si quelque chose brûlait. Je demande à Gordon si je dois m'inquiéter, car nous allons en plein dans sa direction, mais sans me regarder, il me décroche un sourire. Je ne sais pas quoi en penser, mais, avec le feeling naturel que j'ai ressenti avec lui et comment je l'ai trouvé, il y a peu de chance que ce soit un homme de Jonhy. Je dois tout de même rester attentif.

Maintenant que nous sommes plus proches, je comprends que je m'inquiétais pour rien ! Gordon arrête la voiture, et un groupe de personnes arrive pour le saluer, insistant sur le fait que cela fait longtemps qu'il n'était pas venu les voir. De façon très aimable, ils viennent ensuite me saluer en se présentant. Ils sont tous habillés dans le même style que nous, mais leurs voitures ne ressemblent en rien à la nôtre : ce sont des voitures de toutes les couleurs, comme d'anciens véhicules de rallye, mais tout cabossés, avec de gros pare-buffles à l'avant. D'autres gens sont déjà en train d'écouter un mélange de rock, d'électro et de métal un peu plus loin ; je ne pense pas qu'ils aient dormi cette nuit. Nous nous approchons pour venir les saluer, et j'aperçois enfin la cause de cette fumée : c'est le cadavre d'une voiture en train de brûler au milieu des danses des festivaliers. Au fond, proche du DJ, il y a trois stands : un d'alcool, un de nourriture qui est un énorme barbecue, ainsi qu'un de drogue. Je comprends mieux pourquoi ils sont tous aussi excités à dix heures du matin. En discutant avec certains, je comprends également pourquoi nous avons roulé autant de temps dans le désert ! Ils ont créé une petite société avec leurs propres règles ; personne ne vient ici à part ceux qui connaissent. C'est tellement atypique que j'ai l'impression de m'être perdu dans un jeu vidéo ; je ne me rends pas vraiment compte d'où je suis.

Un homme, un peu plus vieux que les autres, prend un micro et se positionne derrière les enceintes, à côté du DJ.

- « La chasse est ouverte ! », crie-t-il.

J'ai à peine le temps de réfléchir à ce qu'il vient de dire que quasiment tout le monde part en courant en criant comme des animaux ; ils montent dans leurs voitures, puis avancent à pleine vitesse en direction de la plaine dans le contrebas de la colline. Gordon, qui est resté avec moi, sourit et me tape sur l'épaule pour me dire de regarder ce qu'il va se passer. Nous sommes une dizaine à regarder la trentaine de voitures descendre à toute allure, qui, une fois en bas, tournent dans tous les sens et commencent à se foncer les unes dans les autres. Des voitures se retournent ou s'arrêtent tout simplement de fonctionner, car le moteur s'est enfoncé sur lui-même. Aucun mot ne peut sortir de ma bouche, c'est totalement inexplicable ce qui se passe. Je jette un coup d'œil sur le stand de drogue et d'alcool et je repense au fait que la plupart d'entre eux, si ce n'est tous, sont complètement allumés par les substances qu'ils ont prises. Des barges ! Où suis-je tombé ? Ce spectacle continue jusqu'à ce qu'il ne reste qu'une seule voiture, qui sera la voiture gagnante de l'édition. Gordon m'explique que cela peut durer plus de deux heures parfois. Avec un gros burger, des frites et des bières, nous sommes assis sur des chaises de camping à observer ce champ de bataille qui ne fait que s'empirer de minute en minute, les voitures éliminées obligées de rester dans le bas, se prennent parfois des voitures encore dans la compétition, provoquant accidents sur accidents, je me dis une fois de plus que la réalité n'est pas la même pour tous.

Après avoir vu le dernier survivant se faire remettre un bout de carénage de la voiture du deuxième comme trophée, Gordon me propose de me déposer à la gare la plus proche pour que je puisse prendre un train en direction d'Adélaïde. C'est adorable comme proposition, et je l'accepte. Heureusement, j'avais pris toutes mes affaires avec moi et j'en profite pour me changer et me démaquiller, ça ne serait pas très discret de me balader dans Adélaïde en *Mad Max*. Sur la route du retour, il me remercie de l'avoir fait sortir de son musée. Il me dit qu'il va tout revendre sauf la voiture afin de s'acheter une caravane et sillonner de nouveau les routes de l'Australie. Il estime qu'il a assez perdu de temps ici et que ce pays est tellement grand qu'il a encore beaucoup de choses à lui offrir. Même si j'estime n'avoir rien fait de spécial, au fond de moi, je suis super heureux et super touché que ma présence ait pu l'aider de la sorte.

Nous arrivons à la gare, mais apparemment nous ne sommes pas seuls : une voiture de police contrôle toutes les personnes tentant d'y entrer. Je demande à Gordon s'il peut me laisser là, mais il ne comprend pas et, pensant faire les choses de façon bienveillante, il avance jusqu'au parking de la gare, à une dizaine de mètres des deux policiers. Je le remercie puis lui souhaite une excellente continuation.

- « J'attends que tu partes, je veux voir la voiture de *Mad Max* partir », lui dis-je.

Il sourit, puis me fait un signe de main en s'éloignant, mais cela provoque la curiosité des deux policiers, intrigués par l'engin qui fait du bruit comme si trois motos accéléraient. En marchant, afin d'atteindre un pont au loin qui me permettra de passer de l'autre côté des rails, je m'éloigne de la gare pour ne pas éveiller de soupçons chez les deux hommes en uniforme. Une très mauvaise idée me traverse l'esprit, mais je me dis que je n'ai plus le choix, alors, sûr de moi, je commence à accélérer pour ne pas rater le prochain train. Tous les trains qui vont vers la gauche se dirigent vers Adélaïde, tandis que les autres, sur l'autre rail, s'enfoncent dans la campagne australienne, donc normalement je ne peux pas me tromper. Je l'entends au loin, il arrive ! Je cours afin d'être sûr d'arriver en haut du pont avant qu'il ne passe, puis, le voyant ralentir à une centaine de mètres, je comprends que c'est maintenant ou jamais. C'est un vieux train du genre à ne pas dépasser les soixante-dix kilomètres par heure, transportant à la fois des passagers dans les premiers wagons, puis des marchandises dans les suivants. En parlant d'eux, les premiers passent sous mes pieds, me permettant de prendre le rythme du train, puis, en voyant les wagons de marchandises arriver, je remarque que certains n'ont pas de toits, comme le camion dans lequel j'étais monté. En inspirant lentement puis en expirant un grand coup, mon sac sur le dos, je saute du pont.

Après quelques secondes, nécessaires pour retrouver mes esprits, je sens une légère douleur à mon poignet droit, causée par mon mauvais rattrapage réalisé à l'aide de mes deux mains. Le train s'arrête et les premiers passagers descendent. J'ai atterri sur du charbon, ce qui est plutôt une bonne chose, c'était plausible de tomber sur des métaux plus durs ou même du verre brisé. Rapidement, avant que le train redémarre et que mon wagon traverse la gare, je creuse, laissant tomber du charbon sur les rails afin de me faire un trou qui me permettra de m'installer à l'abri des regards. Mon corps est noir, noir de charbon, mais au moins je serai moins visible. Le train redémarre calmement, et me voilà enfin en direction d'Adélaïde, proche de dire au revoir aux États de l'est du pays. Une fois que les rails s'éloignent des routes, je creuse davantage dans le charbon pour m'installer confortablement, je vais même pouvoir dormir comme ça.

Les heures passent, et les couleurs chaudes du coucher de soleil apparaissent, se reflètent dans les nuages et se confondent dans les couleurs du paysage, créant un magnifique tableau, ancré dans l'instant et dans l'éternité, bercé par le bruit du vieux train qui avance très lentement, contrastant avec l'immensité de l'endroit. Un troupeau de chevaux sauvages galope à travers les terres que survolent des perroquets, d'énormes familles de kangourous se mélangent avec celles des émeus. J'ai l'impression d'être retourné des dizaines, voire des centaines d'années en arrière. Je ne savais pas avant d'arriver sur la grande île que des endroits aussi sauvages pouvaient encore exister. Je me sens comme rassuré. En observant les étoiles, en observant le milliard d'étoiles, le milliard de soleils, je me dis que c'est quand même drôle qu'il fasse nuit. C'est sous la beauté de la Voie lactée que mes paupières, incapables de résister, se ferment délicatement.

Il fait jour depuis une heure déjà, et je commence seulement à apercevoir des bâtiments au loin. Adélaïde et sa périphérie ne sont plus qu'à quelques kilomètres. J'éprouve quelque chose en voyant cette ville, c'était celle que nous préférions avec Clémence, ma copine, sur les photos et vidéos que nous pouvions trouver sur internet. C'est la plus petite des grandes villes de ce pays, ce qui lui donne un côté plus détendu, à l'image de Bordeaux et d'Angers par rapport à des villes comme Marseille ou Lyon en France. Ayant grandi à la campagne, je me sens beaucoup plus à l'aise dans ce genre d'environnement que lorsque tout le monde court autour de moi, car la surpopulation me donne un sentiment d'étouffement, l'impression de manquer d'air. Nous ne sommes pas encore arrivés, mais le train s'arrête dans une petite ville. Je n'ai aucune idée de l'endroit où je suis, mais je pense que ce serait mieux que je descende ici, puis de prendre un bus pour aller dans le centre-ville d'Adélaïde, comme ça, j'aurais moins de chance de croiser les autorités.

Je saute du wagon puis je rejoins en vitesse les autres passagers, qui, eux, sont tout propres. Ma position pour dormir ne devait pas être si bonne que ça, car je ressens une petite gène dans le bas de mon dos. Concernant mon poignet, la situation ne s'est pas beaucoup améliorée, je pense que je me le suis foulé... Maintenant, la mission est de trouver un endroit pour prendre une douche, car je vais attirer l'attention comme ça, noir de charbon. Dès la sortie de la gare, je trouve un pub qui, comme d'habitude, est également un hôtel. Je prends le risque d'y entrer. En arrivant, le barman me salue et me demande ce que je souhaite. Il comprend vite que c'est une chambre avec une douche que je veux et me demande soixante dollars australiens. En me donnant la clef, l'homme me demande mon passeport, ce qui me provoque un petit coup de pression, mais je ne laisse rien paraître :

- « Je ne l'ai pas sur moi, mais je peux vous donner le numéro de mon permis de conduire si vous voulez, ça fonctionnait dans le pub où je travaillais ».

Il valide directement sans poser de questions et je file dans ma chambre. C'était moins une ! S'il avait regardé mon permis de conduire, il aurait pu lire mon nom et ça aurait été une tout autre histoire, mais heureusement, il n'en a pas eu besoin. La chambre est basique, il y a tout juste le nécessaire, mais elle est dans un bien meilleur état que celles de l'Injune Hotel. La salle d'eau est dans le couloir, alors sans perdre de temps, je m'y dirige et je m'y enferme. Je commence à prendre ma douche, mais le charbon prend énormément de temps à partir. Cela me donne une excuse pour rester et savourer l'eau chaude qui coule le long de mon corps, me rappelant à quel point ce confort est normalisé. Comme souvent, on se rend compte de la valeur de ce qu'on a uniquement lorsque cela disparaît. Maintenant que j'ai un endroit pour me reposer et y passer la nuit, je peux profiter d'une journée entière afin de préparer le meilleur plan possible dans le but d'atteindre Darwin. Je vais également aller m'acheter une autre tenue, car j'ai dû en jeter deux sur trois, puis j'irai me prendre un petit téléphone portable ainsi qu'une carte prépayée. Cela me permettra de me rendre sur internet pour rechercher des informations, comme l'endroit où je peux acheter un téléphone, par exemple… Je pourrais également installer des applications comme « Maps.me », qui me permettra d'avoir accès à la carte de l'Australie sans connexion internet. Cela me sera d'une grande aide !

Je descends demander au barman s'il connaît un magasin d'électronique dans le coin. Il m'informe qu'il y en a un à une vingtaine de minutes en voiture et qu'il peut m'appeler un taxi pour m'y déposer et me ramener. J'en profite pour lui demander s'il n'aurait pas un masque, comme ceux utilisés contre la Covid-19, car je me sens un peu fragile et je ne voudrais pas contaminer les autres personnes autour de moi. Il trouve un vieux paquet qu'il me donne, j'en équipe un sur moi, puis je glisse le reste dans mon sac à dos. Après dix minutes d'attente, le taxi arrive devant le pub. Je monte dedans, la tête baissée, comme si j'étais une star qui en avait marre d'être agressée par des paparazzi, mais la réalité est moins glorieuse. Je lui annonce ma destination, puis nous partons dans cette direction. Dans le magasin, il n'y a que les dernières technologies, et donc les derniers téléphones portables avec leur prix exorbitant. J'achète le plus vieux portable de disponible, l'iPhone douze, puis le taxi me dépose à Aldi, qui est une grande surface qui propose des cartes prépayées à vendre à pas trop cher. C'est exactement ce qu'il me faut ! J'en profite également pour m'acheter des sandwichs pour mon repas de ce midi avant de me rendre au dernier magasin, un vieux magasin de vêtements où je trouve un short et un t-shirt noir, simple et efficace, de nouveaux sous-vêtements ainsi qu'une casquette beige pour protéger mon crâne rouge déjà en train de peler.

En me ramenant à l'hôtel, le taxi me demande deux cents dollars ! Je savais que ça coûterait cher, mais là, je suis en train de me faire arnaquer. Je ne vais pas tenter de faire une scène, je lui donne son argent et je le laisse partir. En tout, depuis mon départ, j'ai dépensé un peu moins de deux mille dollars, donc il me reste un peu plus de quatre mille en liquide et mille six cents dollars australiens sur ma carte bancaire française. Tout l'après-midi, je me suis reposé en réfléchissant à un plan, mais mon ventre m'indique clairement que j'ai besoin de manger. J'ai vu qu'il y avait un Domino's Pizza pas loin, donc j'en profite pour les appeler et commander deux belles pizzas aux chorizos. Merci au nouveau téléphone ! L'une pour le petit déjeuner de demain matin, et l'autre pour ce soir, que je ne vais pas mettre dix minutes à dévorer. Rien que de prononcer son nom, j'en ai l'eau à la bouche !

Pendant mon repas, je regarde les nouveautés et toutes les informations que j'aurais pu manquer concernant mon affaire. Je vois que je suis devenu une des personnes les plus recherchées d'Australie. Apparemment, la police de chaque état essaie de me trouver en créant des barrages, comme à Broken Hill, ou en contrôlant la majorité des transports en commun, mais pas seulement ! Pour les zones beaucoup plus reculées, ils essaient de me repérer en envoyant des hélicoptères avec vision thermique. C'est dingue tout ce qu'ils peuvent dépenser pour trouver quelqu'un ! C'est dingue tout ce qu'ils peuvent mettre en place pour me trouver, moi, le gars tranquille qui souhaitait juste partir à l'aventure… Maintenant, même si, par la force des choses, quelqu'un leur prouve que je suis innocent, il est possible qu'ils ne le croient pas, simplement par ego, afin d'éviter de se dire qu'ils ont dépensé plusieurs millions de dollars dans le vide.

Oh nan ! Il est écrit qu'Océane est décédée à la suite de ses blessures après avoir passé quelques jours dans le coma. Je suis dégoûté ! Je relis trois, quatre, cinq fois l'article pour être sûr que je ne me suis pas trompé, mais malheureusement non. Elle aura vécu l'horreur sans même avoir la chance d'apercevoir la lumière. Elle aurait mérité de grandir, de vieillir avec ses proches et de s'amuser avec ses enfants. Elle ne méritait clairement pas ça, personne ne le mérite ! Le problème, c'est que le réel meurtrier, c'est Jonhy, et qu'il ne paiera pas pour ses crimes. Combien de personnes a-t-il tuées par le biais de d'autres individus ? Je suis clairement face à un monstre. Mon rêve serait de le piéger, mais c'est un trop gros poisson pour moi. Le cœur lourd, les yeux rouges sans larmes pour une fois, je crois qu'il n'y en a plus, je me laisse tomber sur mon lit ne pensant plus à rien, n'ayant plus rien à penser en réalité. Le vide, un néant inhabituel dans ma tête prenant toute la place, je commence à sentir chaque muscle de mon corps se relâcher, un par un, brûlant d'effort, la pression qui part dans les airs en même temps que j'expire, laissant place aux douleurs des tensions dont j'avais oublié leurs existences, incapable de me relever, je tombe dans un sommeil profond, un sommeil vital.

Durement et calmement, je me réveille de cette grosse nuit très réparatrice. La première chose qui me vient en tête, c'est Océane... Je suis triste mais j'essaie de penser à autre chose. Une douce odeur de pizza arrive dans mes narines. Cette dernière me réclame de la manger rapidement, mais je commence par prendre ma douche et me préparer. Je me demande comment manger des pizzas froides le matin est encore mal vu, c'est tellement incroyable ! Je profite du petit déjeuner pour faire un point : l'objectif est d'atteindre Darwin. Selon « Maps.me », mon application me permettant d'avoir accès à la carte de l'Australie sans réseau, je suis dans la ville de Willaston qui se trouve à exactement deux mille neuf cent quatre-vingt-dix-huit kilomètres de Darwin, soit trente et une heures de route sans pause. C'est absolument énorme ! Je vais essayer de prendre le bus à Adélaïde en ayant préalablement trafiqué une photo de mon passeport pour me faire passer pour quelqu'un d'autre. Il n'y a qu'une seule route qui traverse le centre de l'Australie et c'est celle-ci. Elle est très convoitée par les camions de transport, mais également par les touristes, car au centre de l'île continent, et donc de cette route, se trouve son symbole très partagé sur internet, une roche orangée d'une forme spéciale nommée Uluru. C'est un monolithe très sacré pour les peuples aborigènes qui, selon les informations que j'ai pu entendre et lire, représenteront un nouveau danger pour moi. Ce lieu est accessible par beaucoup de monde, notamment grâce à une ville qui s'est construite à quelques dizaines de kilomètres et qui porte le nom d'Alice Springs. Cette ville est réputée pour être assez dangereuse, car les vols de voitures et les agressions y sont fréquents, principalement expliqués par la pauvreté et le racisme subi par cette population. Plus j'avancerai vers le nord, plus le risque que je m'introduise sans le vouloir sur un territoire réservé aux aborigènes sera important.

Après avoir téléchargé plusieurs applications différentes spécialisées dans le montage photo ainsi que plus de deux heures et demie de pratique, je suis plutôt satisfait du résultat. Désormais, je m'appelle Thomas Gaboriau et je suis né le quinze avril de l'année deux mille. Le problème de cette technique, c'est que les contrôles demandent parfois de posséder le passeport en physique et non en photo, ce qui est logique, mais je n'ai pas les compétences ou les contacts pour faire mieux. Apparemment, il y a un bus partant d'Adélaïde pour Darwin à dix-huit heures à la gare routière de la ville. Le trajet dure plus de quarante-deux heures ! De nouveau, j'appelle un taxi pour m'y rendre directement. Étant en avance, je me promène dans les rues pour visiter un peu cette ville qui m'attire particulièrement. Avec mon masque, ma casquette et mon absence de pilosité, je suis assez serein, ce serait presque improbable que quelqu'un me reconnaisse sachant que personne ne s'attend à me voir ici.

L'endroit est chaleureux ! Comme je m'y attendais, c'est une métropole abritant plus d'un million trois cent mille habitants, mais qui donne l'impression d'être une plus petite ville. La forte concentration de végétation et de parcs est une des raisons majeures qui explique ce ressenti, les gens paraissent plus calmes, plus apaisés, et c'est vrai que, quand j'y pense, en Australie, le rapport entre la vie professionnelle et la vie personnelle est mieux équilibré qu'en France. Même s'il y a encore des anciens qui pensent que si tu n'as pas les mains sales tu ne bosses pas, les mentalités ont su se développer afin d'être aujourd'hui très ouvertes à ce niveau-là.

En apercevant un policier au loin, je tourne dans une petite ruelle se trouvant sur ma droite. Celle-ci est plutôt étroite, aucune voiture ne peut s'y insérer. Il y a seulement quelques vélos accrochés à des barrières prévues à cet effet. J'en déduis que c'est une rue résidentielle, mais je croise pas mal de personnes sortant d'une seconde rue à une dizaine de mètres. Je n'ai aucune idée de ce qu'il peut bien y avoir là-bas, mais ma curiosité m'y conduit dans le but d'en avoir la réponse.

17

Le rendez-vous

Quand j'arrive dans cette allée, je reconnais tout de suite cette ambiance que j'aime tant. Que je sois en Amérique, en Europe ou encore en Asie, l'atmosphère de simplicité que dégagent les marchés est extrêmement addictive. Je parcours les stands sans me préoccuper d'autre chose que d'observer les vendeurs et leurs produits ainsi que les clients et leurs envies. Ce vieil homme qui analyse les différents vinyles vendus par ce jeune homme passionné d'objets vintage ou encore cette vieille dame avec son chariot qui choisit avec précaution chaque légume pour en faire le meilleur repas possible. J'en profite pour faire le plein de bananes et de pommes dans mon sac en prévision de la longue route qui m'attend. Après avoir fait le tour du marché, je marche en direction d'un restaurant de sushi pour prendre à emporter et aller manger dans un parc à l'abri des regards. Le tram est gratuit dans le centre d'Adélaïde, donc je monte dans le premier que j'aperçois. Un homme grand de taille, avec un costume trois-pièces vert foncé, monte en même temps que moi dans le wagon suivant en me fixant bizarrement. Ce n'est pas le genre de gars à prendre les transports en commun, je crains qu'il sache quelque chose. J'essaie de changer la direction de mon corps afin qu'il n'ait plus la capacité d'analyser le haut de mon visage que mon masque ne recouvre pas, mais je crois que c'est trop tard, car au même moment, il sort son téléphone et se met à appeler quelqu'un.

En évitant de griller tout soupçon, j'attends quelques dizaines de secondes que le tram s'arrête et qu'il ouvre ses portes avant de me mettre à marcher rapidement dans une direction totalement au hasard. L'homme descend et commence à marcher sur mes pas. Je tourne dans une ruelle, puis une deuxième, mais l'homme continue de me suivre de très près tout en étant encore au téléphone. J'essaie d'accélérer, puis je commence à courir, mais au même moment, une voiture arrive et bloque la sortie de la rue. Je tente de me retourner avec l'idée de fuir en bousculant mon poursuivant, mais il avait déjà anticipé cette éventualité et sorti une arme qu'il braque sur moi. La rue est déserte, je n'ai aucune issue. Les deux hommes dans la voiture me crient dessus en me disant de monter, je n'ai pas vraiment d'autre choix que d'écouter ce qu'ils disent. Je repense aux vidéos d'autodéfense pour désarmer quelqu'un sur les réseaux, mais la réalité est totalement différente, à la seconde même où je ferais un geste brusque, il n'aura qu'à appuyer sur la détente et tout sera fini. Je monte à l'arrière du SUV sans poser de questions, tandis que l'homme qui me vise avec son revolver s'assoit à côté de moi.

Après des dizaines de minutes de route, nous entrons dans un parking souterrain d'un immeuble résidentiel. Les hommes me font entrer dans un ascenseur et appuient sur le bouton du quatrième étage. Ensuite, l'homme en costume retire une clef de son trousseau accroché à sa ceinture afin d'ouvrir la porte de l'appartement numéro quarante-quatre. Le gars qui était assis sur le siège passager dans la voiture, un peu stressé, m'agrippe violemment le bras pour me tirer avec lui à l'intérieur du logement avant de me pousser sur le canapé, suivi de son collègue. Celui qui conduisait la voiture braque son revolver sur moi. Il n'a pas de silencieux, donc je sais qu'il ne tirera pas, car les voisins appelleront la police directement, mais je sais aussi qu'ils peuvent me faire taire autrement, donc je préfère rester tranquille.

- « Qu'est-ce que je fous ici ?
- Ne bouge pas, on a un coup de fil à passer ! » me répond aussitôt le conducteur du véhicule.

Les deux hommes de l'avant de la voiture, contrairement au mafieux en costume, ont le même style que les personnes d'Injune, avec des chapeaux de cowboys, de longues barbes et des chemises de bûcheron. De toute évidence, ils ne sont pas d'ici.

- « C'est bon Jonhy, on l'a ! », dit le chauffeur en me regardant.

Mon hypothèse se valide ! Le volume du téléphone n'est pas assez élevé pour que je puisse entendre ce qu'il répond, mais après quelques secondes, l'homme hoche la tête et pose le téléphone en haut-parleur sur la table basse devant moi.

- « Jeune homme, comment vas-tu ? » dit Jonhy.

J'entends dans sa voix qu'il sourit, ça le rend encore plus méprisant.

- « Comment as-tu fait pour me retrouver ? »

J'essaie de deviner à quel moment j'aurais pu commettre une erreur, mais je n'en ai vraiment aucune idée, je pensais avoir tout fait correctement.

- « Pour être tout à fait franc, j'ai pris un certain plaisir à jouer ce petit jeu avec toi. Cela faisait longtemps que personne ne m'avait poussé à ce point dans mes retranchements. Sans surprise, ce qui t'a trahi, c'est ta bienveillance envers tes proches. Ne t'es-tu jamais demandé si j'étais également capable de pirater leurs comptes sur les réseaux sociaux ? Lorsque j'ai découvert que tu leur avais envoyé un message depuis le compte d'un certain Matan, il ne me restait qu'à localiser ce dernier, puis à lui demander poliment où tu étais passé.
- Qu'est-ce que tu leur as fait ? », dis-je d'un air inquiet.
- « Ils n'ont pas immédiatement coopéré, mais après deux ou trois menaces suffisamment persuasives, ils m'ont finalement révélé où ils t'avaient déposé et quels étaient tes plans. Il ne me restait plus qu'à réfléchir quelque peu pour tout comprendre. »

C'est comme ça que la police était au courant !

- « Qu'est-ce que tu leur as fait ?! »

Ma réponse était un peu plus forte que prévu, trahissant mon stress et mon énervement. Toujours aussi calme, il ajoute :

- « Rien de trop grave, rassure-toi.
    Xavier, m'entends-tu ? Rejoignez-moi à Brisbane, tous les trois, l'avion sera sur place à sept heures demain matin, veillez à ne pas être en retard.
    Harmon, je te remercie encore ! Tes bitcoins te seront transférés demain après-midi. »

Pas d'au revoir, il a raccroché directement, laissant le visage du soi-disant Xavier un peu tendu. Le second cowboy me menotte un bras au radiateur à droite du canapé pour que je ne puisse plus me lever, c'est ici que je vais passer la nuit apparemment. Après m'avoir attaché, l'homme se lève en me regardant dans les yeux d'un air bête et me demande si… je veux une bière. Un peu surpris, je lui fais signe que oui de la tête. En continuant de sourire, l'homme se dirige presque en courant dans une autre pièce de l'appartement avant de revenir avec un pack de bières toutes fraîches et de m'en tendre une.

- « Moi, c'est Bill, ce vieux gars, c'est mon père Xavier, et lui, avec son beau costume, c'est Harmon. »

Ces derniers restent froids, ils ne détournent pas le regard de la télé, avec une bière à la main. Bill, quant à lui, continue de me parler de lui et de me poser des questions un peu étranges parfois, comme « Est-ce que j'aime faire le ménage ? » ou « Est-ce que j'aime quand il fait chaud ? ». Au début, je me méfiais, mais en l'analysant davantage, bien qu'il soit âgé d'environ la trentaine, je vois dans son regard une grande innocence, comme s'il n'avait pas conscience de ce qui était en train de se passer. Une innocence d'enfant, d'enfant rêveur. Après m'avoir demandé quelle était ma pizza préférée, il se lève, prend le téléphone et appelle Domino's Pizza pour commander quatre pizzas à faire livrer que nous dévorons devant un match de rugby opposant Brisbane à Sydney.

Réveillé par la lumière du jour, je constate que Bill, chargé de me surveiller, dort sur son fauteuil en face de moi, toujours avec son arme à la main, mais il est beaucoup trop loin pour que je puisse tenter quoi que ce soit. Harmon et Xavier finissent par se réveiller et entrent dans le salon. Xavier frappe Bill derrière la tête, ce qui le fait sursauter. Nous quittons l'appartement avec la même voiture que la veille, en direction d'un aérodrome au nord-ouest d'Adélaïde, sous le nom de Copper Triangle Aerodrome. Effectivement, un avion nous y attend, c'est un jet privé d'une petite dizaine de mètres dont je ne pourrais dire le modèle par manque de connaissance. Bill m'attrape le bras pour me faire sortir de la voiture et me tire gentiment en direction de l'avion, le pilote monte à l'intérieur pour préparer le décollage, suivi de nous, puis de son copilote pour refermer la porte. Le mec qui m'avait poursuivi dans le tram, Harmon, est resté sur le tarmac, fumant un cigare devant sa voiture. J'imagine que sa mission est terminée.

En passant devant le poste de pilotage, je remarque derrière les pilotes qu'il y a les accessoires de sécurité : beaucoup de gilets de sauvetage, trois bouteilles d'oxygène ainsi que deux parachutes. Ils m'attachent à mon siège, puis nous décollons sans perdre de temps avec le cap à l'est, là où Jonhy m'attend pour me proposer quelque chose. Globalement, le vol se passe bien, mais Xavier devient de plus en plus menaçant, j'ai l'impression qu'il stresse de quelque chose ou qu'il appréhende ce qu'il va se passer. Je regarde à travers le hublot et mes yeux deviennent nostalgiques, comme s'ils faisaient un deuil, le deuil d'un rêve, en voyant tous ces paysages magnifiques, cet immensément grand que j'imaginais parcourir en enchaînant les différentes rencontres, toujours plus loufoques les unes que les autres. Je me voyais traverser le pays à bord d'un petit van aménagé en totale liberté, sans penser au lendemain. Je n'aurais jamais pensé qu'à cause de ce vieux pub tout pourri à Injune, je serais recherché par toutes les polices du pays et poursuivi par une organisation criminelle spécialisée dans le trafic d'êtres humains !

En essuyant une larme avec mon épaule, je demande à Bill s'il est possible de m'enlever les menottes, car j'ai besoin d'aller aux toilettes à l'arrière de l'avion. Il meurt d'envie de me dire oui, mais il s'y résigne aussitôt en voyant le regard noir de son père. J'essaie de le rassurer en lui disant que, de toute façon, nous sommes dans un avion à plus de six mille mètres d'altitude, il y a très peu de chance que je m'échappe. Bill regarde son père comme pour le supplier d'accepter, ce que fit Xavier, mais en ajoutant deux conditions : Bill doit me suivre pour me surveiller et je ne dois pas fermer la porte. Bill, ravi, s'empare du trousseau de clefs de son père et m'enlève les menottes avant de me suivre en direction des toilettes, son arme braquée sur moi sous la consigne de son père. Bill me suit tellement de près que je peux sentir son arme contre mon dos pendant que je suis en train d'uriner.

En me retournant doucement, Bill reste planté ici, l'arme braquée sur moi, mais pas très attentif à ce qu'il se passe, toujours en me souriant bêtement avec son regard innocent. Sincèrement, il me fait de la peine, il mérite mieux que ce type de vie, mais son père a fait son choix. Je lui fais une grimace qui le fait rire avant de lui envoyer un énorme coup de genou dans les testicules tout en agrippant son arme que je tire vers moi pour lui arracher des mains. Ne voulant pas lâcher l'arme, il s'écrase en avant sur les toilettes, ce qui le fait lâcher prise. Je tiens maintenant l'arme en direction de Xavier, debout face à moi, la main sur la sienne, prêt à la sortir de son baudrier.

- « Ne fais pas ça, petit, tu le regretteras… » dit-il.

Au même moment, il réalise un mouvement brusque avec son bras, alors, sans contrôler, j'appuie sur la gâchette. La balle vient se loger en plein dans sa poitrine. Xavier me fixe, sans bouger, avant de s'écrouler quelques secondes plus tard. J'ai l'impression que mon pouls s'est arrêté également. J'ai l'impression qu'il est toujours face à moi, en train de me regarder dans les yeux. Sa vie s'est arrêtée, et la dernière chose qu'il a vue, c'est mon regard dans le sien. Sa vie s'est arrêtée par mon propre choix. Qu'est-ce que… qu'est-ce que j'ai fait ?!

Ce court moment a suffi à Bill derrière moi pour se relever et me plaquer au sol en criant de tout son cœur. Il commence à me ruiner de coups de poing, mais j'arrive à le renvoyer en arrière avec mes pieds avant de ramasser l'arme par terre et de la braquer sur lui. J'en profite pour également récupérer le pistolet de Xavier, avant d'ordonner à Bill de se menotter les deux bras à la poignée du siège au fond de l'avion. Face à moi, il tombe à genoux, en sanglots, en criant juste un mot : « Papa ! ». Je n'ai pas simplement ôté une vie, j'ai éliminé un père. Il est là, agenouillé face à moi, les yeux tristes, interrogateurs, comme pour me demander pourquoi j'ai fait ça. Je lui lance les menottes qu'il met d'abord à sa main droite, puis à sa gauche. Mon corps tout entier commence à trembler d'un surplus d'émotions, mais j'arrive à me reprendre.

- « Hé, devant, ouvrez le cockpit et donnez-moi un des deux parachutes ! »

Je tente de les tromper en leur disant que, s'ils ne m'écoutent pas, je tuerai mon otage et que je tirerai ensuite sur leur porte qui, à mon avis, avec l'âge de l'avion, ne doit pas être à l'épreuve des balles. Ils finissent par accepter, puis par ouvrir. Avec l'arme dans leur direction, j'explique comment va se passer la situation :

- « Vous n'aurez aucun problème si vous faites absolument tout ce que je dis. Premièrement,

donnez-moi un parachute. Deuxièmement, nous changeons de trajectoire, cap sur Darwin.
- Monsieur, nous n'aurons pas assez d'essence pour atteindre Darwin et c'est un espace aérien très surveillé, il sera dur d'y pénétrer sans se faire repérer », répond le pilote.

En enfilant le parachute, j'ajoute :

- « Faites en sorte que les autorités ne se rendent compte de rien ! »

En analysant une carte, le copilote réplique :

- « Il y a un vieil aérodrome un peu avant Darwin. Il y a même des chances pour que celui-ci soit abandonné. C'est le Daly Waters Aerodrome.
- Très bien, allons-y ! Pouvez-vous également descendre à quatre mille mètres d'altitude s'il vous plaît ? Ça serait sympa de profiter du paysage. »

Ils se montrent très coopératifs, ils ont compris que je ne leur ferais aucun mal s'ils m'écoutent. Mon but à moi est simplement de m'échapper. Pour ça, j'aurais bien utilisé cet avion pour sortir du territoire, mais il n'aura jamais assez d'essence et les autorités me détecteront puis m'empêcheront de faire le plein.

Par le hublot, je peux observer les paysages incroyables qui défilent avec lenteur du fait de leur grandeur. Je reconnais le désert de la région Flinders Ranges avec ses rochers qui font office de montagnes atypiques. L'absence de civilisation est marquante.

Quelques minutes plus tard, nous arrivons au-dessus d'un des déserts de sel d'Australie, il s'agit d'un lac asséché, le Lake Torrens. C'est impressionnant, cette grande tache blanche sur le sol aride de la région. Nous survolons ensuite un deuxième lac, mais qui lui, a encore de l'eau, c'est le Kati Thanda-Lake Eyre. Une fois celui-ci traversé, nous arrivons au-dessus du néant. Il n'y a plus rien ! Je n'arrive même pas à apercevoir un arbre ou quelque chose qui pourrait me faire dire que cette terre est vivable. Sûrement parce qu'elle ne l'est pas ! Aucun être vivant dans cette région, uniquement le vide à perte de vue. Paradoxalement, ce vide est honnêtement très oppressant. C'est le Simpson Desert, m'indique mon application Maps.me, je m'en souviendrai de celui-ci. En observant la carte, une idée me vient en tête.

- « Messieurs, pouvons-nous faire un détour vers Uluru ? Ça devrait être sur le chemin. »

Les pilotes me regardent d'un air intrigué. Ils ne doivent sûrement pas comprendre pourquoi je ne cherche pas à sortir de cet avion le plus rapidement possible. Je me sens beaucoup plus en sécurité dans cet avion que sur la terre ferme. Je vis ce moment comme une pause, et j'ai le recul pour me dire que survoler ces paysages en jet privé, ce n'est pas courant donc autant en profiter. Après avoir analysé la carte, le copilote me répond :

- « Nous pouvons le faire, mais cela représente un détour d'environ une quarantaine de minutes. »

Je leur fais un grand signe de la main pour leur dire que ça me convient. Malgré tout ce qu'il se passe, je souris à l'idée de voir ce mystérieux rocher. Les minutes passent et sa forme commence à se dessiner au loin tandis que nous passons au-dessus de la ville d'Alice Springs. Alors que j'apprécie le moment, les autorités de la tour de contrôle tentent d'établir le contact avec les pilotes. C'est une ville très touristique entourée de plusieurs aéroports et aérodromes, ce qui en fait un espace aérien très contrôlé. Après un petit moment de discussion, nous avons l'autorisation de survoler la région dans le but de nous rendre à Darwin, à condition que nous ne fassions que passer sans trop nous attarder.

Le monolithe devient de plus en plus imposant au fur et à mesure que nous nous approchons. Je me revois à mes quinze ans, en train de regarder des photos sur internet, et maintenant j'y suis. Certe je ne l'avais pas imaginé de cette façon mais tant pis, c'est comme ça ! Sa couleur orange vif et l'environnement qui l'entoure rendent l'endroit totalement atypique. Autour de moi, les trois hommes sont également absorbés par l'énergie que dégage ce rocher, malgré le fait qu'ils soient australiens et qu'ils aient déjà eu la chance de l'observer. C'est dire la puissance du lieu. Notre avion continue son chemin, laissant peu à peu Alice Springs et ses environs disparaître dans l'épaisseur des nuages.

Atterrir avec eux n'est pas une bonne idée, si Jonhy piste l'avion, il saura où je me trouve, et je ne suis pas sûr de trouver ce qu'il faut pour m'enfuir dans un aérodrome abandonné. Mon intention est claire, je vais sauter en parachute ! J'ai ma licence de parachutiste, je ne suis pas inquiet, j'espère juste que le parachute n'est pas trop vieux et qu'il a été correctement replié, le risque c'est que la voile ne soit pas fonctionnelle. L'avion descend à trois mille mètres d'altitude sous ma demande ; il ne me reste plus qu'à choisir quand sauter. Sur l'application Maps.me, je remarque que je me trouve au-dessus de la ville de Davenport. Il y a un lac entre nous et notre destination. Une fois que nous l'aurons traversé, je sauterai afin d'atterrir proche de la ville d'Elliott, située à quelques kilomètres au nord de celui-ci. Cela me paraît être un bon point stratégique : assez loin et en même temps assez près de Darwin. Sachant qu'il y a de grandes chances qu'ils m'attendent là-bas, il vaut mieux que je prenne du recul pour avoir du temps afin de me préparer.

Je profite de ce temps d'attente pour récupérer les téléphones portables et tous les objets permettant de communiquer que possèdent les trois hommes. La moindre seconde que je gagne peut devenir cruciale, j'en ai déjà eu la preuve. Je vérifie que mon parachute est bien attaché et que la voile de secours est allumée. C'est une voile de sécurité qui se déclenchera automatiquement si j'arrive trop rapidement à une certaine hauteur. Une fois que tout est bon, je récupère mon sac à dos que je positionne contre mon ventre en serrant extrêmement fort les liens, au point d'en ressentir une douleur. Il ne faudrait pas qu'il s'envole ou qu'il me déséquilibre pendant la chute. En attendant le bon moment pour sauter, je me rapproche de Bill une dernière fois pour lui parler :

- « Écoutes, je suis vraiment désolé pour ton père, mais je n'avais pas le choix. Prends le deuxième parachute et sautes avec moi. Profites-en pour sortir des griffes de Jonhy et recommencer une nouvelle vie en faisant le bien autour de toi. Jonhy ne fait rien d'autre que détruire des vies et s'enrichir dessus, tu vaux mieux que ça ! »

D'un air sûr de lui et méchant, il répond :

- « Qui t'a dit que je valais mieux que ça ! Tu ne me connais pas. Tu as tué mon père devant mes yeux. C'est toi le monstre ici, et tu le paieras. »

Complètement bouleversé par ces quelques mots, je me lève en essayant de faire abstraction de ce que je viens d'entendre. Je me prépare pour sauter dans de bonnes conditions. Après quelques minutes, j'aperçois enfin le lac ! Décidé, j'ouvre la porte de l'engin, ce qui provoque directement une aspiration de tout ce qui se trouve à l'intérieur, en commençant par le cadavre de Xavier suivi des téléphones et des radios. Bill hurle de douleur, une douleur malheuresement incurable. Je suis désolé pour lui, mais sans corps, ils ne pourront pas m'incriminer de ce meurtre. Alors que nous arrivons à la fin du lac, je me place devant l'ouverture et je m'élance hors de l'avion. Les premières secondes qui suivent le saut sont toujours mes préférées, mais c'était la première fois que c'était aussi violent. La vitesse de l'avion, beaucoup plus importante que d'habitude, me bouscula dans les airs pendant une dizaine de secondes avant que je réussisse à me stabiliser. Je ressens le manque d'air alors, tout en restant immobile, je regarde l'horizon pour me concentrer sur ma respiration. Après une minute de chute, je saisis ma poignée témoin avant de la lancer dans les airs, permettant d'ouvrir ma voile principale. Je passe d'environ deux cents kilomètres à l'heure à vingt en quelques secondes, ce qui me provoque un choc violent au niveau de mes testicules. J'ai trop serré mon parachute, mais je suis soulagé de voir ma voile prendre le vent. Tout à l'air de se passer sans encombre ! Ma voile et mes cordes me semblent correctes, donc j'enlève mes freins pour activer mes commandes et commencer ma descente sous voile. Je n'y avais pas pensé, mais s'il y avait eu un vent important qui m'aurait poussé en direction du lac, j'aurais été coincé au milieu. Heureusement pour moi, ce n'est pas le cas.

Au loin, la petite ville d'Elliott se dessine. J'oriente tranquillement ma voile dans sa direction, puis je me laisse porter. Le calme, le silence que l'on perçoit en altitude est le bruit le plus bruyant que j'ai pu entendre. J'en profite pour observer le paysage tout autour de moi, qui me laisse simplement sans voix. J'atterris dans un champ de ce qui me semble être des vaches au loin. Globalement, l'atterrissage se passe bien, mais au moment de poser les pieds, je glisse et c'est sur les fesses que je m'arrête. Rapidement, j'enlève mon parachute, ce qui me procure un bien fou, je l'avais vraiment trop serré… Une fois mon sac sur le dos, je marche sur la route en direction d'Elliott avec une crainte : j'espère que personne ne m'a aperçu pendant ma descente, même si j'en doute, car les parachutistes ne sont sûrement pas très nombreux ici.

18

Un oasis

Elliott, c'est vraiment une toute petite ville, mais avec beaucoup de passage. Je crois que c'est même plus petit qu'Injune ! Je ne me lasse pas de cette ambiance aride ; je commence même à sérieusement y prendre goût. J'aime beaucoup voyager et côtoyer ce genre d'endroit reculé, car je trouve ça parfaitement imparfait. Je n'arrive pas à me sentir aussi bien dans les grands établissements modernes qui se font aujourd'hui, où tout est trop propre, trop joli, trop organisé. C'est comme un être humain : la perfection peut provoquer le désir, le plaisir, mais pas l'attachement. Paradoxalement, cela le rendra parfaitement imparfait. À petite dose, le charme se trouve dans la jalousie, la timidité, ou encore la maladresse, ce qui correspond ici aux voitures qui sont plus vieilles que moi et aux habitants encore en tenue de travail, prenant une bière au vieux pub avec leurs mains sales. J'aime cette simplicité.

Devant une maison, au bord de la route, se trouve une voiture avec une inscription taguée sur le côté de la carrosserie : « À vendre ». Je suis mort de rire ! Il y a vraiment quelqu'un qui s'est dit que ça serait une bonne idée pour la vendre ? Et bien, il a raison, car je vais aller sonner chez lui pour savoir à combien il la laisse partir.

Je frappe à la porte de l'individu qui finit par m'ouvrir. Je suis assez surpris du personnage, mais je dois cacher mon émotion. C'est un homme de petite taille avec une corpulence assez généreuse. Il porte un jean un peu trop grand pour lui et une chemise rose toute sale, avec un chapeau de cowboy, il me fait un peu penser à Joe des Dalton. Ce que je peux apercevoir de l'intérieur de chez lui ne semble pas plus propre. Sans vraiment me dire bonjour, il me demande si je suis ici pour la voiture, j'acquiesce ! Il me répond qu'elle coûte mille dollars. C'est beaucoup trop cher pour ce que c'est. Je suis incapable de dire la marque ; une des fenêtres est cassée, tout comme le phare arrière gauche. Avant toute transaction, je lui demande si c'est possible que j'essaie le véhicule. Vu son état, il est possible que je ne puisse même pas passer la première. Il accepte sans hésiter en me tendant les clefs.

Belle surprise en m'assoyant au volant : aucune odeur dérangeante ne semble flotter dans l'habitacle. Tout a l'air de fonctionner correctement. Honnêtement, mis à part les vitesses qui sont compliquées à passer, le reste tourne très bien. En observant la jauge d'essence, qui est remplie à moitié, j'aperçois le nombre de kilomètres du véhicule. J'ai failli faire une attaque ! La voiture compte à ce jour six cent soixante-quinze mille kilomètres. Après avoir fait mon petit tour, je vérifie l'huile ainsi que le liquide de refroidissement, mais encore une fois tout me semble OK. Je décide de lancer les négociations :

- « Vu le nombre de kilomètres et l'état général du véhicule, je vous propose cinq cents dollars en liquide maintenant et je pars avec.

- Sept cents dollars ! » me répond-il.
- « Je n'ai que six cents sur moi… », lui dis-je en lui tendant les billets.

Il fixe les billets avant de lâcher un : « Allez, donne-moi ça » puis de rentrer chez lui en claquant la porte. Je n'ai pas trouvé le plus amical du village, mais peu m'importe ! Il ne m'a donné aucun document pour que je puisse l'homologuer. Il y a de grandes chances qu'il ait trouvé ou volé le véhicule, mais ce n'est pas mon souci. Pour qu'il la laisse au bord de la route, c'est qu'elle ne devait pas être très recherchée, et je ne vais sûrement pas me rendre dans un des centres de transport pour entamer les démarches…

De retour au volant, je passe la première et prends la route en direction de Darwin, en prenant soin de faire le plein d'essence avant de quitter la ville d'Elliott. Je tente de mettre de la musique, mais il n'y a même pas d'autoradio, pas étonnant. Après un peu plus d'une heure trente de route sans civilisation, je traverse le village de Birdum. C'est la même ambiance que tous les villages du coin. En continuant, un panneau retient mon attention. Celui-ci indique une ville à cinq minutes en voiture appelée Daly Waters, c'est très étrange d'avoir deux villes à cinq minutes de route dans ce désert, et le nom me dit quelque chose. Je décide de tourner à gauche afin de m'y rendre.

En arrivant, je comprends pourquoi ce nom me disait quelque chose. J'étais tombé sur cette ville sur Google Maps quand je planifiais l'itinéraire de mon projet. Je m'en souviens très bien, car sur l'un des six bâtiments en tôle du village, si l'on peut appeler ça comme ça, se trouve un vieil hélicoptère. Un vrai de vrai ! Je ne sais vraiment pas comment le bâtiment supporte son poids, mais c'est assez drôle de voir ça en plein désert. Pour ce moment insolite, je décide de m'arrêter et de prendre une bière dans le pub. Malgré la situation, je ne vais pas changer mes bonnes habitudes ! Ravi qu'ils ne me reconnaissent pas, j'en profite pour demander aux locaux qui m'entourent s'ils n'auraient pas un endroit où je pourrais dormir cette nuit. Une vieille dame, assise sur une chaise à bascule qui semble être la sienne, me répond sans hésiter :

- « Tu n'as qu'à dormir chez moi, il n'y a aucun problème, mon petit ! »

J'ai à peine le temps de la remercier qu'un homme rétorque :

- « En plus, ce soir c'est toi, Dona, qui fais à manger. Le meilleur repas de la semaine ! »

Je la regarde de nouveau, comme pour attendre une explication. Elle répond :

- « Ici, ce n'est pas un village, c'est une famille. On est une bande de vieux croutons qui ont décidé de vivre leur vie sans n'avoir rien à rendre à personne, alors on s'est installés ici. Nous avons créé une mini société avec nos propres règles. Par exemple, nous avons des téléphones qui nous permettent uniquement d'appeler nos enfants ou nos petits-enfants. Et pour t'éclaircir les idées, tous les soirs, une

personne différente cuisine pour tout le monde, et aujourd'hui, c'est mon tour.
- Mais c'est incroyable comme fonctionnement ! Vous avez créé votre propre camp de vacances pour y vivre. J'imagine que financièrement, vous pouvez vivre facilement grâce aux touristes ?
- Exactement. Il suffit d'installer un hélicoptère sur un de nos toits situé proche d'un axe routier important, et le bar devient une vraie attraction touristique. Tout cela, en plus de notre superannuation.
- Superannuation ?
- Oui », me répond l'homme. « C'est un peu comme votre retraite chez vous en France, t'es français toi, pas vrai ? »

Décidément…

En tout cas, ça me fait bêtement rire d'être tombé dans un attrape-touristes, car avant de me catégoriser comme un gars qui fuit le tourisme de masse, je reste avant tout un touriste moi aussi, et cela me l'a rappelé. Continuant de rire, je les regarde en leur demandant :

- « Est-ce que vous m'autorisez à faire partie des vieux croutons ce soir ?
- Bienvenue, jeune crouton », me répond un homme qui n'avait pas encore dit un mot.

Les Australiens vivant dans des endroits reculés sont très rudes et très durs d'apparence, pour finalement cacher une générosité hors norme. J'ai l'impression qu'ils peuvent t'insulter et te prêter leur maison dans la même journée. Cela me fait un peu penser à une relation entre frères : un frère te donnera un rein mais aura du mal à te partager de la nourriture.

Au menu, Dona prépare du kangourou grillé avec un mélange de légumes et de patates. Tiff, un des anciens, est parti chercher plusieurs bouteilles de blanc dans sa petite cabane ; quant à nous, les autres, nous préparons la table pour tout le monde après que les derniers touristes sont partis. Tout le monde sait ce qu'il doit faire, et en quelques minutes, tout est prêt. La table au milieu du village avec tous ses habitants qui l'entourent, je trouve ça magnifique comme image. Leur visage laisse transparaître un bonheur impressionnant, et je pense comprendre pourquoi : pas une seule personne n'a l'air de se poser une question ou de trop réfléchir. Ils ne recherchent rien d'autre que le calme et le présent.

Les chants et les rires se succèdent toute la soirée, éclairés par une voie lactée étincelante, très facilement observable grâce au manque de civilisation. Magique ! Plus nous avançons dans la soirée, plus je comprends que personne ne vient réellement d'ici.

- « Comment avez-vous trouvé cet endroit ? »

Tiff me regarde avec fierté et me répond :

- « J'avais vu qu'il y avait un aérodrome abandonné en passant par ici. Je suis allé jeter un coup d'œil et j'ai aperçu qu'il y avait encore des bâtiments, un système pour l'eau et pour l'électricité. J'ai proposé le projet aux autres, et la plupart d'entre eux ont été séduits puis ils ont accepté. »

Perplexe, je réponds aussitôt :

- « Un aérodrome abandonné ? Je n'en ai pas vu en arrivant ici.
- C'est parce qu'il est caché derrière les arbres, mais il se trouve à quelques mètres. », réplique Dona.

Finalement, je commence à comprendre pourquoi le nom de la ville me disait quelque chose. Je décide de leur poser la question, inquiet de la réponse :

- « Comment s'appelle l'aérodrome ?
- C'est le Daly Waters Aerodrome, tout simplement. », répond Steve, le surfeur de la bande.

Et merde ! C'est là où les pilotes étaient censés atterrir tout à l'heure. Steve réplique :

- « D'ailleurs, on dit qu'il est abandonné, mais certains avions continuent de s'y poser. Ce n'est pas fréquent, ça n'arrive qu'une seule fois par mois environ, mais aujourd'hui il y en a un qui a atterri. Deux hommes sont venus nous voir pour passer un coup de téléphone puis sont repartis aussitôt.
- Maintenant que tu en parles, Steve, nous n'avons pas vu leur avion repartir. Il y a des chances qu'il soit encore là. », réplique Dona.

C'est sûr que c'est eux ! Ils devaient dire la vérité et ne pas avoir assez d'essence pour aller plus loin. Ils doivent sûrement attendre quelqu'un pour venir les chercher ou pour leur rapporter du kérosène. En y réfléchissant, s'il y a bien un endroit où ils ne me chercheront pas, c'est ici. C'est tellement improbable et absurde qu'ils se diront que je ne peux pas être aussi bête que ça… Je vais faire comme si de rien n'était et j'irai vérifier demain matin.

La soirée d'hier était superbe, mais le réveil d'aujourd'hui est un peu douloureux pour deux raisons. La première, c'est qu'aujourd'hui c'est l'anniversaire de ma mère, mais je n'ai aucun moyen de la contacter. J'apprends de mes erreurs et je sais maintenant que Jonhy a piraté tous leurs comptes. J'espère qu'ils vont bien et qu'ils arrivent à sourire, ils doivent se sentir si impuissants par rapport à ma situation ! La deuxième raison, c'est qu'une fois seul face à mes pensées dans l'obscurité, c'était impossible pour moi de fermer les yeux. Constamment, je voyais le regard glaçant de Xavier me fixer, puis, celui de Bill en sanglot me répétant encore et encore ces mêmes mots qu'il avait tenus avant mon départ. Je pense que Dona a compris que je n'allais pas très bien, car sans poser de question, avec une grande bienveillance, elle me dépose un cappuccino sur la table devant chez elle, comme pour m'inciter à venir sentir cet air frais.

Cette nuit, j'ai dormi sur son canapé entouré de toutes ses plantes plus ou moins exotiques. Le point positif, c'est que l'odeur de cet endroit est très agréable. Je me lève pour aller boire mon cappuccino et profiter de ces couleurs, de cette chaleur dès le matin. Le soleil me réchauffe le cœur tout en m'apportant de la vitamine D et de l'énergie. Cette connexion que nous avons tous avec la nature me surprend constamment ! Cela nous confirme une fois de plus que nous ne la possédons pas, mais que nous faisons simplement partie d'elle.

Darwin se trouve à environ six heures de route, donc je décide de partir rapidement pour ne pas perdre de temps. Dona me laisse prendre ma douche et faire ma toilette chez elle, puis je lui dis au revoir avant de monter au volant de ma superbe voiture. Elle démarre au quart de tour ! Le fait qu'elle fonctionne toujours me soulage, comme si j'en doutais. Directement, je prends le chemin qui mène à l'aérodrome que les anciens m'ont indiqué puis, à peine cinq minutes plus tard, je freine brusquement en apercevant l'avion qui est toujours là. Je saisis l'arme que j'avais cachée dans mon sac à dos avant de sortir de la voiture et d'avancer doucement dans sa direction. La première chose qui m'interpelle, c'est que la porte est grande ouverte, mais qu'il n'y a aucun bruit, seulement un grand silence. Je me rapproche de l'ouverture tout en tenant mon arme en joue au cas où ils m'auraient aperçu et qu'ils souhaiteraient me tendre un piège. Je monte à l'intérieur, mais aucun signe de vie à signaler. Tout me fait penser qu'ils ont atterri ici puis que quelqu'un est venu les chercher après leur coup de téléphone, cependant, une tasse de café est posée sur une des tables. En la prenant dans mes mains, je constate qu'elle est encore tiède. Ils ne sont pas loin ! Je dois rapidement partir d'ici au cas où ils reviennent. Je remonte dans ma voiture avant de partir en direction de Larrimah, qui est une ville située à un peu plus d'une heure de route, puis je traverse Mataranka ainsi qu'Elsey pour m'arrêter ensuite à Katherine où je refais une nouvelle fois le plein d'essence, en en profitant pour m'acheter des sandwichs dans une grande surface.

Sur la route, j'ai remarqué quelques voitures de police qui se baladaient. Ils doivent savoir que je me rapproche dangereusement de Darwin, je dois faire attention.

19

En mode survie

La petite sieste dans la voiture a été bénéfique. J'ai repris la route il y a plusieurs dizaines de minutes, et me voilà sur le point d'arriver à Pine Creek, qui se trouve à seulement deux heures trente de Darwin. La dernière ligne droite. J'avance tranquillement dans la ville, mais j'ai un mauvais pressentiment, quelque chose ne tourne pas rond. Pour un début d'après-midi, je croise énormément de camions sur le bord de la route, avec une circulation anormalement lente. Après quelques kilomètres, me voilà totalement à l'arrêt. Je me trouve sur un grand axe un mardi midi, comment cela se fait-il ? Les minutes passent puis je finis par apercevoir ce qui se passe au loin. Des dizaines de camions de police fouillent intégralement tous les véhicules sans exception. Encore une fois ! C'est impossible pour moi de traverser cet impressionnant barrage. Il y a une petite rue à droite, il faut que j'arrive à la prendre, mais avec la circulation à l'arrêt, ça ne va pas être évident.

Les minutes passent et le stress monte progressivement. Les policiers se rapprochent, mais je reste impuissant jusqu'à ce qu'une voiture, par chance, me laisse enfin traverser. Me voici désormais sur l'autoroute numéro vingt-et-un ! Je roule pendant une trentaine de minutes, entouré de forêts, sans apercevoir une seule route secondaire qui pourrait mener à de la civilisation. Au loin, un nouveau barrage de police me fait face. Beaucoup moins imposant, mais tout aussi infranchissable. Des voitures y sont arrêtées, donc je profite de cet instant, pendant que les policiers sont occupés, pour tourner discrètement sur le premier chemin de terre que je vois, mais malheureusement celui-ci ne mène à rien. Je suis totalement coincé, et ce serait trop risqué de reprendre la route dans un des deux sens, alors je décide de mettre le véhicule derrière des arbres afin de le cacher un maximum. J'y dépose également du feuillage, même si je ne suis pas sûr que cela aide à quelque chose. Au fond de moi, je prie pour que les agents ne m'aient pas vu tourner au loin, car ils doivent sûrement savoir qu'il n'y a pas d'issues. Ce serait facile pour eux de déduire que je cherche à les éviter sans connaître les environs.

Grâce à l'application Maps.me, si je traverse la forêt, je sais que je suis à environ soixante kilomètres de la prochaine route. Cela représente trois jours de marche, sans prendre en compte qu'il n'y a pas de chemin déjà tracé. De toute manière, je n'ai pas vraiment le choix. Si la police est persuadée que je me trouve dans les environs, ils vont continuer de me chercher avec intensité. Prenant mon courage à deux mains, je pose mon sac sur mes épaules avant de m'enfoncer tranquillement dans la forêt. Je dispose de trois heures avant que le soleil commence à se coucher. Je vais essayer de faire une bonne distance avant de déplier mon hamac, dans le but de m'éloigner le plus possible de la route. En toute honnêteté, je prends plaisir durant les premiers kilomètres. C'est agréable de marcher dans un environnement aussi sauvage que celui-ci. Les bruits des oiseaux exotiques, mélangés au vent s'écrasant contre les arbres, donnent une ambiance d'émission à la Mike Horn, et ça me plaît. C'est une forêt plus dense que celles que j'ai l'habitude de côtoyer en France, mais moins que la jungle au nord de Cairns que j'ai eu l'occasion de découvrir au début de mon voyage. Je croise quelques lézards de la taille de mes jambes, mais rien de plus. Le bruit de l'humanité s'éloigne peu à peu jusqu'à disparaître intégralement. La chaleur est tellement importante que ma transpiration commence à me gratter presque autant que les dizaines de moustiques qui cherchent à me grignoter. Le fait d'avoir l'arme dans mon sac à dos me permet d'avancer beaucoup plus sereinement qu'habituellement.

Mon portable affiche soixante-dix-huit pour cent de batterie, c'est pas mal, mais je dois faire en sorte de l'économiser. Cela fait environ deux heures trente que je marche, et le soleil commence déjà à se coucher. Je trouve deux arbres assez solides à une bonne distance l'un de l'autre pour y installer mon hamac ; je vais rester ici pour cette nuit et repartir dès le lever du jour. Bercé par le bruit des animaux, je repense au jour de mon départ. Au moment où j'ai dû dire au revoir à mes parents, j'étais complètement stressé, apeuré par l'inconnu, la peur de ce qui m'attendait, mais intimement convaincu que l'Australie me réservait une expérience exceptionnelle. Finalement, en observant ma situation, je me dis que j'aurais peut-être dû écouter ce que mon cœur me disait.

Les premières lueurs du soleil transpercent les arbres pour venir se déposer sur ma peau. La nuit a été difficile. Heureusement que j'avais ma moustiquaire, je pense que cela m'a tout simplement permis de survivre. Ça aurait été horrible de se réveiller avec les avant-bras gonflés par les piqûres. Ne voulant pas perdre de temps, je plie mon hamac que je range ensuite dans mon sac avant de reprendre la marche. Il va falloir que je trouve de l'eau aujourd'hui, car je commence à vraiment en avoir besoin. Normalement, selon mon application, je devrais arriver à un ruisseau dans une dizaine de kilomètres, donc vers midi. À peine lancé, je me prends dans une énorme toile d'araignée. Par réflexe, je me débats avec dégoût. Je devais encore être à moitié endormi, mais au moins ce n'est plus le cas. Une fois sûr que l'araignée ne se trouve pas sur moi, je retourne observer la toile restante dans le but de la trouver. Je n'ai pas eu besoin de chercher longtemps ! Elle se déplace tout doucement sur sa toile pour la refaire, elle est plus grande que la paume de ma main ! C'est à la fois fascinant et horriblement dérangeant. Je reprends ma route pour ne pas perdre de temps, mais avec l'intention de faire beaucoup plus attention. Il doit y avoir des bêtes assez venimeuses pour me tuer ou me paralyser ici en moins de temps qu'il m'en faudrait pour me rendre à un hôpital…

Pour une forêt dense et sans chemin tracé comme celle-ci, je trouve que j'avance à un bon rythme. Je dois faire un kilomètre en trente minutes à peu près, c'est exactement ce que j'avais prévu. Le ruisseau ne devrait plus être loin, et il doit y avoir du courant, car je l'entends depuis un bon moment déjà. Il devrait être… Oh ! J'ai oublié que je suis en Australie et que tout ce que je vois sur la carte est un peu plus grand que ce que j'imagine. Le ruisseau est finalement une grande rivière avec un courant impressionnant en direction de l'est. La situation comporte tout de même un avantage : le courant permet d'avoir de l'eau plus propre, donc c'est l'occasion parfaite pour remplir ma gourde. Pour cela, je retire mon t-shirt et le plonge littéralement dans l'eau. J'attends quelques secondes avant de le retirer puis de l'essorer au-dessus de ma gourde. Le t-shirt va ainsi servir de filtre et me permettre d'avoir de l'eau beaucoup plus potable que d'habitude. Je répète cette action plusieurs fois afin d'en retirer un maximum de bénéfice, car je vais devoir continuer torse nu maintenant. Sachant que les moustiques ne vont pas me rater, je préfère que ce ne soit pas pour trois gouttelettes.

En suivant le courant dans l'espoir de trouver rapidement un moyen de traverser, je remarque que le bruit devient de plus en plus impressionnant, jusqu'à masquer une partie des chants des oiseaux. La forêt devient de plus en plus dense, et s'y aventurer c'est comme faire un parcours du combattant, mais il y a un arbre très grand et très solide qui me permettra, une fois en haut, de me repérer plus facilement. Lorsque j'étais plus jeune, j'ai toujours aimé grimper à tout ce que je voyais, c'était impossible de m'en empêcher ! Cette partie de moi n'est jamais vraiment partie, mais elle a été bridée par le regard des autres. Je souris en imaginant comment les gens me dévisageraient si je me mettais à grimper en haut des lampadaires en pleine ville. Ici, mis à part les lézards ou les perroquets qui seront surpris de me voir à leur côté, je ne crains pas vraiment que l'on me prenne pour un fou. Une branche dans une main, un pied sur une autre, un coup de regard vers le haut, c'est parti ! Les premiers mètres sont faciles, mais plus je monte, plus je commence à entendre et à sentir le vent qui s'écrase contre nous, l'arbre et moi. En continuant quelques mètres, je finis par dépasser les derniers arbres qui me cachaient la vue pour laisser place à un spectacle époustouflant. Le ruisseau s'est transformé en un gigantesque mur d'eau, plus communément appelé une cascade. Les arbres s'arrêtent pour laisser place à une falaise avant de se retrouver dans le canyon, auprès de l'eau ; les oiseaux survolent ce paysage, et me voilà une nouvelle fois spectateur de cette beauté, de l'immensément grand que la nature peut nous offrir. Je viens de trouver Pandora ! Des frissons sur ma peau, je me laisse imaginer en plein milieu de Jurassic Park. C'est tellement beau que l'idée d'y installer mon hamac entre deux branches me traverse l'esprit, mais la raison revient rapidement me rappeler à quel point c'est une mauvaise idée.

Au loin, je repère un endroit où je pourrais avoir la possibilité de descendre dans le canyon par la falaise, ainsi que le chemin pour y accéder. Difficile d'être motivé par une marche d'une dizaine de kilomètres quand on est perché sur un arbre avec cette vue, mais pas le choix, il faut y aller ! J'ai pris en photo le chemin que j'avais tracé dans ma tête afin d'être sûr de ne pas le perdre de vue. L'endroit que j'avais aperçu du haut de l'arbre est en fait un sentier utilisé par les animaux pour aller boire ; deux sangliers viennent de l'emprunter et se reposent maintenant au pied de la cascade. Je ne savais pas qu'il y en avait dans cette région, mais ça ne m'étonne pas vraiment. Je ne sais pas s'ils sont aussi agressifs qu'en France, mais je ne vais pas tenter de les approcher. Je vais continuer ma route en faisant en sorte qu'ils ne me repèrent pas. Plus loin dans le canyon, une fois que je suis sûr de m'en être éloigné, je retire l'intégralité de mes habits que je mets sur une branche au soleil pour qu'ils sèchent avant de prendre un bain naturel dans ce grand ruisseau. Le bien-être que cette eau fraîche me procure se fait ressentir presque immédiatement dans toutes les différentes parties de mon corps. C'est pratiquement impossible aujourd'hui de se retrouver seul dans un endroit aussi sauvage, autant préservé, et d'observer la faune et la flore évoluer dans leur environnement sans avoir un de ces bateaux de touristes tuant le naturel de leur comportement.

Mon t-shirt n'a pas eu le temps de totalement sécher, c'est donc torse nu que je reprends la route le long du cours d'eau en suivant le courant. J'ai lu que le corps humain pouvait survivre trente jours sans manger contre seulement trois sans boire, ma priorité est donc de garder de l'eau à proximité. Sachant que le ruisseau continue jusqu'à une prochaine ville, je pense que c'est plus sage de choisir de le suivre, même si cela représente une plus grande distance à parcourir.

La météo change rapidement ici ! Le ciel bleu de tout à l'heure a laissé place à des nuages gris d'orage. Je pense que ça ne devrait pas tarder à éclater, donc je me dois de trouver un endroit pour me réfugier. En scrutant la falaise à ma droite, j'aperçois ce qui me semble être une petite cavité, exactement ce dont j'avais besoin. En m'en approchant, je découvre que la petite cavité est plus profonde que je ne le pensais. Alors que la pluie a déjà commencé à tomber, je m'équipe de ma lampe frontale dans le but de l'explorer. Pour une question de sécurité, je choisis de laisser mon sac à dos au niveau de l'entrée et de seulement garder mon arme que je tiens à deux mains en direction de l'obscurité. Les chauves-souris d'ici sont appelées les renards volants. Bien qu'inoffensives, leurs tailles impressionnantes peuvent faire froid dans le dos. Je les entends un peu plus loin, alors malgré mon appréhension, j'avance tranquillement jusqu'à arriver au fond de la grotte. Elles sont toutes là ! J'en aperçois plus d'une centaine, peut-être même plus de deux cents, mais elles ne font absolument pas attention à ma présence, et cela me rassure tout comme le fait que je ne suis pas tombé face à un autre animal.

En opérant un demi-tour, je tombe nez à nez avec ce que j'avais raté depuis le début, totalement obnubilé par mon appréhension de ce qui pouvait se trouver ici. De superbes dessins recouvrent l'intégralité des parois de la grotte. Je n'en reviens pas de ma découverte et je commence à me faire des films, m'imaginant être le premier homme à être rentré dans cette grotte depuis ces artistes. Grâce aux livres que j'ai pu lire sur ce sujet, je sais que cette façon de dessiner est celle des peuples aborigènes d'Australie. Les dessins comportent des kangourous, des poissons, des lapins, des émeus, mais également des mains, des cercles et des individus avec des caractéristiques physiques étranges comme des cous extrêmement longs. Sur le chemin du retour, les dessins restent approximativement les mêmes, sauf un, qui retient mon attention : un grand crocodile fait face à un groupe d'individus qui le chassent. S'ils ont dessiné ça ici, cela veut dire qu'il y a des crocodiles dans cette région ! Je repense au moment où j'étais tranquillement allongé dans l'eau sans me soucier de ce qui se passait autour de moi, j'aurais pu me faire avoir si bêtement...

De retour à mes affaires au niveau de l'entrée, je prends conscience que ça va être difficile de continuer de marcher aujourd'hui, car ici la pluie est, comme d'habitude, extrêmement puissante. Mon hamac me servira de couverture que je refermerai derrière moi afin d'éviter une invasion de moustiques, et mon sac à dos fera office de coussin. J'aurais désiré m'allumer un feu, mais tout le bois que je trouverais dehors sera trempé. Entre la pluie qui continue de s'acharner, faisant monter le niveau d'eau du ruisseau, et l'orage qui se défoule comme si Zeus m'en voulait, la nuit risque de ne pas être de tout repos. Je profite tout de même, à l'aide de ma lampe frontale, d'écrire, de raconter ce qu'il s'est passé ces derniers jours. Ce que j'ai dû traverser, ce que j'ai dû faire et ce que j'en ai appris. En observant mon corps, je me rends compte que j'ai dû perdre entre cinq et dix kilos. Mes joues sont très creuses, mes bras sont très fins, mes pectoraux sont plats et mes abdominaux, pour une fois, sont très visibles ce qui n'était pas le cas avant. Il est clair que je ne mange pas assez, mais la pression constante m'empêche de ressentir la faim, et avec ce que je dépense par jour en énergie, ça ne m'étonne pas que mon corps pioche dans ses ressources à dispositions. Je finis d'écrire par une phrase que j'ai besoin de me répéter :

- « Mentalement, je ne lâcherais pas, mon corps suivra ! Papa, Maman, les frangins, Clémence, j'arrive. »

20

La vision de l'aigle

Allongé par terre sur des pierres pas vraiment confortables, ça fait maintenant plus d'une heure que j'attends que le soleil décide de se lever. Il faut dire, difficile de trouver le sommeil dans des conditions pareilles. La pluie s'est arrêtée avant que l'eau n'atteigne la grotte, mais la peur qu'elle reprenne et qu'elle me coince était perpétuelle. Je plie mon hamac avant d'enfiler mes vêtements, dont mon t-shirt qui a pu sécher légèrement grâce à la chaleur de cette nuit malgré l'humidité. Le niveau d'eau est certes plus important que la veille, mais cela ne change en rien mes plans : je vais continuer de marcher en suivant le courant afin d'atteindre la prochaine civilisation, qui doit maintenant se trouver à une quarantaine de kilomètres, enfin je l'espère…

L'aventure, c'est faire ce qu'on n'a jamais fait, c'est sortir de sa zone de confort, peu importe le domaine. Et dans toutes les périodes d'aventure, le premier jour est toujours très motivant, mais s'ensuit une période compliquée, parfois même épuisante mentalement. C'est à ce moment-là que la personne décide si oui ou non elle a les épaules pour ce qu'elle s'apprête à faire. Ce n'est qu'une fois cette épreuve passée, qu'elle entre dans une nouvelle période que j'aime nommer « la période d'évolution » ; c'est là où les compétences et les connaissances de l'individu se multiplient à une très grande vitesse. Le passage de la deuxième zone à la troisième correspond donc au dépassement de soi, c'est l'enseignement que j'en ai tiré de toutes mes précédentes expériences. En bref, je suis dans la deuxième zone actuellement ; ma faible énergie, associée aux douleurs dans l'ensemble de mon corps, m'empêche d'avancer comme je le voudrais, ce qui affecte de façon importante mon moral, mais je connais trop bien ces différentes périodes pour perdre face à moi-même, pas maintenant.

J'enchaîne les kilomètres en essayant de ne penser à rien d'autre qu'au prochain pas, tandis que les buissons remplis d'épines se succèdent, laissant place à une multitude de coupures sur mes deux jambes, attirant toujours plus de moustiques et d'insectes du même genre. Rien de tout cela ne me déconcentre, bien au contraire, cela me motive à arriver à ma destination le plus rapidement possible !

Je pensais me rapprocher fortement de mon objectif, mais me voilà totalement bloqué par le ruisseau qui s'est transformé peu à peu, de kilomètre en kilomètre, en des marécages. Ce serait du suicide de s'y aventurer, mais d'un autre côté, rester ici n'est pas plus sage. Ne sachant pas du tout quoi faire, l'espoir qui me nourrissait en énergie et en motivation s'en va peu à peu, laissant ressurgir les douleurs des coupures et des piqûres dont j'ai été victime durant ma traversée. Je m'assois pour prendre le temps de réfléchir à la situation et aux possibilités qui s'offrent à moi. Après quelques minutes d'hésitation, je choisis d'installer mon hamac afin de passer la nuit ici, mais ce soir, je vais tenter d'allumer un feu pour me mettre davantage en sécurité, car je ne me sens vraiment pas à mon aise ici.

Je commence par positionner des pierres en cercle afin d'éviter que le feu se propage, puis j'ajoute au milieu, sur le sol humide, une couverture de brindilles permettant de l'isoler et ainsi, permettre à la flamme de prendre. Tous les bois autour de moi sont trop humides pour qu'un feu puisse s'allumer, mis à part un bois mort par terre, abrité par un autre arbre bien en forme. Je récupère celui-ci, puis à l'aide de mon couteau de survie et d'une pierre pour faire office de marteau, je retire l'écorce afin de garder uniquement le centre sec du bois que je positionne sur la couverture de brindilles. Maintenant que j'ai tout ce dont j'ai besoin, à l'aide de mon briquet, j'allume la flamme qui finit par prendre et grandir pour devenir autonome.

Assis au bord de celle-ci, mes jambes et mes bras deviennent lourds, au même titre que mes paupières, et comme si ça ne suffisait pas, je ressens une douleur dans la tête, comme si elle essayait de me dire : « Au cas où tu ne le saches pas, tu es vraiment épuisé. » Je sais que ce n'est pas bien de laisser un feu sans surveillance, mais alors que je m'allonge sur mon hamac simplement pour me mettre à l'aise et réfléchir, mon corps tombe dans un sommeil nécessaire en une fraction de seconde, laissant toute la pression de ces derniers jours s'en aller.

La tranquillité a ses limites ! Un bruit vient de me réveiller et je n'ai pas besoin de l'entendre une deuxième fois pour comprendre de quoi il s'agit. Un crocodile vient de faire comprendre à tout le monde qu'il était dans le coin. J'entends très peu ses bruits de pas, mais je sais qu'il n'est pas loin. Techniquement, je suis sur mon hamac en hauteur ; j'espère que le fait que ma position soit différente de celle d'une proie lui enlèvera l'intérêt de m'attaquer, même si au fond de moi, je choisis de ne pas m'attacher à cet espoir. Le feu est éteint, il ne reste que de petites braises, mais ce n'est pas suffisant pour voir ce qui se passe autour de moi. En allumant ma lampe frontale, je suis heureux de constater qu'il n'est pas dans un rayon de cinq mètres autour de moi, mais je ne peux pas vraiment voir au-delà de cette distance. Je m'installe près du feu en récupérant toutes mes affaires, y compris mon arme, pour pouvoir me défendre si nécessaire.

Cela m'a pris quelques minutes, mais je finis par réussir à rallumer le feu. Patient et attentif, j'entends le crocodile continuer à faire du bruit, mais je n'arrive pas à identifier sa position. En prenant une pierre dans la main, je me lève et décide d'avancer dans sa direction. Je finis par l'apercevoir à une dizaine de mètres plus loin. Il est imposant, de la même taille que celui que j'avais eu la chance d'observer près de Cairns, mais cette fois-ci, je suis tout seul face à lui. Il se trouve au bord de l'eau, alors, sûr de moi, je lance la pierre sur son corps en criant de la façon la plus grave possible. Le crocodile lâche un rugissement en ouvrant grand la gueule avant de s'éloigner dans les marécages. Ma main gauche tenait mon arme au cas où les choses tourneraient mal, mais je suis content de ne pas avoir eu à l'utiliser.

Deux heures plus tard, après avoir passé mon temps à écouter et à regarder autour de moi, à mon plus grand soulagement, le jour finit par se lever. Je n'ai pas réussi à me rendormir après ce qu'il s'est passé cette nuit, mais cela m'a permis de réfléchir à une idée pour me sortir de là. Mon téléphone affiche un niveau de batterie à trente-deux pour cent, c'est suffisant pour faire voler le drone afin de prendre de la hauteur, de prendre du recul et de trouver une échappatoire à ces marécages. Pour le moment, c'est ma seule option, mais je ne peux pas le faire décoller à cause d'un vent trop important. En attendant que la météo s'améliore, je décide de retourner chercher du bois pour le feu et d'essayer de trouver de quoi manger, car actuellement, mon corps perd énormément d'énergie au moindre geste. Il faut croire que la chance me sourit aujourd'hui, car après plusieurs dizaines de mètres de traversée dans cette forêt épaisse, me voici face à un superbe bananier encore vivant, ce qui est assez rare je crois, car ils meurent automatiquement après avoir terminé leur production.

De retour au camp, je suis ravi que rien n'ait bougé. Je coupe le bois pour récupérer les parties sèches puis je les ajoute dans le feu avant de m'allonger sur mon hamac, bercé par le chant des oiseaux, ce qui me procure un bien fou. Tellement bien que mon corps, en fermant les paupières, tombe dans un demi-sommeil, me permettant de compenser légèrement ma petite nuit.

Le soleil tape tellement fort sur ma peau qu'il me réveille ! J'aurais dû me protéger en mettant quelque chose sur mon visage, car mon nez me brûle déjà. En me levant, je constate que le vent s'est nettement calmé, emportant avec lui les nuages gris et laissant place à un merveilleux ciel bleu. C'est parfait ! Sans attendre, je sors mon drone de sa sacoche et je le fais décoller. La vue du ciel est impressionnante : je peux apercevoir sur l'écran de mon téléphone une bonne partie de la forêt que j'ai traversée ces derniers jours. Je prends une photo pour mon plaisir personnel, puis je me reconcentre sur mon objectif qui est de trouver une sortie, mais comme prévu, il n'y a que des marécages autour de moi, rien d'autre. Les marécages me font même penser aux Everglades en Floride, mais là-bas, j'étais sur un bateau pour observer les alligators, tandis que maintenant, je suis pratiquement sûr que ce sont eux qui m'observent.

Après avoir piloté le drone sur plus de deux cents mètres en direction de l'est, j'aperçois un objet blanc qui bouge rapidement sur l'eau, mais je n'arrive pas à l'identifier. En me rapprochant, je prends conscience que c'est un bateau et que des hommes sont en train de naviguer dessus. Alors que j'essaie de les rattraper avec mon drone mais sans succès, ils s'arrêtent, ce qui me permet de les atteindre. La bonne nouvelle, c'est que ce ne sont pas des policiers, mais la mauvaise, c'est que ce sont des aborigènes. De toute manière, je ne suis pas vraiment en position de force, alors à l'aide de mon drone, je les attire dans ma direction pour qu'ils puissent venir me récupérer.

- « À l'aide ! »

Sans me répondre, ils avancent jusqu'à une dizaine de mètres de moi, puis me font de grands signes de main pour m'indiquer de venir et de grimper sur le bateau. Heureusement que mon sac est complètement imperméable ! Je commence à marcher dans les marécages en priant qu'il n'y ait pas de crocodiles, mais pour s'en assurer, deux hommes frappent l'eau avec des bâtons, espérant les faire fuir. Les autres sont tous en train de m'analyser, de m'observer comme si j'étais un petit bonhomme vert venu du ciel.

À bord, il y a sept hommes qui se ressemblent tous plus ou moins. Le style vestimentaire est très simple : un t-shirt, un short et pieds nus. Une personne me tend la main pour m'aider à monter sur le bateau, mais en la saisissant, je me rends compte que c'est finalement celle d'une jeune femme. Elle ressemble globalement aux autres, aussi bien au niveau de sa carrure que de son visage. Une fois à bord, un homme s'approche, s'assoit en face de moi, puis me demande avec un anglais très approximatif :

- « Toi, qui ? Pourquoi toi là ? Interdit ici ! »

Je commence à expliquer mon histoire, mais l'homme me coupe la parole pour me dire que je devrai en parler avec le chef quand nous rentrerons, mais que pour le moment c'est trop long et que mon accent est trop compliqué à comprendre. Honnêtement, cela me va parfaitement. Assis dans un coin à droite du bateau, les cheveux au vent, j'admire le côté indomptable de ce paysage si sauvage, si imprévisible. Alors que personne ne parle, le bateau s'arrête, laissant place à un calme paisible ponctué par le chant des différents animaux autour de nous. Tout le monde se penche vers la gauche pour observer quelque chose que je ne peux pas voir de mon côté, mais l'homme à la barre, rempli de bienveillance, opère un demi-tour me laissant une chance de voir ce qu'il se passe. Un énorme crocodile qui avance tout doucement à côté du bateau ; il est tellement proche que j'ai la capacité de le toucher, mais pour des raisons évidentes, je ne vais pas céder à cette pulsion.

Tout le monde sur le bateau a l'air de profiter de ce spectacle comme si c'était la première fois qu'ils y assistaient, alors que je suis persuadé que non, pour la simple et bonne raison qu'ils ont tous l'air de vivre dans le coin. Je pense qu'ils disposent simplement de la capacité à ne rien tenir pour acquis et à apprécier la beauté de la nature où qu'elle soit, sans jamais s'en lasser. Le moteur rallumé, nous reprenons notre route en direction de notre destination, encore inconnue pour moi. Ne pouvant pas contrôler ce qu'il se passe, je me surprends à ne pas paniquer, mais à accepter la situation et à me laisser porter. Cela me fait penser à une phrase que j'ai lue un jour, dont j'ai oublié l'auteur, mais qui m'a beaucoup inspiré. Celle-ci disait : « Si le problème, tu peux le régler, pourquoi t'inquiéter ? Et si le problème tu ne peux pas le régler, pourquoi t'inquiéter ? » Je la trouve impressionnante pour sa simplicité et sa facilité à résumer un problème concernant la complexité de l'humain, son paradoxe. Malgré le fait qu'elle soit simple, il m'en a fallu des épreuves pour enfin la mettre réellement en application. Le pire, c'est que je suis sûr que ce genre de compétence psychologique peut partir en une fraction de seconde, supprimant des années voire des dizaines d'années de travail pour certains. Comme j'aime le dire, tout cela est parfaitement imparfait.

L'endroit où nous descendons du bateau n'est composé que de trois cabanes en bois qui semblent abandonnées, j'espère que ce n'est pas leur village. Heureusement, ce n'est pas le cas : nous embarquons tous à l'arrière d'un pick-up, puis démarrons en direction d'une nouvelle destination qui m'est toujours inconnue. Je ne peux pas dire que le trajet soit très confortable, car nous sommes très serrés les uns contre les autres, mais heureusement, nous sommes en extérieur, ce qui nous permet de profiter du vent, de l'air frais. « Jabiru », c'est ce qui était écrit sur un panneau que nous venons de dépasser. Je ne connais pas cette ville, mais c'est un plaisir de retrouver la civilisation, même si, à première vue, cette ville n'a pas l'air très développée. Tous les bâtiments semblent ne pas avoir été rénovés depuis des dizaines d'années, les rues sont envahies de déchets, tandis que les enfants jouent ensemble, pieds nus et parfois même sans t-shirts. La pauvreté est vraiment visible, mais ce qui me choque le plus, c'est de savoir que cette ville est dans le même pays que Sydney ! Le contraste est impressionnant, et il doit sûrement y avoir pire ; voilà la face cachée de ce merveilleux pays.

La voiture s'arrête devant un bar faisant aussi office de bureau de tabac et de boutique d'alcool. Apparemment, je vais rencontrer le gérant de ce commerce, qui est un peu le chef de ce village, celui que tout le monde écoute. Un jeune qui n'avait pour le moment pas adressé un seul mot descend du véhicule avant de m'indiquer de le suivre à l'intérieur du bâtiment d'un signe de la main. Il fit également un signe de la main au vieil homme derrière le comptoir pour lui dire bonjour, puis nous nous assoyons à une table dans un coin. Bizarrement, les clients se succèdent, mais ils achètent tous la même chose : un paquet de cigarettes ainsi que deux bières. Après avoir encaissé la dernière dame qui patientait, le vieil homme l'accompagne vers la sortie, puis retourne la pancarte, indiquant que le commerce est désormais fermé.

À ma grande surprise, lorsqu'il se rapproche de nous pour venir s'asseoir à notre table, je le trouve radieux, très loin des clichés que j'ai pu entendre. Contrairement aux autres, il porte une chemisette avec des motifs, accompagnée d'un simple short noir et de tongs, ce qui correspond parfaitement à son sourire et à sa démarche décontractée.

- « Que se passe-t-il ici ? » demande-t-il avec un anglais parfait en s'assoyant face à nous.

Le second réplique aussitôt d'un air assez timide, presque en chuchotant :

- « Nous l'avons trouvé dans la zone interdite. »

Le vieil homme demande d'un ton paternel :

- « Mmmh, je vois. Et que faisais-tu là-bas, mon petit ?
- C'est une très longue histoire, mais sachez que j'étais en danger et que vos hommes m'ont secouru, alors je tiens à vous remercier pour cela. Sachez également que je n'étais en aucun cas en train de braconner ou de détruire ce beau

paysage ; j'essaie de me sortir des griffes de quelqu'un… »

Il esquisse un sourire puis, avec un anglais parfait, il reprend :

- « Mes hommes ? Je n'en ai aucun, mais si tu parles de ces jeunes gens qui étaient sur le bateau avec toi, je leur passerai le mot. Maintenant, tu vas suivre Miro, il va t'emmener te montrer où sont les douches et la caravane située derrière le bâtiment. Tu vas pouvoir y poser tes affaires et te laver, car tu en as grandement besoin… Je t'attends ici à vingt heures ce soir, et ne sois pas en retard, car tu as une longue histoire à me raconter. Profites-en également pour faire le tour de la ville. »

À la suite de son message, nous nous levons tous les trois, mais sans même avoir eu le temps de commencer à marcher, le vieil homme se tourne dans ma direction, puis enchaîne en me tendant la main :

- « Où avais-je la tête, j'en ai oublié mes bonnes manières ! Mon prénom est Dorak. Quel est le tien ?
- Mathias », lui dis-je en lui serrant la main.
- « À ce soir, Mathias », me lance-t-il en souriant avant de se retourner et de marcher en direction de la porte du bâtiment pour la rouvrir et permettre aux clients qui attendaient dehors de rentrer.

Miro me fait un signe de tête pour m'indiquer de le suivre. Nous traversons la pièce avant de franchir une porte qui nous mène directement dans le jardin. Contrairement à ce que j'ai pu apercevoir de la ville, à l'image de Dorak, c'est vraiment propre ici. La caravane est ouverte, nous y entrons pour que Miro me montre rapidement tout ce dont j'ai besoin, puis il s'en va après m'avoir indiqué dans quelle direction se trouvent les douches et les toilettes. J'ai l'impression qu'il a peur de moi… La caravane est certes très vintage, avec un mobilier et des couleurs de décoration qui me font penser aux années soixante-dix, mais elle est tout de même en très bon état. Je dépose mon sac sur le lit, ravi d'en avoir un, puis je prends mes affaires afin d'aller prendre une douche. Le chemin que Miro m'a indiqué longe le bâtiment avant d'arriver sur une rue menant à la route principale, et effectivement, il y a des vestiaires publics. Cependant, je ne suis pas le seul à patienter : deux hommes et une femme sont en train d'attendre leur tour, et mon arrivée a dû les surprendre, car ils me fixent d'un air étonné en se disant sûrement : « Qu'est-ce qu'un petit blanc fait ici ? » J'aimerais leur répondre que moi non plus je ne sais pas.

Arrive enfin mon tour. J'entre dans la douche en prenant sur moi pour ne pas vomir à cause de l'odeur et de la saleté ; il est facile de voir que la fin de la journée approche et que beaucoup sont passés avant moi. Je fais des gestes très lents afin d'éviter de toucher les murs et de poser le pied sur des saletés, car clairement, je crains de ressortir plus sale que quand je suis entré. Après avoir déposé toutes mes affaires dans la caravane, j'en profite pour aller me promener dans les rues de la ville. En marchant, je prends conscience de quelque chose. Si je décide d'écouter tout ce que les gens m'ont toujours dit, tous les clichés, je devrais récupérer mes affaires et m'enfuir d'ici, mais mon instinct me dit le contraire. Il me dit de rester et de faire confiance à cet homme, Dorak. Je ne saurais pas dire pourquoi ni comment je ressens cela, mais je décide de m'y fier, car jusqu'à présent cela m'a beaucoup aidé. Les rues sont quasiment toutes identiques, et les gens respirent tellement la pauvreté que j'ai l'impression d'être dans un autre pays, malgré tout, même si les gens m'observent intensément, je me sens en sécurité.

En revanche, en traversant une rue plus excentrée, j'aperçois deux femmes complètement alcoolisées en train de se crier dessus avec leurs enfants à côté. Misère…

21

Une promesse

C'est l'heure ! Je ne sais pas si j'ai fait le bon choix de rester, mais je vais rapidement en avoir le cœur net. En arrivant, la première chose qui me marque, c'est qu'il n'y a pas de clients, le bar est totalement fermé.

- « Ah, te voilà ! Installe-toi, je finis de ranger quelque chose », me crie Dorak depuis l'intérieur de sa chambre froide.

Ce que je fais directement en m'installant au milieu de la salle, à une table pour quatre personnes ; cela fait un peu moins tête-à-tête sérieux, psychologiquement parlant.

- « Qu'est-ce que tu veux boire ?
- Je vais prendre comme vous.
- Alors ce sera une limonade, mon cher », dit-il en me donnant une canette tout en s'assoyant en face de moi. Intrigué, je lui demande :
- « Excusez-moi, Dorak, y a-t-il un problème avec l'alcool ici ? Je me permets de vous demander, car j'essaie de comprendre. En faisant le tour de la ville tout à l'heure, j'ai vu deux femmes se crier dessus, alcoolisées, devant leurs enfants, et

en arrivant ici, j'ai constaté que le bar était fermé.
- Ça me fait plaisir que tu aies pris le temps de te balader, cela t'aidera à comprendre davantage les problèmes que nous rencontrons ici. L'alcoolisme est un problème d'addiction, comme celui du tabac ; c'est le résultat de beaucoup d'années d'histoire, mais celui-ci s'intensifie de plus en plus, c'est pour cela que j'ai décidé d'acheter le bar, qui fait également boutique d'alcool et de tabac, afin d'instaurer quelques règles au village. Les habitants n'ont le droit d'acheter que deux bières par jour, et le bar n'est ouvert que pour certains événements. Comme tu l'auras compris, je ne fais pas ça pour m'enrichir, mais bien pour retrouver mon peuple, qui s'assombrit de jour en jour... »
- J'en suis désolé.
- Oh, mais tu n'as pas à t'excuser ! Ce n'est pas toi qui nous as chassés de nos terres à ce que je sais. Raconte-moi plutôt ton histoire, je t'écoute. »

Deux solutions s'offrent à moi : mentir ou dire la vérité. J'opte pour la seconde. Je suis content de pouvoir en parler à quelqu'un, cela me libère d'un poids, et, à mon grand étonnement, il me croit. Il me pose plusieurs questions pour éclaircir mon récit, afin d'être sûr d'avoir l'ensemble des éléments pour commencer à réfléchir, puis il me lâche un incroyable « Je vais t'aider ! ». Après un petit silence, il continue :

- « Mais si tu veux bien, j'aimerais bénéficier de ton aide également. Serais-tu partant pour donner des cours d'anglais dans notre école pendant quelques semaines ? »

C'est une proposition qui m'aurait semblé improbable à cause de mon niveau médiocre en anglais avant d'arriver ici, en Australie. J'aimerai accepter sans hésiter mais actuellement, ma famille s'inquiète pour moi, ils ne savent peut être même pas si je suis encore en vie. Il renchérit :

- « Pour se faire entendre, mon peuple a besoin d'apprendre à communiquer dans la langue de l'oppresseur ; ce ne sera pas eux qui feront l'effort d'apprendre nos différents langages. Je pense également que ça leur fera du bien de se rendre compte que c'est possible d'être ami avec un homme blanc, de ne pas haïr ou d'avoir peur de tout le monde. »

Ce terme d'oppression m'a d'abord choqué, mais en y réfléchissant, je comprends que c'est comme ça qu'ils se sentent : opprimés. J'avais lu dans un livre que les peuples aborigènes sont très spirituels et qu'ils portent une grande importance à la nature, à leur terre. Un peu comme dans le film *Avatar*, les esprits de leurs ancêtres se trouvent dans les arbres, dans l'eau ou dans le ciel. Quand ils se sont fait chasser de leurs propres terres, toute leur histoire a été supprimée en même temps. Ils ont essayé de se reconstruire ailleurs, mais ils se sont de nouveau fait chasser, et cela s'est reproduit jusqu'à ce qu'ils n'arrivent plus à se reconstruire. Ils ont perdu toutes leurs croyances, emportant loin de leur esprit l'espoir de se sentir chez eux quelque part. Après réflexion, j'accepte. Je me dis que c'est sûrement le chemin le plus sûr pour rentrer chez moi.

Je suis surpris en regardant mon téléphone ; cela faisait un moment que je n'avais pas aussi bien dormi et surtout aussi longtemps. Après m'être préparé, je marche en direction de l'école dans le but d'honorer ma promesse faite à Dorak. En arrivant, je constate que le bâtiment faisant office d'école n'est qu'une grande salle capable d'accueillir une trentaine d'élèves tout au plus, mais en entrant, je vois qu'ils sont beaucoup plus nombreux, peut-être même le double, et de tous les âges. Un vieil homme arrive vers moi, très classe, avec un vieux costume gris et un chapeau. Il se présente sous le nom de Gary ; c'est le directeur et le professeur de cette école. Originaire de Darwin, il est arrivé ici pour mettre ses compétences au service de son peuple et éduquer les enfants dans le but de les envoyer en ville pour continuer leurs études. En passant sa main ridée dans sa barbe grise toute frisée, il me propose de m'asseoir à côté de lui pendant qu'il donne son cours d'anglais, cela me permettra de voir où ils en sont et comment ils apprennent. Les deux heures se déroulent bien ; les enfants sont concentrés pour apprendre le moindre mot, ça change des écoles par chez nous. Le vieux réveil de Gary sonne sur son bureau : il est midi, c'est donc la pause déjeuner. Les enfants sortent leur petit repas, se résumant à un sandwich, le mangent puis sortent dans la rue jouer entre groupes d'amis.

Gary ne mange pas ; il se fait un café à l'aide d'une vieille machine posée sur son bureau, puis, après m'en avoir servi un, s'assoit sur le banc devant la classe à côté de moi, dans un silence de mort, regardant les jeunes s'amuser qui, d'abord choqués par ma présence, semblent m'avoir déjà oublié. Un ballon de football roule jusqu'à mes pieds, les enfants, avec un regard inquiet, observent attentivement ma réaction, ne sachant pas trop quoi faire, entre venir le chercher ou me demander de le renvoyer. Instinctivement, je me lève en avançant vers eux, le ballon aux pieds, avant de le passer au plus jeune du groupe, qui me lâche un grand sourire avant de taper dedans n'importe comment, dans une direction totalement au hasard.

- « Est-ce que je peux jouer avec vous ? »

Un des garçons, avec un bon niveau en anglais, me dit que oui tout en traduisant ce qu'il se passe à ses amis, qui se mettent à sourire avant de me renvoyer la balle. Gary, le sourire aux lèvres, continue de nous regarder en silence. La partie dure toute la pause déjeuner ; on enchaîne les passes, les buts, les rires, sans même se parler. Une fois les élèves à leur place, Gary me demande de venir me présenter puis de prendre le cours en main sous sa supervision, ce que je fais avec grand plaisir. Apprendre une langue, c'est compliqué, et l'on peut vite se décourager si rien ne nous motive ; je sais de quoi je parle. Pour commencer, je leur demande d'écrire un petit texte sur leur passion, ce qu'ils aiment faire et pour quoi ils adorent ça, puis de se mettre en groupe d'environ cinq, six personnes afin de les lire à haute voix. À la fin de chaque présentation, tous les membres du groupe doivent poser une question à celui qui l'a faite. Le cours se passe à merveille et je passe de groupe en groupe pour écouter les uns et les autres ; je les trouve super concernés par l'exercice, et je commence à voir certaines personnalités se dessiner, comme les timides, les comiques, les premiers de la classe, etc.

Les jours défilent et ma relation avec les jeunes grandit parallèlement. Mes soirées se résument à rentrer au bar pour manger avec Dorak et sa femme, avant que Gary nous rejoigne pour boire un verre et discuter. Gary m'a même appris à jouer aux échecs, donc nous enchaînons les parties quand Dorak est appelé pour régler une affaire dans le village, souvent liée à l'alcool. Développer une routine, sans portable, me fait beaucoup de bien. J'oublie presque que la police me recherche et que Jonhy doit sûrement chercher à me tuer maintenant, je me sens en sécurité ici. La police ne vient jamais ; c'est un territoire aborigène pour eux et ils les laissent se débrouiller en autarcie.

Un soir, attristé par le manque de mes proches et par la culpabilité de les faire souffrir, je pars marcher le long du ruisseau, mais en rentrant, je surprends une discussion entre Dorak et Gary :

- « C'est toujours pareil, » dit Gary. « On a les mêmes droits sur le papier, mais au vu des inégalités, on est plus considérés comme des migrants dans notre propre pays, que comme des citoyens lambda. Jugé par les vrais immigrés. »

- « Je sais, mais sois un peu plus patient, encore, on frappera un grand coup quand le moment viendra, et celui-ci approche, » réplique Dorak.

Gary, frustré, avance rapidement en direction de la porte où je me trouve, alors par réflexe j'ouvre celle-ci comme si je venais d'arriver. Il me regarde, surpris, et me salue avec un faible sourire avant de me passer devant et de s'en aller.

- « Gary ne reste pas ce soir ?
- Non, » me dit Dorak. « Il a pas mal de choses à faire en ce moment. »

La soirée se déroule très bien, comme d'habitude, mais je ne peux pas m'empêcher de penser à cette conversation. Que voulait-il dire par « frapper un grand coup » ? La voix grave et charismatique de Dorak me sort de mes rêveries ; il me demande si je serais partant pour l'aider à organiser la fête du village qui a lieu ce week-end. Il m'explique que c'est une tradition : tous les ans, ils organisent une soirée pour danser les danses traditionnelles et continuer de vivre en connexion avec le grand tout. Malheureusement, c'est une tradition qui se perd petit à petit, il n'y a rien eu depuis deux ou trois ans et il aimerait la remettre en place. Il m'exprime son envie de voir son peuple se ressouder, comme avant, et de ne surtout pas oublier leur culture, la plus vieille culture du monde. Je ne suis pas sûr de bien tout comprendre, mais je lui réponds que oui, bien évidemment que je suis partant.

Nous sommes samedi, le grand jour est arrivé ! Nous avons dit aux habitants de venir aux alentours de dix-neuf heures, donc ils ne devraient plus tarder. Au loin, alors que les enfants ont déjà commencé à se chamailler et à courir dans tous les sens, les femmes et les hommes arrivent par dizaines. Gary et moi gérons le grand feu au milieu du terrain, faisant également office de barbecue géant. Les gens viennent chacun à leur tour chercher ce que nous préparons pour eux, principalement du poisson grillé. La nuit tombe rapidement ; Dorak s'empare d'un micro et monte sur une chaise afin de pouvoir observer tout le monde les yeux dans les yeux. Je sais à quel point ce moment est important pour lui, il a travaillé sur son discours toute la semaine, presque à s'en empêcher de dormir. Très rigoureux, il voulait que son message soit perçu exactement de la même façon qu'il résonne dans sa propre tête. Ses premiers mots provoquent un silence tellement fort que même une personne sourde se dirait que c'est calme. Je viens seulement de prendre conscience, à quel point Dorak est respecté ici et à quel point son peuple l'apprécie. Tout le monde crie, l'applaudit, l'acclame pour son discours, mais ces derniers mots résonnent encore dans ma tête : « Un gagnant est un rêveur qui n'abandonne jamais », de Nelson Mandela. Cette phrase est simple, compréhensible par la plupart des gens, et utilisable par tout le monde, peu importe leur époque, leur classe ou leur situation, c'est pourquoi elle est si puissante.

Dorak, Gary et trois autres anciens se mettent derrière les micros et commencent à chanter sur une instrumentale différente de ce que j'ai l'habitude d'entendre. Les premières secondes de la musique ont suffi pour que les hommes retirent leur t-shirt et se recouvrent le corps de peinture blanche avant de sauter sur la piste et de commencer à danser. Je n'ai jamais vu une danse pareille, leurs mouvements et leur rythme sont tellement différents, c'est donc ça leur culture oubliée. Les musiques se multiplient, les femmes se lancent également sur la piste pour y réaliser leur danse, et certains enfants, découvrant en même temps que moi, apprennent les pas aux côtés de leurs parents. Mais eux, ils ont ça dans les gènes, car ils y arrivent en quelques minutes, tandis que moi, j'ai décidé d'abandonner. Excuse-moi, Nelson, mais je serai un perdant ce soir. Plus sérieusement, c'est un moment magique de participer, mais aussi d'observer qui sont vraiment ces aborigènes. Personne n'est seul, et tout le monde se respecte. Ils viennent de me montrer quelque chose que je n'avais pas vu depuis longtemps dans le monde que l'on appelle « moderne », mais qui ne l'est peut-être pas tant que ça finalement. Au fond de moi, vu ce qu'ils me donnent, ce qu'ils me transmettent, je sais que si je veux leur rendre la pareille, il va falloir que je fasse plus qu'organiser une simple soirée.

Ça fait bizarre de se réveiller le lendemain d'une soirée sans avoir mal au crâne, mais je dois dire que c'est agréable. À la vue des problèmes d'alcoolisme du village, Dorak n'avait pas prévu d'alcool pour éviter tout risque de débordement. Sans attendre, je pars le rejoindre sur le lieu de la fête, car il doit déjà être en train de nettoyer et de ranger la place. En arrivant, il me prend dans ses bras.

- « C'était génial, merci Mathias ! »

Songeur, je lui réponds que nous avons la possibilité de faire plus pour son peuple. Il me regarde intriguer, comme pour m'inciter à continuer.

- « Être unis, c'est une chose, mais le risque que la pauvreté ait un impact néfaste sur l'ensemble du groupe et que tout redevienne comme avant n'est pas inexistant.
- Que proposes-tu ? » me demande-t-il.
- « Vous vivez dans un endroit avec un fort potentiel touristique, et en y ajoutant votre culture, nous pouvons faire quelque chose d'important. Concrètement, on pourrait créer un tour en bateau pour observer la faune et la flore, dont les crocodiles, et rénover l'entièreté du village, mais de façon vintage, à l'image de ton peuple et de son histoire. Ensuite, j'ai vu que des femmes peignaient et sculptaient ; elles pourraient installer des stands devant chez elles pour vendre et mettre en lumière les œuvres d'art aborigènes, ce qui inciterait les gens à se balader dans le village. Peut-être même que vous pourriez ouvrir la fête du village aux à quelques touristes pour qu'ils puissent découvrir, comme moi, à quel point c'est merveilleux. On développe le tout sur les réseaux, et votre ville devient connue, ce qui fait connaître, par la même occasion, votre culture, vos traditions, et surtout permet de briser les clichés dont vous êtes prisonniers. »

Étonnamment, il reste silencieux, tout en montrant qu'il n'est pas totalement convaincu. Avec un peu de recul, je peux comprendre que mon idée de devenir un lieu touristique puisse le gêner. Ma proposition était trop axée sur l'argent et pas assez sur les valeurs qu'ils défendent. Mon éducation d'homme blanc capitaliste…

- « C'est une idée qui mérite réflexion, » me lance-t-il poliment, puis il continue en me passant le bras autour de l'épaule : « En attendant, c'est à moi de t'aider, jeune homme ! ».

Après avoir fini de nettoyer, nous nous rendons chez Dorak pour nous poser et réfléchir à une idée pour me sortir de là. En faisant le point, nous tombons directement d'accord sur le fait que l'on doit éviter les aéroports et les ports, qui sont sûrement sous haute surveillance, et que voler un jet privé ou un yacht pour me rendre en Asie est également une mauvaise idée. Cela réveillerait sûrement l'organisation internationale de police criminelle, Interpol, qui aurait la capacité de me trouver n'importe où, même en France. Nous prenons en compte le fait qu'il y a sûrement d'autres voyageurs comme moi, prisonniers quelque part, et que nous devons les aider. Je ne pourrais pas vivre tranquillement chez moi en sachant ce qui se passe ici. La principale idée de Dorak est de me faire passer pour mort tout en me changeant d'identité, pour ensuite attendre que tout se calme et que je puisse prendre le premier vol pour Paris. C'est techniquement une bonne idée, même si elle me paraît assez difficile à réaliser. Le problème, c'est qu'avec cette idée, Jonhy ne paiera pas pour ses crimes, et pire, il continuera. En plus, ça fera trop de peine à ma famille le temps que je puisse les revoir.

Après plus d'une heure d'interrogation au fond de nous-mêmes, Dorak lâche un léger sourire.

- « À quoi penses-tu ?
- Pourquoi veux-tu rentrer chez toi ? Qu'est-ce qui te manque le plus et qui te pousse à garder de l'espoir ? Et surtout, qu'est-ce qui t'a déjà poussé à commettre une erreur ? »

Ma famille ! Pourquoi n'y avais-je pas pensé avant, alors que depuis le début Jonhy me tient mentalement en me coupant tout contact avec eux ? Il s'occupe de s'immiscer dans ma vie, tandis que de mon côté, je ne sais même pas où il vit. Dorak continue en m'expliquant que nous devrions nous renseigner sur lui et ses proches, notamment s'il a des enfants ou, encore mieux, des petits-enfants. Le plan consisterait à les kidnapper puis à lui faire du chantage pour qu'il avoue tout à la police. Mais si nous décidons de faire ça, ce ne sera pas sans risques, c'est pourquoi nous gardons l'idée dans un coin de notre tête tout en essayant d'en trouver une autre qui nous éviterait de faire du mal à des innocents. Malheureusement, notre manque d'inspiration nous oblige à nous sortir de notre déni. Nous nous regardons sans rien dire, car nous savons, même si nous n'aimons pas ça, il va falloir le faire.

- « Repasse me voir demain soir, je vais passer quelques coups de fil », me dit-il.

Sans insister, je me lève pour aller réfléchir de mon côté. Je suis tellement reconnaissant d'avoir croisé la route de Dorak et de son peuple, car je pense que sans eux, j'aurais tenté l'impossible, et qu'à l'heure d'aujourd'hui, je serais en prison ou pire…

22

Le grand retour

Honnêtement, c'était dur de fermer l'œil cette nuit et je n'ai presque pas mangé aujourd'hui, obnubilé par la recherche d'une solution. J'ai griffonné des dizaines et des dizaines de pages, mais il faut que je me rende à l'évidence : rien ne vient. Comme prévu, je me rends voir Dorak avec une émotion assez étrange, un mélange de stress à l'idée de devoir choisir ce plan et, en même temps, d'espoir qu'il ait trouvé comment le mettre en place, car sinon, nous n'avons absolument rien. En arrivant, je suis surpris de voir que Dorak est accompagné de Miro, le timide, et de Cobar, un homme du village d'environ la quarantaine, rasé, avec un physique de rugbyman. Je peux facilement deviner que je ne suis pas le seul à avoir passé une nuit écourtée : Dorak a d'énormes cernes bien marqués, mais ce n'est pas ce qui me choque le plus chez lui ; il porte un regard froid et très dur.

Sans passer par quatre chemins, il prend les rênes de la discussion en informant tout le monde ici présent que Jonhy, la personne concernée, a bien une famille vivant à Brisbane, et que notre but est de kidnapper un de ses petits-enfants afin de pouvoir lui faire du chantage pour qu'il avoue ses crimes. Il continue en nous expliquant brièvement ce que nous devons faire.

Demain soir, avec Miro et Cobar, je monterai dans un bus aborigène se rendant dans la ville de Cairns. En arrivant, nous serons accueillis par un certain Colebee, un ami proche de Dorak. En plus de nous héberger, ce dernier va me fournir un faux passeport pour avoir une nouvelle identité, par sécurité, et un véhicule pour nous rendre à la prochaine étape, la Sunshine Coast, au nord de Brisbane, dans un village appelé Mapleton. Un dénommé Gregory nous y hébergera pendant que nous préparerons la prochaine étape du plan. Pour ne pas nous donner trop d'informations d'un coup, il décide d'en rester là, mais de nous fournir un téléphone portable par personne afin de pouvoir rester constamment en contact. Un peu abasourdi par le discours et la situation, je ne trouve pas mes mots pour lui répondre. Malgré sa froideur, il ne semble pas avoir perdu sa bienveillance, car après mon silence, il demande à Miro et à Cobar de quitter la pièce.

- « Alors on va le faire. »

Il acquiesce d'un signe de tête, comme si le mot « oui » était trop dur à prononcer.

- « Mais pourquoi demain ? Pourquoi avec eux ? Miro ne dit jamais un mot et je n'ai jamais eu l'occasion d'échanger avec Cobar.
- Tu sais, Miro était un jeune homme très sociable à l'époque. Je me rappelle sa joie de vivre quand il était petit, toujours à rigoler avec tout le monde ! » réplique-t-il.

- « Comment est-il devenu comme ça ?
- Il était très proche de sa mère, mais un jour, elle a été assassinée par son père alcoolique d'un coup de couteau. Depuis, il est orphelin, et pour lui, tout le monde peut le trahir, alors il reste dans son coin et préfère être seul. Je l'ai accueilli chez moi à cette période, jusqu'à ce qu'il puisse avoir son propre chez lui, c'est pour ça qu'il me fait confiance. »

Je me sens tellement bête de l'avoir jugé, surtout que je n'ai pas vécu un dixième de ce qu'il a pu vivre. Je préfère ne pas continuer cette conversation et laisser mon incompréhension de côté. Le plus important, c'est ma confiance en Dorak et que lui, il sait ce qu'il fait.

Les sacs sont prêts, nous disons au revoir à Dorak et sa femme, qui ne manquent pas de nous souhaiter bon courage en me glissant une enveloppe dans mon sac à dos, puis nous nous installons à l'intérieur du bus pour une durée de trente-huit heures, en comptant les pauses. Penser à ce chiffre me donne mal à la tête ; ça risque d'être un calvaire. Cobar a l'air d'être d'une tranquillité exemplaire, il est déjà en train de regarder un film sur son téléphone en mangeant des chocolats, tandis que Miro garde son énorme sac sur ses genoux et regarde par la fenêtre contre laquelle il est appuyé, d'un air pensif. Je ne peux m'empêcher de penser à ce que m'a dit Dorak hier, j'espère que j'arriverai à lui redonner un peu confiance envers les autres durant ce voyage.

Au bout de deux heures de route, qui se sont déroulées plus rapidement que je l'espérais, le chauffeur s'arrête sur une aire d'autoroute avec un restaurant et une supérette pour que nous puissions nous ravitailler. Les gars descendent du bus pour s'aérer un peu, ce que je comprends, car, à cause de la chaleur, il y a déjà une odeur de transpiration qui commence à se faire une place. Je profite de ce moment pour ouvrir l'enveloppe que Dorak m'a donnée. À ma grande surprise, je découvre que ce sont des photos que nous avons prises durant la fête du village, avec au verso, de petits mots et des signatures de beaucoup de monde. Même avec le recul, je ne me rends pas compte de ce que j'ai vécu dans ce village, à danser, rire et m'amuser avec eux. Mon but est de les garder près de moi et de pouvoir les montrer à mes proches en France pour qu'ils puissent mettre un visage sur ces personnes, ces personnes qui m'ont sauvé et surtout, redonné de l'espoir.

Si l'infini existe, je ne veux surtout pas le connaître, c'était interminable ! Je dois dire que ça fait bizarre de revenir ici, à Cairns. Je craignais un peu que les gens puissent me reconnaître après m'avoir vu à la télé, mais cela remonte à un certain temps, et la police pense que je me trouve proche de Darwin… ou… peut-être ailleurs… Mais, ce qui est sûr, c'est qu'ils ne se doutent pas que je me trouve ici, ni même Jonhy ! Comme prévu, Colebee est là pour nous ramener directement chez lui, afin que nous n'ayons pas à traverser la ville pour ne pas m'exposer ; on n'est jamais trop prudent. Nous avions vu une photo de lui avant de partir, mais même sans, nous aurions pu facilement le reconnaître : il est dans les mêmes âges que Dorak, avec un grand sourire camouflé par une énorme barbe blanche assortie à ses longues dreadlocks, et bien sûr, pieds nus. En arrivant chez lui, je comprends tout de suite quel genre de personne il est et pourquoi Dorak et lui sont très proches. Sa maison se trouve dans un quartier un peu reculé du centre-ville, avec pour voisins d'autres aborigènes, mais pas seulement ; son salon sert de repère pour les nouveaux sans-abris aborigènes qui souhaitent se réinsérer dans la société. Colebee nous explique que les gens viennent chez lui et qu'il les accompagne pour retrouver du travail avant qu'ils s'en aillent une fois qu'ils ont la possibilité de devenir locataires ailleurs. Je n'avais jamais rencontré des personnes comme eux, aussi dévouées à une cause, à faire du bien, et c'est très inspirant.

Sans attendre, Colebee nous fournit des matelas que nous installons avec les autres dans le salon avant d'aller faire une petite séance photo pour mon nouveau passeport dans son bureau. Après avoir mené une entreprise à succès qu'il a revendue, il s'est concentré sur la cause des droits de son peuple, ce qui lui a permis de rencontrer beaucoup de personnes au sein du gouvernement australien. Récemment, il était à Canberra, la capitale, car il y a eu un référendum concernant les droits des aborigènes, mais celui-ci a malheureusement été refusé, ce qui joue énormément sur le moral de tout le monde ici. Aujourd'hui, c'est grâce à cela qu'il dispose de certains contacts, ce qui lui permet de proposer ce qu'il appelle une seconde chance, avec une nouvelle identité, pour tous les aborigènes ayant fauté dans la pauvreté et voulant se reconstruire ici ou en Asie. De mon côté, je devrais recevoir le mien en début de semaine prochaine ; alors en attendant, nous avons décidé de participer à la vie du refuge, et me concernant, je vais réaliser les curriculums vitae et les envoyer à différentes entreprises en fonction des compétences de chacun, en espérant qu'ils retrouvent tous un travail rapidement.

Étant l'homme baptisé de la bande, j'ai eu pour mission de décorer la maison pour les fêtes de Noël avec des guirlandes, des lumières, et même un sapin. Malgré le fait que cette célébration ne provienne pas de leur religion, cela leur tenait à cœur de faire quelque chose pour l'occasion. Colebee et Cobar, qui s'est avéré être un excellent cuisinier ces derniers jours, se sont chargés d'aller chercher de la nourriture pour tout le monde en achetant directement auprès des fermes locales des environs. Quant à Miro, je l'ai très peu vu ces derniers temps, il reste dans le bureau de Colebee à longueur de journée. Ça me fait de la peine de savoir que depuis tant d'années, il se renferme sur lui-même à ce point, sans jamais laisser ressortir son enfant intérieur joyeux et blagueur, comme Dorak me l'a décrit. J'aimerais bien connaître ce Miro-là.

En attendant que les anciens reviennent avec la nourriture, je me charge de préparer une grande table avec Luc, un des aborigènes qui vit ici en ce moment. Nous faisons ce que nous pouvons avec les moyens du bord, et je dois dire que je suis plutôt fier de nous. Certes, ce Noël loin de la famille et dans ces circonstances va être compliqué à gérer émotionnellement, mais j'essaie de me rassurer en me disant que ce ne sera plus pour longtemps et que tout rentrera dans l'ordre dans les prochains mois. En attendant, je veux faire en sorte que tout le monde passe un excellent Noël dont ils se souviendront, et je sais comment m'y prendre. Rapidement, je prends un bus pour me rendre dans un magasin d'électronique encore ouvert, afin d'acheter une superbe enceinte pour qu'ils puissent s'amuser et faire la fête au refuge, comme nous l'avons fait au village de Jabiru.

La soirée se déroule à merveille, et nos chefs cuisiniers nous préparent un festin digne des plus grands. L'ambiance est parfaite, mais il manque quelqu'un : Miro est resté dans sa pièce afin d'éviter tout contact ce soir. Ça me fait vraiment de la peine, mais malheureusement, je n'ai aucune idée de comment faire pour qu'il se sente mieux, sans qu'il se sente obligé de me parler ou de s'amuser avec nous, ce qui ferait l'effet inverse. Je décide tout de même de lui préparer un plateau comprenant une assiette bien remplie, avec un verre de soda et un verre d'eau, puis de le déposer devant sa porte avant de frapper et de m'en aller. Quelques minutes plus tard, je fais semblant d'aller aux toilettes, afin de voir si Miro a récupéré ce que je lui ai laissé, et c'est le cas. J'espère qu'ainsi, au moins, il se sent considéré, et pas simplement mis de côté.

La soirée se finit tranquillement. Je me rends dans la cuisine pour me servir un verre d'eau et prendre le temps de penser à ma famille. Comment vont-ils ? Que font-ils ? Je ne peux m'empêcher de me dire que tout peut mal tourner, et que je ne les reverrai peut-être plus jamais. Colebee me rejoint discrètement, puis s'assoit en face de moi.

- « Je me doute que tu vis des moments difficiles, mais ne t'en fais pas, tu vas y arriver », me lance-t-il.
- « Comment peux-tu en être si sûr ?
- Parce que tu n'as pas le choix. »

Je le regarde d'un air dubitatif, qu'est-ce qu'il veut dire par là ? Après quelques secondes de silence, il continue :

- « Mathias, tu as tué un homme pour cette cause ! Maintenant, la seule chose que tu puisses faire est d'aller au bout. Les dés sont jetés, il n'y a plus de retour en arrière. »

Il a raison, je sais au fond de moi qu'il n'y a que trois issues possibles : la réussite, la prison, ou bien la mort. Cette dernière possibilité me glace le sang, mais je dois regarder devant moi et donner le meilleur de moi-même, c'est ma seule chance. Je viens de comprendre que le résultat dépend de moi, et douter de la finalité veut surtout dire douter de moi-même. Les choses vont changer ! Cobar arrive en courant vers moi, une lettre à la main.

- « Joyeux Noël fiston », me dit Colebee affichant un large sourire sur son visage.

Il ne me faut pas deux secondes pour comprendre ce que c'est. Mon nouveau passeport est arrivé ! En l'ouvrant, je découvre ma nouvelle identité : désormais, aux yeux de l'État, je me nomme Karl Hérault. Je reçois également par la même occasion une copie de mon nouveau visa et d'autres documents supplémentaires me permettant de confirmer cette identité auprès des autorités en cas de problème. Ravi, je remercie longuement Colebee pour ce qu'il a fait pour nous, puis j'indique à Cobar et Miro de récupérer leurs affaires et de me rejoindre dans la voiture que l'on nous a prêtée, nous partons cette nuit.

C'est un véhicule très pratique et idéal pour passer inaperçu, un 4x4 comme on en voit plein ici, en Australie. Sur le GPS, nous entrons l'adresse de l'homme nommé Gregory à Mapleton, dans la Sunshine Coast, puis nous démarrons sans perdre une minute, car nous devons y être pour demain soir. Cela représente approximativement dix-huit heures de route. Miro n'ayant pas le permis, Cobar et moi nous relayons toutes les quatre heures pour nous reposer. Nous traversons certaines villes que j'ai eu l'occasion de découvrir rapidement, comme Airlie Beach et la grande barrière de corail. Je me souviens à quel point j'étais innocent, à quel point j'étais loin d'imaginer ce qui allait se passer. Nous décidons de ne pas nous arrêter pour dormir dans un hôtel afin de ne pas risquer quoi que ce soit et de rouler toute la nuit en prenant soin de faire des pauses dans les stations-service et les McDonald's, qui sont ouverts vingt-quatre heures sur vingt-quatre, afin d'enchaîner les cafés, les boissons énergisantes, et les protéines, le but étant d'avoir le maximum d'énergie possible.

Nous venons de traverser Noosa, ce qui veut dire que nous sommes officiellement à la Sunshine Coast, nous ne sommes plus très loin de notre destination. En nous éloignant de la côte, nous traversons des villages et de petites collines magnifiques dotées d'une végétation ressemblant à celle du nord, près de Cairns. J'ai entendu dire qu'auparavant, cette région s'appelait la « Rain Coast », mais qu'ils ont changé le nom pour ne pas repousser les touristes. Il est vrai que ce n'est pas très vendeur comme nom pour quelqu'un qui souhaite partir en vacances.

En arrivant à l'adresse du GPS, un homme est là à nous attendre, et à ma grande surprise, ce n'est pas un aborigène, mais un blanc, avec une chevelure victime d'une calvitie récente et des petites lunettes rondes. Tout maigrichon, il nous montre où laisser la voiture dans son jardin, qui est assez grand et surtout entouré de jungle, puis nous rentrons chez lui pour faire connaissance. Très rapidement, j'aperçois la quantité de livres ainsi que les guitares dans un coin de son salon. J'adore savoir que c'est un musicien. L'homme commence la discussion en nous tendant une bière que nous acceptons, sauf Miro.

- « S'il vous plaît, appelez-moi Greg.
  Dorak m'a informé que vous auriez besoin de notre aide, de quoi s'agit-il ?
- Il espérait que vous pourriez nous héberger pendant que nous réalisons une mission », répond sagement Cobar.

Greg porte la bière à sa bouche pour en boire une grande gorgée, créant un moment de silence, puis reprend :

- « Je vois. J'ai un lit double de disponible dans une chambre ainsi qu'un lit simple dans la cabane à l'entrée de la maison. »

Évidemment, Miro décide d'aller tout seul dans la cabane et de laisser Cobar et moi avec le lit double dans la maison. En déposant nos affaires dans notre chambre, je demande à Cobar qui sont ces gens, pourquoi Gregory parle-t-il comme s'ils étaient plusieurs ? Apparemment, c'est un groupe d'amis vivant ici, à Mapleton, qui ont créé il y a quelques années une association dans le but de défendre les droits des aborigènes, et c'est comme ça que Dorak les a rencontrés. Depuis quelque temps, toutes leurs causes et leurs propositions sont rejetées, l'État leur met des bâtons dans les roues, alors ils ont décidé de se concentrer sur le terrain et d'aider directement ceux qui en ont besoin. Plus je rencontre du monde, plus je me rends compte qu'il y a vraiment une route du bien, loin de l'égoïsme et du déni.

Greg nous indique qu'il va faire un tour pour voir ses petits-enfants, nous en profitons pour appeler Dorak et connaître la suite de notre plan.

- « Vous avez fait vite ! Maintenant, dites à Miro de faire ce qu'il a à faire et rappelez-moi quand c'est fait. Hâte de vous revoir, les garçons. »

Je ne comprends pas vraiment pourquoi il reste aussi mystérieux, mais peu importe, ce n'est pas le plus important. Directement, nous allons prévenir Miro concernant la demande de Dorak. En entrant dans la cabane, je découvre un autre univers. Miro est là, en train de relier quelques câbles entre eux au milieu de quatre écrans directement liés à un ordinateur portable. Il nous regarde d'un air étonné de nous voir, comme si c'était à lui d'être surpris.

- « Tu transportes tout ça depuis le début ? »

Contre toute attente, il prend la parole pour me répondre :

- « Oui, je suis plutôt bon en informatique, c'est pour ça que je suis avec vous. »

Je le regarde intensément pour l'encourager à continuer.

- « J'ai pour mission de trouver la famille de Jonhy puis d'être vos yeux et vos oreilles jusqu'à ce que la quête soit accomplie », réplique-t-il.

Je commence à mieux comprendre le plan de Dorak maintenant. J'en profite pour le remercier et lui dire de nous prévenir s'il a besoin de quelque chose, puis nous quittons la cabane pour nous installer dans le salon.

Moins d'une heure plus tard, Miro arrive en courant dans la maison avec un sourire jusqu'aux oreilles comme nous ne l'avons jamais vu. Il nous confirme qu'il a localisé la maison d'une des filles de Jonhy et donc de quelques-uns de ses petits-enfants ! Il a envoyé les informations à Dorak pour qu'il puisse organiser la suite du plan avant de nous rappeler. Je lui demande comment il a fait pour aller aussi vite ; je me doute qu'il est bon, mais quand même ! Il m'explique qu'il a consacré tous ces derniers jours à cette enquête, même son Noël, et que c'est pour ça qu'il restait enfermé. Il a commencé par découvrir qui étaient les enfants de Jonhy puis où ils travaillent. Par chance, Karmen, sa fille aînée, vie sur Brisbane et travail en tant qu'éducatrice spécialisée pour les personnes en situation de handicap dans une entreprise privée, Miro est « simplement » rentré dans la base de données de cette entreprise pour récupérer l'adresse, le numéro de portable et toutes les informations à propos de la concernée qui pourrait être nécessaires pour notre mission. Heureux, nous nous levons rapidement pour le remercier, et Cobar en profite pour lui donner une bonne vieille tape amicale dans le dos. Nous allons le faire !

Timidement, il nous informe que ce n'est pas tout, qu'il a trouvé plus qu'une simple adresse. Il a repéré un article d'un vieux journal résumant une interview de Jonhy qui avait été réalisée dans le but de le valoriser pour ses actes de bravoure et ses réussites au sein de la police. Étonnamment, il décide de nous lire à haute voix les parties qu'il estime importantes :

« Né le 7 juin 1960 à Bundaberg, dans le Queensland, Jonhy Mcmayer a grandi dans une famille modeste. Son père, contraint de cumuler deux emplois pour subvenir aux besoins du foyer, n'a pourtant pas empêché son fils de vivre une enfance globalement heureuse. Mais l'adolescence de Jonhy a été marquée par des épreuves : sa petite taille en faisait une cible facile pour les harceleurs de son école. Les années de collège furent rudes, passées davantage à recevoir des coups qu'à profiter de desserts, mais Jonhy choisit de cacher ses

blessures, tant physiques qu'émotionnelles, afin d'épargner à ses parents des inquiétudes supplémentaires.

C'est à 14 ans qu'un film allait changer le cours de sa vie. En découvrant Les Casseurs de gangs de Peter Hyams, Jonhy Mcmayer a trouvé une inspiration décisive : devenir celui qui ferait payer les mauvaises personnes pour protéger les innocents. Cette révélation l'amena à fixer un objectif ambitieux pour un garçon de sa condition : intégrer la police criminelle de Brisbane, la grande ville la plus proche de Bundaberg.

Ce rêve devint réalité en 1988, lorsqu'il rejoignit les rangs des forces de l'ordre en tant que coéquipier de l'enquêteur chevronné William Johnson. Ensemble, le duo s'est distingué par son efficacité, élucidant un nombre remarquable d'affaires et se forgeant une solide réputation au sein des autorités du Queensland. »

Je n'y crois pas, j'ai l'impression qu'il s'est trompé de personne ! Miro continue de nous dévoiler des informations :

« Alors qu'il menait une carrière florissante au sein de la police criminelle de Brisbane, la vie personnelle de Jonhy Mcmayer a pris un tournant plus sombre. Marié à Élisabeth Mcmayer, leur union a fini par se briser pour des raisons qui restent inconnues. De cette relation sont nées deux filles, dont la garde a été confiée à leur mère après la séparation.

Mais le véritable coup dur est survenu lorsque l'une de ses filles a été diagnostiquée d'un cancer de l'estomac, une maladie grave nécessitant une opération urgente et un traitement coûteux. Déterminés à tout faire pour sauver leur enfant, Jonhy et son ex-compagne ont contracté ensemble un prêt bancaire conséquent, permettant de financer les soins indispensables.

Si cette décision a permis de sauver la vie de leur fille, elle n'a pas été sans conséquence pour Jonhy. Accablé par les dettes, il a été contraint de déménager dans un appartement plus modeste et de revoir complètement son mode de vie. Ce sacrifice personnel témoigne de sa détermination et de son amour inconditionnel pour ses enfants, une force motrice dans sa vie, malgré les obstacles. »

Premièrement, je ne sais pas comment il a réussi à avoir toutes ces informations, mais c'est un génie ! Ensuite, en réfléchissant à ce que Jonhy a vécu et à l'environnement dans lequel il a grandi, je comprends que ça n'a pas dû être facile de servir la voie du bien, d'avoir autant de problèmes, tout en voyant des individus sur la voie du mal vivre confortablement avec des millions de dollars. Qu'il ait créé un petit commerce de drogue, j'aurais pu comprendre, mais de là à créer une organisation de trafic d'êtres humains, cela n'a pas de sens. C'est tellement la réalité opposée de laquelle il aspirait.

23

Une volonté de vengeance

En attendant que Dorak nous rappelle, Greg a décidé d'organiser une soirée ici, chez lui, pour nous présenter les autres membres de son équipe, qui sont également ses amis. Ravi, Cobar propose de cuisiner le repas pour le remercier, ce que Gregory accepte. Les premiers invités ne tardent pas à arriver, il s'agit de Steve, un grand homme avec de longs cheveux blonds, complètement dans le cliché d'un ancien surfeur, et de Bernadette, qui se distingue par son sourire contagieux, dégageant une grande gentillesse. Alors que nous discutions, trois nouvelles personnes franchissent la porte d'entrée et Greg en profite pour faire les présentations. Le premier s'appelle Glen, c'est un homme extrêmement zen qui passe son temps à construire sa maison dans sa forêt et à faire des câlins aux arbres. Le second s'appelle Fill, mais les autres l'appellent ZZ Top, comme le groupe de rock, car il a de longs cheveux blancs assortis à sa longue barbe ; c'est un peu le drôle de la bande, qui a toujours une bonne blague dans un coin de sa tête. Le dernier s'appelle Zayn, c'est un grand maigre aux cheveux longs et bruns, qui n'a pas la trentaine, ce qui me surprend, car tous les autres se trouvent aux alentours de la soixantaine.

La soirée se déroule à merveille, nous rigolons, discutons, chantons, et dansons, rythmés par des musiques australiennes, oubliant ce qui nous attend. Greg, sous mon encouragement, joue quelques morceaux de guitare. Alors que l'alcool commence à monter chez les uns et les autres, je sors pour prendre l'air, suivi de Miro. Je ne sais pas comment, mais il a drastiquement changé ! Ce n'était pas le plus présent ce soir, mais il répondait quand quelqu'un lui posait une question, et surtout, il rigolait. Tous les deux assis côte à côte à regarder les étoiles, il lance la discussion.

- « Je sais que Dorak t'a parlé de ce qui s'est passé quand j'étais jeune, et je veux que tu saches qu'il n'a pas totalement raison. »

Je ne m'attendais clairement pas à ce que ce soit lui qui lance la discussion, et encore moins de cette façon. Il continue :

- « Il t'a sûrement dit que je m'étais renfermé et que je ne faisais plus confiance aux gens, mais la vérité, bien qu'elle s'en rapproche, est différente. Quand j'ai perdu ma mère et que l'homme qui l'a assassinée est allé en prison, je me suis retrouvé orphelin et donc sans aucun repère. Plus rien n'avait de sens autour de moi, j'étais jeune, mais j'ai tout de suite compris, au plus profond de moi, que je n'avais plus d'envie, que je n'avais plus aucun but. Je ne pouvais plus rendre fière ma mère ou rentrer chez moi pour raconter ce que j'avais fait avec mes amis, plus rien n'avait de saveur. Grâce à Dorak, c'est à ce moment-là que j'ai découvert le monde de l'informatique qui me passionne encore aujourd'hui, et je m'y suis consacré jour et nuit pendant plusieurs années, me coupant socialement du monde réel et de toutes ces émotions négatives que je pouvais ressentir. Si je te parle de ça aujourd'hui, c'est pour te dire que grâce à ta situation, à toi et ton envie de te battre pour t'en sortir, j'ai retrouvé un sens en moi, j'ai envie de mettre mes talents en informatique au service des gens, pour aider ceux qui en ont besoin, dont mon peuple. Merci pour ça, et pour tout ce que tu as fait au village. Merci ! »

Je le regarde, les yeux émus, sans dire un mot. Nous nous prenons mutuellement dans les bras, dans un silence réconfortant, puis nous nous remettons à observer la lune et les étoiles, dans un silence complet, mais confortable, le genre de silence profond qui fait voyager ailleurs, en soi, chez les autres.

À la suite d'une de nos discussions, Bernadette a eu la gentillesse de me prêter un livre sur le bouddhisme et la vie de Siddhartha Gautama, son fondateur. Cela m'a toujours intéressé, mais je n'ai jamais pris le temps de vraiment étudier sur ce sujet, donc j'imagine que c'est l'occasion. Cela fait deux jours que je suis sur mon hamac accroché aux arbres dans le jardin de Greg, enchaînant les chapitres, bercé par le son des oiseaux exotiques. Cobar et Miro viennent me déranger pour une raison urgente : Dorak est à l'appareil. Déjà ! Je ne m'attendais pas à passer à la suite de l'opération aussi rapidement. Comme à son habitude, sans passer par quatre chemins, il nous explique la suite de son plan.

Grâce à Miro, on sait que Jonhy a deux filles, dont l'une possède deux enfants, une fille âgée de neuf ans et un fils de sept ans. C'est cette famille qui nous intéresse, et nous savons qu'elle vit dans le quartier de Paddington, dans le nord-ouest de Brisbane, à environ deux heures de route de notre localisation. Dorak nous explique que malheureusement, son contact ne lui a pas répondu malgré plusieurs tentatives et qu'il doit gérer un contretemps. La police est venue hier au village de Jabiru, et apparemment, elle sait que je suis passé, elle va sûrement revenir pour trouver les réponses à ses questions. En clair, Dorak n'est plus disponible, et nous allons devoir nous débrouiller seuls. Notre objectif est simple sur le papier : nous devons kidnapper les petits-enfants de Jonhy afin de lui faire du chantage jusqu'à ce qu'il avoue tout ce qu'il a fait.

Après avoir raccroché, il est facile de constater que notre moral n'est pas au plus haut, mais nous devons nous ressaisir. Au lieu de perdre du temps à nous plaindre, mettons notre énergie dans la recherche d'une solution, d'un plan. Les minutes passent et nous arrivons à nous mettre d'accord sur un point : nous allons parler de notre situation à Greg et à ses amis, en espérant qu'ils nous croient. Coup de chance, ils se réunissent tous ici pour boire un verre avant d'aller à la soirée organisée par le pub du village pour le Nouvel An. Avant qu'ils arrivent, nous allons nous promener dans la jungle pour savoir comment nous allons raconter notre histoire et le but de notre quête, car la manière dont on s'exprimera aura beaucoup d'importance sur la perception globale de notre message. Même si mon anglais s'est beaucoup amélioré, il est important que les bons mots soient utilisés, donc c'est Cobar qui parlera après s'être porté volontaire. Je serai chargé de répondre aux questions concernant l'histoire et Miro aux questions concernant la mission. Je stresse un peu, car leur réaction reste déterminante pour la suite, sachant qu'ils ont la possibilité d'appeler la police et de leur donner ma nouvelle identité.

En rentrant, en apercevant l'ensemble des voitures dans le jardin, on comprend que tout le monde est déjà arrivé. Sans laisser de place aux doutes, nous entrons par la porte d'entrée pour nous installer avec eux dans le salon. Ils sont contents de nous voir, mais nos visages, moins rayonnants que la dernière fois, les amènent à s'interroger directement.

- « On a quelque chose à vous dire. », dit Cobar.

Toute la pièce devient silencieuse et Cobar commence à parler. Il évoque mon arrivée à Injune, ce qu'il s'est passé là-bas ainsi que ma fuite en précisant comment j'ai délivré Océane. Le fait de l'entendre prononcer son nom me fait quelque chose. Il continue avec ma traversée clandestine jusqu'au parc où ils m'ont récupéré, en évitant, sous ma demande, la partie où j'ai tué un homme, car même si nous devons jouer cartes sur table, je ne suis pas encore prêt à en parler. Au fur et à mesure du récit, je vois les visages des gens passer par beaucoup d'émotions, me faisant réaliser ce que j'ai vécu. Lorsque Cobar explique notre mission, il y a quelques réticences, mais globalement nous sommes rassurés, car ils ne crient pas « au criminel », ce qui était une hypothèse. Leur scepticisme se comprend : kidnapper des enfants innocents n'est pas très glorieux, mais nous arrivons à les convaincre en leur promettant que nous ne voulons pas leur faire de mal, bien au contraire. Des vies humaines sont en jeu, nous devons agir !

Pour la première fois de la discussion, Miro décide d'intervenir en exprimant clairement nos besoins. Le premier est de trouver un lieu où nous pouvons nous cacher avec les enfants en attendant que le chantage fonctionne. Le deuxième est plus sur le côté technique de l'opération : aucun de nous a déjà kidnappé quelqu'un ou même volé quelque chose d'important, donc nous ne savons pas comment nous y prendre. Glen, très touché par notre récit, propose que l'on se cache chez lui. Son terrain est composé d'une petite jungle, de sa maison qu'il a construite ainsi que d'un ancien restaurant très populaire qui est maintenant abandonné, le tout à l'abri des regards. C'est clairement l'endroit parfait ! Il nous précise juste que nous devrons l'aménager pour que l'endroit devienne habitable, surtout si nous voulons que les enfants se sentent bien. Pour cela, ils se proposent tous gentiment de nous apporter des canapés, des jeux de société appartenant à leurs petits-enfants, et j'en passe. Clairement, nous ne pouvions pas mieux espérer ! Concernant notre second besoin, personne ne semble avoir d'idée ou d'inspiration. Il faut dire que ce n'est pas tous les jours que l'on fait un kidnapping, et ça n'aurait pas forcément été un bon signe si quelqu'un avait répondu qu'il avait de l'expérience dans le domaine.

- « Ce n'est pas l'idée du siècle, mais j'ai peut-être quelqu'un qui pourra vous aider », lance Fill, silencieux depuis le début.

Tous curieux, nous l'encourageons à continuer.

- « Un jour, ça allait moins bien pour moi, je commençais à avoir des idées sombres, alors je suis allé au pub. Les pintes de bière défilaient, donc Nico, en voyant ça, est venu prendre le temps d'échanger avec moi, il a dû sentir que quelque chose n'allait pas. Bref, tout ça pour dire que nous avons parlé de nos vies respectives, et que la sienne n'était pas un long fleuve tranquille non plus. »

En continuant la discussion, nous découvrons que ce Nico est un Français qui est arrivé ici il y a une quinzaine d'années avec sa copine, tous les deux dotés du même visa que moi. Anciennement de la région parisienne, ils ont fui une vie de misère où lui était obligé de faire des cambriolages pour s'en sortir. Ils ont tout plaqué pour définitivement s'installer ici, et l'on ne peut qu'admirer son parcours, car maintenant, il est manager du Mapleton Public House et père de famille. C'est justement leur destination de ce soir, et Greg avait acheté des tickets d'entrée pour nous, pensant bien que nous viendrons avec eux. C'est adorable ! Je compte bien profiter de la soirée pour essayer d'échanger avec ce fameux Nico, c'est peut-être notre pièce manquante du puzzle, donc il ne faut pas que je me rate. D'un air inquiet de notre réaction, Greg ajoute que le pub est plus un restaurant qu'un bar depuis ses nouveaux propriétaires et qu'il espère que ça ne nous dérange pas. Cobar, Miro et moi rigolons à cœur ouvert, le rassurant que si rien d'autre ne l'inquiète, il s'en sortira concernant son stress.

En arrivant à presque dix, on peut être sûr que notre arrivée était tout sauf discrète, d'autant plus qu'il y a deux Aborigènes avec nous, ce qui n'est pas très courant dans cette région. Nous sommes accueillis par un certain Nick, qui doit être un peu plus vieux que moi et qui se trouve derrière le bar avec Gianni, une fille asiatique plutôt typée dans mes âges également. Installés au bar, les bières commencent à se succéder, mais toujours pas de trace de ce fameux Nico. L'ambiance est bonne malgré un DJ assez atypique envoyant des morceaux uniquement dans son style vintage, pas du tout adapté pour cet événement. L'équipe des locaux, comme j'aime les appeler, se déchaîne sur la piste de danse, un verre dans chaque main, en enchaînant des gestes toujours plus farfelus les uns que les autres. Personnellement, je passe ma soirée avec Nick le barman ; le feeling passe extrêmement bien entre nous et nous échangeons sur tous les sujets. À cause du travail de son père, il a vécu dans différents endroits du monde, notamment Dubaï, où il a passé une grande partie de son adolescence. C'est passionnant de discuter des différences de style et de cadre de vie entre les continents. Je profite de notre rapprochement pour lui demander si Nico est ici ; il me répond que non, mais gentiment, il me donne son numéro de téléphone pour que je puisse tenter de le joindre demain. Le DJ commence à décompter, et au moment où il arrive à zéro, un des feux d'artifice de la côte, visible depuis notre terrasse notamment grâce à l'altitude du village, se déclenche, laissant place à un spectacle majestueux.

La gueule de bois au réveil ne m'avait pas manqué ! Cobar dort paisiblement, donc je me rends dans le salon en essayant de faire le moins de bruit possible. Je n'ai aucune idée de la façon dont nous sommes rentrés hier ; j'imagine que c'est Greg qui nous a ramenés, mais ce n'est vraiment pas sérieux. En reprenant tranquillement mes esprits avec un café dans les mains, je commence à réfléchir et à rédiger le message que je souhaite envoyer à Nico. Il ne me connaît pas, et je dois le convaincre de me voir pour discuter d'un sujet important ; le message doit être parfait si je veux qu'il me fasse confiance. Au moins, je pars avec un avantage : il est français. Après de longues minutes, je suis enfin satisfait du rendu, donc je lui envoie sans perdre une seconde avec le portable que Dorak m'a prêté. En y réfléchissant, j'aurais peut-être dû attendre, c'est quand même une drôle de façon de se réveiller et de commencer l'année, mais c'est trop tard et de toute façon nous n'avons pas de temps à perdre.

Miro se réveille, suivi de Greg, tandis que Cobar reste tranquillement endormi ; j'imagine que son état de la veille ne devait pas être mieux que le mien. Directement, nous discutons du déroulement de la soirée d'hier, un petit débrief obligatoire et pas inutile, car j'apprends que Miro s'est beaucoup rapproché de Gianni, la deuxième barmaid. Je suis choqué ! Je ne m'y attendais clairement pas. Alors que nous continuons notre conversation, mon portable sur la table du salon se met à vibrer. Étant donné que personne n'a mon numéro à part Dorak et Nico, j'ai ma petite idée de qui il s'agit. Effectivement, c'est Nico ; il m'a envoyé un message pour dire qu'il sera au Mapleton Public House après-demain, mais que si c'est trop urgent, nous pouvons nous rejoindre au pub dans le centre-ville de Montville dans quelques heures, c'est une petite ville à une dizaine de minutes de Mapleton. Je lui valide la deuxième option, chaque jour compte.

Une fois sur place, je suis surpris par la foule, mais c'est vrai que c'est une très jolie ville, ce qui peut expliquer en partie la quantité de touristes. Je me gare devant le pub, puis je lui envoie un message l'informant de ma présence. Il me répond de rentrer et de demander la table de Nico, il m'attend sur la terrasse. En arrivant, je découvre un homme plutôt fin, de taille moyenne, chauve et barbu. Malgré sa calvitie, il donne l'impression d'avoir la trentaine, même si je me doute qu'il est légèrement plus âgé, car selon Fill, ses enfants doivent avoir aux alentours de dix ans. Amicalement, il se lève pour me saluer avant que nous nous rasseyions à notre table avec une vue magnifique donnant sur l'océan se trouvant à environ quarante minutes en voiture, c'est quasiment la même vue que celle que nous avions au bar hier soir. Nous commençons à discuter en français, ce qui me fait beaucoup de bien ! C'est reposant de pouvoir parler sans réfléchir à une traduction ou d'intervenir de façon spontanée ; c'est quelque chose à laquelle on ne pense pas, mais quand ça disparaît, ça nous manque énormément.

Très logiquement, Nico me demande ce qui me ramène ici et pour quoi je lui ai envoyé ce message, sur un ton laissant transparaître sa méfiance de ce que je m'apprête à lui dire, mais au même moment, la serveuse arrive pour nous demander ce que nous voulons boire. Une fois la commande passée, je lui explique qu'il y a un homme qui fait du trafic d'êtres humains, de backpackers plus exactement, et que nous sommes en mission pour le faire tomber. De façon très perspicace, il comprend que j'en ai été victime de près ou de loin donc il me demande concrètement de quoi il s'agit et pourquoi je lui en parle. Je lui réponds que notre but est de lui faire avouer ses crimes et que, pour cela, nous avons comme projet de kidnapper ses petits-enfants pour lui faire du chantage. Bien sûr, je précise aussitôt que les enfants seront entre de très bonnes mains et qu'ils vivront cela comme des vacances, aucun problème de ce côté-là. Son visage n'exprime même pas la moindre surprise, comme si je lui avais dit des banalités.

- « C'est Fill et sa bande qui t'ont parlé de moi ? » me lance-t-il.

J'acquiesce d'un signe de tête, puis s'ensuit un long silence de réflexion de sa part, il a clairement compris pourquoi je souhaitais le rencontrer. Il m'explique que bien que la cause soit bonne, il ne peut pas se permettre de laisser ses enfants sans père si les choses tournent mal ; il en a trop souffert jeune et il s'est fait une promesse : il ne reproduira pas le même schéma. C'est totalement légitime ! Nous allons devoir trouver une autre solution. Alors que je m'appuie contre mon dossier, il réplique avec un sourire en coin :

- « Ce n'est pas parce que je ne peux pas vous accompagner que je ne peux pas vous faire un petit cours afin d'apprendre à voler, de vos propres ailes...
- Ça nous aiderait énormément ! »

Nous concluons qu'il viendra chez Greg dans la semaine pour nous transmettre ses compétences afin de maximiser les chances de réussite et de minimiser les risques. En reprenant la route, je prends une nouvelle fois conscience qu'il n'y a plus de retour en arrière envisageable, que nous allons vraiment le faire et que le jour J se rapproche très rapidement. Chez Greg, je remarque que la maison est silencieuse. Une fois à l'intérieur, je découvre les trois hommes assis sur le canapé vert-kaki face à la télé, devant l'actualité. En évitant de parler, je m'assois à côté d'eux pour écouter ce que la journaliste a à dire :

- « Après de longues recherches approfondies, Mathias Morisset, le suspect numéro un concernant l'affaire du kidnapping et du meurtre de la jeune Océane disparue quelques mois auparavant, aurait été aperçu dans le Queensland. Voici à quoi il ressemble selon les témoins. Si vous détenez des informations ou que vous avez des doutes sur quelqu'un, merci d'appeler la police. Mathias Morisset est dangereux ! »

Comment est-ce possible ? Qui leur a dit ? Si la police est au courant, c'est que Jonhy l'est aussi. En regardant les autres, je comprends qu'ils pensent la même chose que moi : le temps est compté !

24

Le jour J

Miro, de très bonne humeur, arrive en courant dans le salon. La dernière fois que nous l'avons vu comme ça, c'était pour une bonne raison ! Il nous explique qu'il a intercepté des messages venant de la mère des enfants, qui est également la fille de Jonhy, en direction d'une de ses amies. Apparemment, elle part en vacances avec son mari et ses enfants dans la maison familiale proche de Byron Bay la semaine prochaine. C'est clairement une opportunité pour nous ; je ne sais pas encore comment la saisir, mais nous trouverons. Cobar est parti nous acheter des cagoules et des outils comme des marteaux et des pieds-de-biche afin d'avoir de quoi intimider ; il va acheter chaque élément dans des boutiques différentes afin de n'éveiller aucun soupçon. Tandis que nous sommes tranquillement installés sur la terrasse pour discuter, Greg reçoit un appel de Bernadette nous demandant d'allumer rapidement la télé et de regarder le journal, ce que nous faisons directement.

- « Hier, une fusillade a eu lieu dans le Northern Territory, plus précisément au sein d'un village aborigène nommé Jabiru. Le bilan est sans appel, six personnes y ont perdu la vie, comprenant cinq Aborigènes et un citoyen australien. L'homme en question s'appelait Bill Murphy ; la police a pu faire le lien avec le corps sans vie de l'homme retrouvé au nord d'Alice Springs, qui n'était autre que son père, Xavier Murphy. »

C'est horrible ! Premièrement, ça me choque de voir à quel point les Aborigènes ne sont pas respectés, à quel point cette communauté est considérée après celle des colons. Deuxièmement, ce village vivait en paix avant mon arrivée, et aujourd'hui, mes amis ont perdu des frères, des sœurs, des pères, des mères. En regardant les yeux de Miro, vides d'émotions, mon cœur se déchire, et tout ce que je peux faire, c'est m'en vouloir de les avoir mis dans cette histoire.

- « Je suis désolé, tout ça, c'est ma faute.
- Ne dis pas ça… » répond Greg.
- « Si ! Xavier, le père du meurtrier décédé, c'est moi qui l'ai assassiné. C'est moi qui ai provoqué la colère de ces hommes, et c'est moi qu'ils recherchent ! »

Sans un mot, Miro se lève et me frappe d'une violente claque.

- « Reprends-toi, merde ! On a une mission à finir plus tôt que prévu. », dit-il avant de partir dans sa cabane.

Il a raison, je dois me ressaisir ! Directement, j'appelle Dorak avec un infime espoir, mais sans surprise, il ne répond pas. Je sais que ces hommes sont après moi et me suivent à la trace ; je dois prévenir Colebee et ses amis de faire attention à eux et de se cacher si possible, car il y a des chances que ces meurtriers soient déjà en route. En l'appelant, il me confirme qu'il prend cela très au sérieux et qu'il va s'organiser pour éviter un deuxième drame. Il m'informe qu'il compte laisser de fausses pistes pour nous faire gagner du temps, puis me remercie de l'avoir appelé avant de m'affirmer que lui non plus n'a plus de nouvelles de Dorak. Nous craignons le pire…

Les choses s'accélèrent, nous ne pouvons plus attendre et prendre le risque que d'autres personnes meurent dans cette histoire. Toujours mon téléphone en main, j'appelle Nico pour lui expliquer que nous avons besoin de lui aujourd'hui, car demain nous passons à l'action. Il s'excuse avant de me dire que ce ne sera pas possible pour lui, car il travaille toute la soirée, mais il me propose de se voir jeudi. Je le remercie pour son aide, mais je ne peux pas accepter sa proposition, nous devrons faire sans lui.

Au même moment, Cobar entre dans le salon avec deux gros sacs remplis d'affaires. Son sourire disparaît pour laisser place à des larmes quand nous lui expliquons ce qui s'est passé à Jabiru. Cobar est avec sa femme depuis presque vingt ans maintenant, ils ont même une petite fille nommée Arnurna, qui veut dire le nénuphar bleu, la plante préférée de sa mère. Nous ne devions pas contacter le village, mais nous ne pouvons pas empêcher Cobar d'essayer de savoir si sa famille est toujours vivante. Complètement paniqué, il repart en ville afin d'acheter un téléphone avec une carte prépayée pour tenter d'appeler sa femme. C'est avec peine que nous le regardons partir. Aujourd'hui, sur le papier, sa vie à Jabiru est très paisible, mais ça n'a pas toujours été le cas. Il vient de la ville de Broome, au nord-ouest de la grande île. Ses parents n'avaient pas d'argent et c'était difficile pour eux de trouver un travail, car il ne parlait pas anglais et le racisme compliquait le processus. Ils vivaient uniquement grâce aux aides, ce qui ne suffisait même pas pour manger à tous les repas. Comme beaucoup d'autres, il est tombé dans la délinquance, la violence et l'alcoolisme. Un jour, Cobar s'est battu contre un blanc qui l'avait traité de sale noir, le rendant totalement inconscient. Ses amis ont directement appelé la police. Un grand homme mince, témoin de toute la scène, est sorti donner une carte de visite avec un numéro de téléphone à Cobar lui ordonnant de courir, de s'enfuir et d'appeler de la part d'Adoni. C'est ce qu'il fit. Le numéro de téléphone était celui de Dorak et c'est comme ça qu'il s'est retrouvé à Jabiru et qu'il a rencontré sa femme de maintenant. Quelques années après, il a appris que cet homme qui l'avait aidé, cet ange, Adoni, était en fait le grand frère de Dorak et qu'il avait fini frappé et emprisonné par les autorités ce même soir. En sachant son histoire, si les choses dégénèrent, j'ai peur de ce qui peut se passer. Je repense à cette phrase qu'il m'a dite, lorsque nous étions encore assis à observer la lune : « Quelqu'un s'est sacrifié pour que je puisse vivre, je ferais de même. »

Sûr de moi, je me rends voir Miro pour qu'il m'éclaire sur la situation de la famille visée et savoir où ils se trouveront demain, en lui indiquant par la même occasion que nous allons passer à l'action. Satisfait, il me répond que les enfants sont en vacances, donc ils devraient se trouver chez eux dans un quartier plutôt chic de Brisbane, mais il ne peut pas le confirmer. Concernant les parents, nous ne savons pas s'ils seront au travail ou ailleurs. En fait, nous n'avons quasiment aucune information cruciale, nous allons devoir les trouver nous-mêmes et, pour cela, rien de plus efficace que le terrain. Après une petite heure, Cobar arrive enfin, le cœur plus apaisé qu'au départ, mais le visage toujours aussi sombre.

- « Ma famille va bien, mais le village est en deuil, ils ont tiré sur des enfants qui jouaient au foot au milieu de la rue. Six personnes ont perdu la vie et trois sont actuellement à l'hôpital de Darwin entre la vie et la mort, ils n'en ont pas parlé de ça à la télé ! »

Mes oreilles se mettent à saigner par la violence des mots, comment est-ce possible de faire ça ? Je sais qu'il dit la vérité, mais je refuse d'y croire… Timidement, la tête baissée, je lui demande :

- « Comment va Dorak ?
- Il est vivant lui aussi, ils se réunissent avec les anciens du village pour voir ce qu'ils vont faire, pour savoir comment ils vont répondre. »

Sans réponse de ma part pendant de longues secondes, il renchérit :

- « À nous de faire notre part du boulot ».

En levant mon regard contre le sien, découvrant dans ses yeux, sa grande motivation pour faire payer ces barbares, je réplique :

- « Partons maintenant ! »

Pendant que Cobar prépare ses affaires, je demande à Greg de gérer notre futur logement chez Glen pour qu'il soit prêt dans deux jours et ainsi accueillir les enfants dans de bonnes conditions. Je lui rappelle que le but est qu'ils se croient en vacances, pas l'inverse. Miro quant à lui, il sera nos yeux et nos oreilles depuis la cabane dans le jardin de Greg, nous communiquerons par téléphone. Nos sacs prêts, nous les jetons sur la banquette arrière avant de monter dans la voiture et de prendre la route en suivant le GPS en direction de Brisbane.

Il fait un grand ciel bleu aujourd'hui, l'environnement qui défile autour de nous est très joyeux, contrairement à l'ambiance dans la voiture qui est froide, calme et concentrée. J'explique à Cobar que nous n'avons pas assez d'informations précises pour prévoir un plan digne de ce qu'on s'apprête à faire, c'est pourquoi nous allons nous rapprocher de nos victimes pour les espionner et ainsi attendre le bon moment pour passer à l'action. Facile d'apercevoir et de comprendre son scepticisme sur son visage, mais nous n'avons plus le choix ! En faisant le point sur ce que l'on a prévu pour notre sécurité afin de ne pas se faire prendre, je me rends compte que nous avons oublié de mettre de fausses plaques d'immatriculation, et que cela peut être dramatique. Cobar a la merveilleuse idée de nous rendre devant un garage automobile pour récupérer les plaques d'immatriculation d'une voiture qui ne risque pas d'être utilisée dans les prochains jours ; il y en a toujours une ou deux qui ne servent à rien d'autre que de récupérer des pièces.

En arrivant sur place, nous nous rendons compte que le commerce est encore ouvert. C'est trop tôt ! Nous patientons dans un restaurant japonais de l'autre côté de la rue pour nous ravitailler et observer l'activité du garage. Un homme ferme le portail avant de remonter dans sa voiture et de s'en aller. On attend quelques secondes, afin d'être sûrs que l'homme ne va pas revenir et que Cobar puisse finir tranquillement son assiette, puis nous nous levons pour sortir. On fait bien attention que personne ne nous observe avant de sauter par-dessus la barricade et de nous retrouver dans la cour du garage.

Effectivement, il y a plusieurs voitures ici, mais il faut choisir la bonne, celle qui nous fera gagner le plus de temps avant qu'une enquête s'ouvre. Cobar me tapote gentiment l'épaule pour me montrer un vieux van Mitsubishi Express en mauvais état, caché au fond, derrière deux voitures beaucoup plus modernes. En faisant le tour, on comprend rapidement que c'était un van aménagé utilisé par des backpackers, qui a dû faire, à en juger par son état, plusieurs fois le tour de l'Australie. Au milieu des autocollants indiquant les endroits où le van est passé, il y en a un différent. Il s'agit simplement d'un prénom : « Austin ». Ça me fait rire intérieurement en imaginant que c'est peut-être le nom que son ancien propriétaire lui avait donné. À l'aide d'un tournevis, Cobar récupère les deux plaques d'immatriculation avant que l'on remonte dans notre véhicule puis que l'on reparte, ni vu ni connu. Plus loin, nous nous arrêtons dans un endroit à l'abri des regards pour retirer nos plaques d'immatriculation actuelles afin de les remplacer par celle du van, merci, Austin !

Après une petite heure de route, nous arrivons enfin à l'adresse de la famille Campbell. C'est une très belle maison moderne à étage, avec des palmiers et une allée d'entrée très soignée. Un Land Rover blanc est garé devant le garage, j'imagine qu'ils sont tous à l'intérieur. Nous allons au supermarché acheter de quoi tenir toute la nuit, principalement des boissons et des snacks, avant de revenir sur place et de couper le contact de la voiture. Nous allons passer la nuit ici. L'avantage, c'est que toutes les maisons disposent de grandes haies ou de grands portails, ce qui veut dire que nous sommes mieux cachés que si nous nous trouvions dans un quartier moins favorisé. Avec Cobar, nous nous mettons d'accord pour nous relayer toutes les trois heures afin de nous assurer que quelqu'un est toujours à l'affût, aucune marge d'erreur n'est possible.

Concernant la mission, la nuit s'est bien déroulée, mais d'un point de vue personnel c'était l'enfer ! Impossible de trouver une bonne position pour s'endormir, et quand mes yeux commençaient enfin à se fermer, c'était l'heure de changer. À la vue des cernes de Cobar, je pense que c'était pareil pour lui. Le jour se lève tranquillement, et les premières personnes commencent à partir de chez elles pour aller travailler, du moins je l'imagine, alors nous faisons en sorte de ne pas nous faire remarquer, et pour l'instant, cela fonctionne. En entendant du bruit du côté des Campbell, on s'aperçoit que le mari est en train de monter dans le SUV blanc devant la maison, c'est parfait ! La pression monte d'un cran, car on sait que le moment fatidique approche, mais nous ne pouvons pas partir à l'assaut de la maison, ce serait trop risqué étant donné que nous ne connaissons rien concernant sa sécurité. Les minutes passent, mais toujours pas de mouvement autour de la maison. Je décide de me rapprocher pour essayer d'aller observer les Campbell de plus près et voir concrètement ce qu'il se passe à l'intérieur de leur propriété.

Pour minimiser les risques de me faire attraper, j'ai pris soin de m'habiller avec des vêtements longs afin de ne pas laisser apparaître de signes distinctifs comme mes tatouages, qui leur permettraient de faire le lien et de confirmer mon identité si une caméra de surveillance me filmait. Il n'y a ni portail ni barrière pour aller sur le côté de la maison, ce qui me facilite la tâche. Une fois à l'abri des regards des voisins, je m'aventure le long de la maison dans l'espoir de les voir à travers une fenêtre. Je passe devant le salon, mais aucun signe de vie à déclarer, donc je continue d'avancer jusqu'à m'arrêter devant une ouverture me permettant d'observer la cuisine. À l'intérieur, juste devant moi, deux enfants en grenouillère de pikachu, le sourire jusqu'aux oreilles, sont en train de prendre leur petit déjeuner aux côtés de leur maman, une très belle et grande brune, les cheveux bien lisses, et qui semble également être en pyjama. Elle ne doit pas travailler aujourd'hui, cela nous complique encore la tâche, mais ce n'est pas grave. Je prends le temps de réfléchir à une stratégie, il faut qu'elle sorte de chez elle !

Calmement, sans me faire repérer, je retourne à la voiture pour discuter avec Cobar de ce que je viens de voir. Il est d'accord avec moi sur le fait que tant qu'ils sont à l'intérieur, c'est trop risqué d'intervenir. Notre but est de les faire sortir, mais comment ? Cobar propose que l'on se transforme en de faux livreurs, mais je crains qu'elle sente l'arnaque de loin. On a besoin d'une solution certaine, du moins, avec une chance de réussite au-delà de quatre-vingt-dix pour cent, car il y a trop de vies en jeu pour bâcler le travail. Personnellement, mon idée est d'allumer un feu dans leur jardin, cela les fera sortir, mais ça risquera également de faire sortir les voisins ce qui sera problématique. Miro, avec un air de génie, nous propose de simuler un accident devant chez elle et d'appeler à l'aide en frappant à leur porte d'entrée. Le problème, c'est qu'elle peut connaître mon visage donc je ne peux pas aller frapper à sa porte et si elle est raciste, elle peut ne pas vouloir aider Cobar…

Par manque d'idées, nous décidons de mettre en place celle de Miro qui est pour nous la plus susceptible de réussir. Simplement, sachant que nous parlons à une mère, nous devons simuler un accident avec un enfant pour lui provoquer le plus d'émotion possible et la pousser à agir. Cobar met la voiture prête à partir mais invisible depuis l'entrée des Campbell, puis nous sortons pour nous mettre en place. Personnellement, je me mets sur le côté de la porte d'entrée, le long du mur prêt à réagir tandis que Cobar, avec un air paniqué, frappe à la porte. Après de longues secondes, Karmen répond au parlophone :

- « Bonjour, qu'est-ce que vous voulez ?
- Aidez-moi ! S'il vous plaît, aidez-moi, je livrais des colis par ici et j'ai renversé un gamin juste ici, je ne sais pas quoi faire ! », dit Cobar, les mains sur la tête d'un air vraiment paniqué.

Je ne sais pas où il a appris à jouer comme ça, mais il est très fort.

- « Merde, attendez-moi là-bas, j'arrive ! », répond Karmen.

Cobar s'exécute. C'est maintenant ! Karmen ouvre la porte puis rejoint Cobar en trottinant, il faut croire qu'ils ne sont pas tous inhumains dans cette famille. Discrètement, en enfilant ma cagoule, je marche en direction de la porte que j'ouvre avant d'entrer. Les enfants sont là, devant la télé.

- « Arrêtez !!!! »

En me retournant, j'aperçois Karmen en train de sprinter dans ma direction, la furie dans ses yeux. Cobar n'est pas derrière elle, qu'est-ce qu'il s'est passé ? Avec mon instinct de survie, je sors mon arme à feu que je pointe dans sa direction, le pistolet de Bill que j'ai gardé à mes côtés depuis tout ce temps par sécurité. Les enfants, apeurés, se cachent sous le piano dans le salon.

- « Qu'est-ce que vous voulez ? Laissez-nous tranquilles, laissez les tranquilles, pitié ! », crie Karmen, les larmes aux yeux.

Derrière, Cobar arrive avec la voiture en marche arrière dans l'allée. Dieu merci, il va bien.

- « Combien voulez-vous ? », renchérit-elle.
- « Montez tous les trois à l'arrière de la voiture !
- Non, s'il vous plaît… », dit Karmen en sanglot.

Les enfants se mettent à pleurer eux aussi. Calmement, je reprends :

- « Tout ira bien si vous écoutez ce que je vous dis, nous ne ferons de mal à personne si vous montez dans cette voiture. »

Le plus jeune des enfants se lève puis court en direction de sa mère pour la prendre dans ses bras suivis de l'aînée.

- « Karmen, s'il vous plaît. Ne m'obligez pas à faire quelque chose qu'on regrettera tous les deux. »

Avec un air d'étonnement, probablement parce que j'ai cité son prénom, elle se lève avant de marcher dans la direction de la voiture en tenant par la main ses deux enfants. Cobar leur ouvre la portière, puis ferme derrière eux. Pris de beaucoup de tremblement, je me dirige du côté du siège passager avant de rentrer et de m'asseoir à l'intérieur. Les enfants paniquées sont blotties contre leur mère, inquiètes, qui nous fixe avec un regard plein d'interrogations. Cobar avance dans le but de nous éloigner le plus rapidement de cet endroit. Merde ! La voisine d'en face, sûrement alertée par les cris, est à sa fenêtre le téléphone contre l'oreille, probablement en train de contacter la police. Sur la route, je prends soin de jeter le téléphone portable de Karmen ainsi que sa montre connectée afin d'être sûr de ne pas être géolocalisé. Nous voulions uniquement les petits-enfants de Jonhy, mais finalement nous avons mieux : ses petits-enfants et sa fille.

Je prends le temps d'expliquer à Karmen qu'il ne leur arrivera rien s'ils restent calmes, que notre plan n'a rien à voir avec eux et qu'ils s'en sortiront indemnes. Pour tenter de rassurer les enfants, je leur donne mon sac plein de confiseries, mais leur mère, n'étant pas rassurée, me demande d'en manger quelques-unes afin d'être sûre que je ne drogue personne, ce que je fais sans hésiter, en profitant de ce moment pour retirer ma cagoule, ce qui ne manque pas de la surprendre. Au même moment, Miro nous appel. En décrochant, on apprend que les autorités sont sur nos traces et qu'ils commencent à quadriller la zone. C'est trop risqué de rentrer maintenant à Mapleton, c'est trop proche de la côte et donc des grands axes, nous devons trouver un plan de secours, tout de suite !

En réfléchissant à un endroit où la police ne serait pas très présente et où Jonhy ne nous chercherait pas, une idée incroyablement risquée me vient à l'esprit, mais elle sera très efficace si elle fonctionne. Cobar, complètement paniqué en arrivant dans un rond-point, me demande quelle sortie nous devons prendre. Pris de court, je lui dis de sortir en direction de Toowoomba. C'est décidé, nous allons à Injune !

- « J'espère que tu sais ce que tu fais ! » me dit Cobar.

Honnêtement, non, mais je prends soin de garder ma réponse pour moi. J'ai environ huit heures de route pour trouver une solution, ça devrait le faire. Pendant que nous roulons, j'appelle de nouveau Miro pour lui demander d'envoyer un message crypté à Jonhy et de commencer les négociations. Karmen, complètement interloquée, me demande de quelles négociations je parle, et qu'est-ce que son père a avoir là-dedans. La réponse risque de provoquer un trop-plein d'émotions que je préfère éviter pour le moment, surtout devant les enfants. Elle le saura en temps voulu.

25
Échec et Math

En arrivant à Toowoomba, un barrage de police nous fait face, contrôlant un maximum de voitures possibles arrivant de Brisbane. Ils sont réactifs ! Nous sommes dans les embouteillages, ce qui nous offre un peu de temps. Greg, aux côtés de Miro qui est toujours au téléphone avec nous, a la merveilleuse idée d'appeler un ami habitant dans le centre de la ville où nous sommes pour qu'il appelle à son tour la police et leur fasse croire qu'il a entendu des coups de feu et des cris dans un immeuble, dont des cris d'enfants. Quelques minutes plus tard, plus de la moitié des policiers remontent dans leur voiture et partent à toute allure, gyrophares allumés, ne laissant que deux voitures pour contrôler tous les véhicules de cet axe routier très utilisé. D'un geste franc, Cobar détache sa ceinture de sécurité avant de m'ordonner de prendre sa place, et d'ouvrir sa portière.

- « Qu'est-ce que tu fais ?
- Je t'avais dit qu'un jour je me sacrifierais pour quelqu'un, ne gâche pas tout. », dit-il avant de sortir de la voiture puis de se mettre à courir le long de l'axe routier.

Que fait-il ? À quoi pense-t-il ? Tout en continuant de l'observer, je m'assois à sa place. Au loin, Cobar récupère une pierre puis la lance sur une des voitures des autorités, avant de partir en courant dans les champs tout en criant pour attirer un maximum l'attention des policiers. Bêtement, ils se mettent à lui courir après sans vraiment savoir pourquoi. C'est un génie ! Maintenant, grâce à lui, le champ est libre, mais j'espère qu'il n'aura pas trop de problèmes…

En arrivant à Chinchilla après deux heures de route supplémentaires, la voiture affiche le voyant indiquant que nous n'avons plus beaucoup d'essence et que nous devons nous arrêter. Aucune voiture de la police à l'horizon, je m'arrête rapidement dans l'optique de rester le moins de temps possible à l'arrêt tout en enfermant les otages à l'intérieur, priant pour qu'ils ne tentent pas le diable. De retour dans la voiture, je récupère mon journal qui est au fond de mon sac, car j'ai besoin de retrouvé un numéro de téléphone. Il devrait être…. Ici ! Je ne sais pas ce que ça va donner, mais je dois tenter. Calmement, je tape le numéro de téléphone sur mon portable, la sonnerie sonne.

- « Oui ? Qui est-ce ? » dit-il.
- « Walabi Bob ? C'est Mathias. »

Après un long moment de silence, il répond :

- « Mathias ? Mais… comment est-ce possible ? Et pourquoi m'appelles-tu ? »

Brièvement, je tente de lui expliquer que je me suis fait piéger par Tony et que j'ai besoin de son aide, j'ai besoin qu'il nous accueille chez lui dans trois heures. Je lui précise que je lui expliquerai tout, mais que là nous devons nous dépêcher. Je sens bien sa réticence, mais son cœur le rattrape et il finit par accepter.

La pancarte indiquant la ville d'Injune sur notre droite me fait un petit pincement au cœur, l'anxiété que me procure cet endroit est réelle, cela me remémore beaucoup de choses, beaucoup de gens. En arrivant à sa ferme, Walabi Bob me fait part de son étonnement quand il aperçoit que je suis accompagné d'une femme et de ses deux enfants. Après une bonne poignée de main, il nous fait rentrer chez lui, puis sans attendre que l'on soit bien installés dans son salon, il nous demande ce qu'il se passe. Avec l'accord de Karmen, nous mettons les enfants dans une autre pièce pour qu'ils puissent s'amuser entre eux sans qu'ils puissent entendre notre discussion, même s'ils sont probablement trop jeunes pour comprendre. Calmement, je commence à raconter mon récit face aux deux adultes assis et concentrés. Chaque détail y passe, je prends soin de ne laisser aucune zone d'ombre qui pourrait provoquer de la méfiance par la suite. Naturellement, Karmen n'y croit pas une seconde, elle préfère rester dans son déni et se dire que son père ne peut pas faire une chose pareille. Quant à Walabi Bob, il relit peu à peu les pièces du puzzle dans sa tête, comprenant davantage les choses qu'il trouvait bizarres ici, à Injune.

Karmen, braquée, rejoint ses enfants dans la chambre, que nous fermons derrière elle, histoire qu'elle ne tente pas de s'échapper avec eux, même si je pense qu'elle a compris que, clairement, nous ne leur ferons aucun mal et qu'ils seront même très bien traités s'ils ne compliquent pas la situation. En allumant la télé, nous prenons conscience de ce que nous venons de faire : toutes les chaînes d'information parlent de la disparition de la famille Campbell. Il y a des barrages de police sur toute la côte est, et les personnes haut placées de la police nationale se succèdent derrière les micros des interviews pour dire qu'ils donnent tout et qu'ils n'abandonneront pas tant qu'ils n'auront pas retrouvé les victimes. Le mari de Karmen est également questionné, il apparaît à l'écran en pleurs, soutenu par nul autre que Jonhy, qui affiche un visage sombre et des yeux noirs qui trahissent sa colère, me donnant des frissons. En zappant sur une autre chaîne d'information, on tombe sur une nouvelle très problématique ! La journaliste indique que les suspects seraient des aborigènes, elle affiche même un portrait-robot qui ressemble plus ou moins à Cobar. La voisine ! Celle sur le balcon de la maison d'en face, elle a dû parler aux autorités. Quand la police qui a arrêté Cobar verra ce portrait-robot, ils feront tout pour le faire parler. Il peut avoir de très gros ennuis…

Le téléphone sonne, c'est Miro. Il nous informe que Jonhy a répondu et qu'il demande à faire une visioconférence avec moi. Miro précise que cela peut se faire sans trop d'inquiétude, à condition d'utiliser un VPN puissant pour que personne ne puisse tracer l'appareil utilisé. Walabi Bob, de plus en plus stressé par ce qui se passe chez lui, accepte de me prêter son ordinateur, ce qui permet à Miro, à distance, d'installer un bon logiciel de confiance. Nous plaçons l'ordinateur dans un angle de vue ne permettant pas d'identifier notre position, de près ou de loin, puis nous attendons patiemment, le cœur noué de stress, l'appel du principal concerné. Au moment où la sonnerie de l'ordinateur retentit, naturellement, nous attendons quelques secondes puis nous décrochons. Sans dire bonjour, Jonhy commence la discussion d'un ton toujours aussi calme, mais cette fois, sans son sourire en coin, laissant penser qu'il n'est pas aussi calme et confiant que d'habitude.

- « Tu n'aurais jamais dû commencer à jouer ce jeu.
- Dénonce-toi en indiquant à la police toutes les positions des voyageurs disparus ainsi que les noms des clients, et ta famille sera libre. Ils pourront tous sans exception venir te voir en prison, ne nous oblige pas à aller plus loin.
- Tu touches à un cheveu d'un des trois, et j'élimine toute ta famille ainsi que celles de tes complices », lance-t-il en commençant à légèrement hausser le ton.

Malgré son sang-froid et son aptitude à se contrôler, je peux commencer à ressentir de l'inquiétude en lui. Il bluffe ! Il ne m'aura pas cette fois, et même si ce n'est pas le cas, aucune marche arrière n'est possible. Des gens sont morts pour cette cause, tandis que d'autres sont toujours victimes de viols, de travaux forcés, et j'en passe. Il ne me laisse plus le choix !

- « Tu as vingt-quatre heures pour tout avouer et libérer l'ensemble des voyageurs, ou tu devras dire adieu à ta fille et ses descendants. »

Sans attendre sa réponse, je raccroche aussitôt en fermant l'ordinateur. En regardant la télé, toujours allumée sur la chaîne des informations, nous prenons conscience que le temps est encore plus précieux que nous ne le pensions. Des mouvements de racisme, des manifestations anti-aborigènes se déclenchent un peu partout dans le pays. Les gens sont tellement ignorants concernant une cause qu'ils défendent avec leur cœur, c'est terriblement effrayant de voir de quoi l'humain est capable pour une cause dans laquelle il ne tient qu'une poignée d'informations provenant de vieilles propagandes. On ne naît pas raciste, on le devient ! Ces gens ont été mal éduqués par des personnes mal éduquées, ce qui provoque la haine et la peur de l'inconnu.

Les heures passent, mais nous n'avons toujours pas de nouvelles de Jonhy. Inquiets que notre chantage ne fonctionne pas, nous prévoyons directement un plan B. Même s'il ne nous réjouit pas, nous nous mettons très rapidement d'accord. Impossible de fermer l'œil de la nuit, la situation a empiré, provoquant une guerre civile dans certaines régions, principalement là où les aborigènes sont très présents : Cairns et ses alentours, ainsi que l'état du Northern Territory comprenant Jabiru. Les événements deviennent de plus en plus graves, avec des sans-abris aborigènes se faisant tabasser par des centaines de manifestants, des maisons et des écoles qui brûlent. Le pays était au bord de l'implosion, dans l'attente d'une étincelle, et nous leur avons donné…

Vers huit heures du matin, je reçois de nouveau un appel de Miro. Mon visage se détériore à grande vitesse, ma tête rêverait de pleurer, d'extérioriser cette tristesse, mais aucune larme ne sort. Miro, en sanglots, me prévient que cette nuit, les hommes de Jonhy ont de nouveau provoqué une fusillade, laissant pour morts Dorak ainsi que quinze autres personnes, dont des femmes et des enfants. C'est Gary, maintenant à l'abri, qui vient de le prévenir. Mes jambes flanchent sous le poids de mon corps, avec cette sensation que tout s'écroule autour de moi. Ce n'était pas du bluff, j'ai entraîné tellement de monde dans ma chute, dans mes mauvaises décisions ! Sans attendre davantage, je saisis le téléphone, puis j'appelle Miro avant de lancer d'un ton froid et menaçant :

- « On passe au plan B ! Je t'envoie la vidéo. »

La vision brouillée par les émotions, je ne perds même pas de temps à écouter sa réponse. Je me dirige dans la chambre où se trouvent nos otages pour passer à l'action. Le plan B est simple : il consiste à mettre à exécution nos menaces. Dix minutes plus tard, Miro envoie une vidéo à Jonhy de sa fille se faisant tirer dessus en pleine tête par moi-même, devant ses propres enfants, avec le message suivant : « C'est maintenant ou on finit le travail, à toi de choisir ! » Très loin d'être fier de ce que nous venons de faire, mais Jonhy nous a poussés dans nos retranchements, nous n'avions plus le choix.

L'atmosphère dans le salon de Walabi Bob est mortellement silencieuse, tous nos yeux sont braqués sur les informations provenant de la télé. Petit à petit, de plus en plus de gens du pays tout entier sortent de chez eux et marchent dans les rues avec des pancartes invitant à respecter les aborigènes, à les considérer comme des citoyens australiens à part entière. L'humanité se réveille après cette nuit d'horreur : des étudiants entourent les sans-abris aborigènes pour les protéger contre les agresseurs et des églises s'ouvrent pour accueillir les familles aborigènes victimes des incendies, nos cœurs se réchauffent, ce n'est pas encore perdu !

- « Un coup de tonnerre dans l'affaire de la disparition de Karmen Campbell et de ses deux enfants. En effet, son père, Jonhy Mcmayer, se serait livré à la police avouant des crimes abominables. Nous vous en dirons davantage quand nous aurons plus d'informations. », dit soudainement une journaliste.

Malgré nos cernes et notre manque d'énergie trahissant notre nuit sans sommeil, voire les deux dernières nuits me concernant, nos yeux doubles de volume de surprise, de joie, des frissons parcourent l'ensemble de mon corps laissant apparaître un énorme sourire sur mon visage. Je n'arrive pas à le croire, ce ne peut pas être réel ! En regardant Walabi Bob, je comprends que tout est vrai, c'est réel ce qui se passe, il a avoué ! Les larmes qui avaient arrêté de couler ces derniers jours sont revenues. Miro m'appel pour m'annoncer la nouvelle que je sais déjà, nous crions de joie au téléphone, tellement fort que Karmen se réveille et demande ce qu'il se passe de l'autre bout du couloir. Rapidement, je vais lui ouvrir pour qu'elle puisse venir s'asseoir sur le canapé et suivre l'affaire qui la concerne elle aussi. Nous avons réussi ! Les yeux toujours fixés sur l'écran, on aperçoit Jonhy se faire emmener par la police, puis une journaliste qui commence à réagir à ses aveux qui semblent, pour eux, j'imagine, sortis tout droit d'un film d'horreur.

- « Jonhy Mcmayer, le père de Karmen Campbell, l'actuelle femme disparue avec ses deux enfants, vient d'avouer ses crimes aux autorités. Selon une source, c'est un très grand réseau de trafic humain qui s'apprête à être démantelé. »

Karmen n'en revient pas, mais cette fois-ci, le déni est impossible. Face à elle, ce père qu'elle a tant chéri vient d'avouer des horreurs en direct à la télé devant le pays tout entier. Durant les heures qui suivent, les reportages dans les zones de guerre civile sont peu à peu abandonnés par les médias pour laisser place à des résumés et des vidéos filmant des interventions de la police se déroulant aux quatre coins du pays. La police s'est également introduite au sein des bureaux de l'entreprise de Jonhy, RentHotel, afin de pouvoir analyser et sécuriser les preuves s'il y en a, tout en interpellant l'ensemble des salariés dans le but de les interroger, voire d'arrêter et de juger ceux qui sont soupçonnés d'avoir participé à cette affaire de trafic humain.

Malgré la fatigue importante, je ne pense qu'à une chose : rentrer voir Miro, ainsi que laisser nos otages regagner leurs vies respectives pour ne pas faire paniquer davantage leurs proches. Je remercie Walabi Bob de nous avoir aidés en nous accueillant chez lui, puis nous prenons la route en direction de chez Greg.

Nous croisons plusieurs voitures de police roulant en direction d'Injune, mais aucun barrage ne nous empêche d'avancer. Je prends soin de laisser les otages sur le bord de la route aux abords de la ville de Toowoomba pour qu'ils puissent regagner Brisbane de leur côté, sans qu'ils puissent voir où je vais. Même Karmen, toujours abasourdie par les déclarations de son père, a promis de ne pas nous trahir, surtout Walabi Bob et sa localisation, étant donné qu'il a été très gentil avec eux en leur donnant tout ce dont ils avaient besoin. Avant de partir, je donne à Karmen un petit bout de papier à remettre à Jonhy quand elle le verra.

En arrivant chez Greg, je vois que tout le monde m'attendait pour le repas du soir. Les retrouvailles sont très émouvantes, notamment avec Miro, nous nous prenons dans les bras pendant plusieurs minutes sans décrocher un seul mot, uniquement des larmes assorties à nos sourires. Alors que nous sommes en train de manger, je reçois un coup de téléphone de la part de Walabi Bob. Inquiet, je décroche rapidement en lui demandant ce qu'il se passe. Il m'indique que la police a réalisé plusieurs interventions dans les alentours d'Injune et qu'ils ont retrouvé Julien ! Avec cinq autres jeunes, il se trouvait dans une cabane en pleine forêt, perdue au milieu de nulle part. C'était Dino, le bûcheron, qui les avait achetés pour les obliger à travailler pour lui tous les jours sans pauses. Ils étaient ses esclaves. Apparemment, Julien et les autres se font emmener par la police pour dormir dans un hôtel dans le centre de Brisbane, avant de s'exprimer dans quelques jours sur ce qu'ils ont vécu, puis de prendre un avion gratuitement en direction de leurs pays respectifs, il va pouvoir rentrer en France. Je n'en reviens pas, Julien est vivant, sain et sauf !

26

Un dernier vol

Cela faisait longtemps que je n'avais pas eu une nuit aussi réparatrice et, pour preuve, en arrivant dans la cuisine, je prends conscience que je suis le dernier à me lever, et de loin, car le four affiche treize heures trente ! Sans laisser le temps à mon esprit de se réveiller tranquillement, Miro me demande d'approcher, en tournant son ordinateur dans ma direction, ajoutant d'un air tout excité : « On a réussi, regarde ce qu'on a fait ! ». En regardant l'écran d'un peu plus près, je me rends compte que c'est le bilan en direct de la police concernant l'affaire de Jonhy, et il est hallucinant. Les gros titres parlent d'eux-mêmes : c'est la plus grande opération policière de l'histoire du pays ! Tous les états sont sur le coup et travaillent main dans la main dans le but de résoudre les soixante-deux affaires de voyageurs disparus, dont certains depuis plusieurs années.

Actuellement, cent soixante-quatorze des deux cent treize personnes recherchées, qui correspondent aux clients et à ceux qui ont aidé de près ou de loin dans les transactions, ont été arrêtées. Grâce aux preuves fournies par Jonhy, la police connaît les noms, les adresses ainsi que les actes de chacun, ce qui lui a permis d'être efficace, mais trente-neuf individus sont toujours introuvables par les autorités. Ce nombre important de personnes concernées par cette affaire s'explique en partie par les faux témoignages qui ont été réalisés dans le but de brouiller les pistes des enquêteurs. Le plus choquant, c'est qu'une dizaine des personnes actuellement en détention font partie de la police, allant du simple officier à un commissaire responsable des enquêtes criminelles. Cela me confirme que j'ai bien fait de ne pas faire confiance aux forces de l'ordre.

Concernant les backpackers recherchés, sur les soixante-deux disparitions, quarante-cinq ont été retrouvés, dont la plupart sont de jeunes femmes qui étaient forcées d'offrir leur corps à des hommes pour satisfaire leurs pulsions sexuelles, ça me répugne. Malheureusement, sept sont déclarés décédés, dont Océane, la fille que je pensais sauver de Chris en l'emmenant avec moi et Betty, son amie et le coup de cœur de Julien. Cela me donne un pincement au cœur de voir leurs noms ici, et j'espère qu'elles savent que j'honorerai leur mémoire. Pour finir, les dix voyageurs restants sont toujours portés disparus, mais la police assure qu'elle fait tout son possible pour élucider l'entièreté de cette affaire le plus rapidement possible.

Maintenant que je vois l'ampleur de ce qu'a représenté le trafic de Jonhy, je comprends que nous avons fait quelque chose de grand, que nos actions dépassent ce que nous imaginions, et que nous pouvons être fiers ! L'heure est venue pour nous de reprendre une nouvelle fois la route en direction de Cairns, en prenant soin de remettre les vraies plaques d'immatriculation et de jeter celles d'Austin. Actuellement, Cobar est toujours détenu pour enlèvement, mais avec le bilan de l'affaire et les contacts de Colebee, il devrait pouvoir sortir beaucoup plus rapidement que prévu. Personnellement, je suis toujours recherché pour différentes raisons : les vols, la crevaison des pneus d'une voiture de police, et plein d'autres petites choses comme ça. Je sais que la police est concentrée sur autre chose, mais nous devons éviter d'attirer l'attention. Nous décidons de faire une pause et de passer la nuit dans un motel dans la ville de Bowen, où j'avais passé la soirée avec les Italiens qui m'avaient accueilli très chaleureusement au sein de leur communauté nomade. C'est le lendemain, en plein milieu de l'après-midi, que nous arrivons enfin chez Colebee. Malgré le bilan sordide de la nuit de guerre contre les aborigènes, il affiche un sourire sincère nous communiquant qu'il est content de nous voir.

Autour d'un verre, nous nous racontons ces derniers jours qui ont été intenses pour chacun d'entre nous, puis nous venons à discuter de ce que nous allons faire maintenant, après tout ça. Miro commence en indiquant qu'il souhaite retourner voir ses proches à Jabiru avant de revenir ici, pour activement aider la cause des aborigènes aux côtés de Colebee et de la bande de Greg, qui vont continuer leur noble chemin. Colebee confirme que cette violente nuit, cette guerre injuste contre les aborigènes, lui a montré à quel point la route pour la paix est encore longue, mais il y croit. Pour ma part, il y a un avion ce soir qui décolle de Cairns en direction de Paris avec une escale à Dubaï, qui va enfin me permettre de rentrer à la maison, de tirer un trait sur tout ça, et de revoir ma famille, ma copine, mes amis qui seront sûrement tous choqués de me revoir auprès d'eux. Il est possible qu'ils n'arrivent même pas à me reconnaître avec mes dix kilos en moins, ma longue barbe et mes cheveux rasés. Grâce à Colebee et ses contacts, ma nouvelle identité devrait me permettre de traverser la douane sans trop de problèmes.

À la télé, Gary fait les gros titres. Il a organisé une marche pour la reconnaissance, une marche dans le but de montrer l'unité et la volonté des peuples aborigènes de participer activement à la société tout en provoquant un appel à la solidarité humaine. Il y a même des panneaux demandant la libération de Cobar. Gary, marchant fièrement avec le poing levé, et une photo de Dorak dans son autre main, suivi de milliers de personnes, traversant l'entièreté de la ville de Darwin recrutant le moindre soutien. Je comprends enfin ce qu'il voulait dire par « frapper un grand coup ». Colebee a promis qu'il va organiser la même marche à Cairns et qu'il a des amis qui feront de même dans les autres grandes villes de la grande île. La paix est un choix, un choix venant du peuple.

Avant de partir pour l'aéroport, je remets une enveloppe à Colebee comprenant tout mon récit pour expliquer ma version des faits, tout ce que j'ai vécu, avec une totale honnêteté, enfin presque. Je l'avoue, j'ai légèrement modifié à mon avantage la période dans l'avion avec Bill et son père Xavier. Demain, je vais reprendre ma vie en France, mais je serais toujours un fugitif ici, même si ce n'est plus pour les mêmes crimes. Colebee, très gentiment, s'est proposé d'essayer de me défendre et de me décharger des accusations pour lesquelles je suis concerné, afin de vraiment pouvoir tourner la page.

Mon Uber est arrivé, je fais un gros câlin à chacun d'entre eux tout en les remerciant de nouveau, les larmes aux yeux, car cela n'aurait pas été possible sans eux. Tout le monde me disait de faire attention aux aborigènes, mais finalement, c'est contre les colons que j'aurais dû être sur mes gardes. Ils m'ont sauvé et je ne les oublierai jamais. Je leur fais la promesse que dans le futur, mes enfants connaissent leurs prénoms, et c'est possible que mon fils s'appelle Miro, en hommage à une amitié éternelle. Je monte dans le véhicule qui s'éloigne peu à peu avec un sentiment partagé entre soulagement, fierté, joie et tristesse. La pression qui tombe, je réalise peu à peu que je rentre à la maison.

Pendant le trajet, je réfléchis à quel point mon aventure a été différente de mes attentes, mais à quel point j'ai fait des rencontres qui ont bouleversé ma vie, et ça pour toujours. La boucle est bouclée. Quatre mois plus tôt, j'arrivais ici, à Cairns, avec l'espoir d'apprendre à me connaître davantage, mais aujourd'hui, je quitte le pays depuis le même aéroport, le regard noirci par ce qu'il a vu, le corps marqué par ce qu'il a vécu, mais la tête saine, prête à profiter de la vie, avec un cœur qui connaît la valeur de chaque battement, sans chercher à vivre une autre vie dans le futur ou le passé. La mienne est ici et maintenant. Un de mes nombreux rêves était d'écrire un livre, je l'écrirais. Je l'écrirais en prenant soin de raconter chaque détail, chaque rencontre faisant partie de cette aventure pour que ces noms résonnent et vivent encore longtemps. Finalement, en regardant mon journal entre mes mains, je me dis qu'il est déjà pratiquement écrit.

Comme promis par Colebee, mon faux passeport me permet de passer la sécurité, puis de me rendre à ma porte d'embarquement. Le micro allumé, l'hôtesse de l'air indique que l'embarquement est ouvert, mais je reste assis comme à mon habitude pour ne pas attendre debout pendant une trentaine de minutes. Au moment où je me lève, mon téléphone portable vibre dans ma poche, je décroche.

- « Mathias ?
- Jonhy !
- Karmen… Je pensais l'avoir perdue ! »

Elle a finalement fini par lui donner mon bout de papier. Avant de lui raccrocher au nez, de jeter le téléphone portable dans une poubelle et de monter dans l'avion, je prends soin de laisser quelques secondes de silence puis j'ajoute d'un ton calme et assuré :

- « Remercie l'intelligence artificielle. »

FIN